YONG ZHI YI FEIXING
用之以飞行

赵冬妮 著

·郑州·

图书在版编目(CIP)数据

用之以飞行 / 赵冬妮著. -- 郑州：河南大学出版社，2021.11
 ISBN 978-7-5649-4920-4

Ⅰ.①用… Ⅱ.①赵… Ⅲ.①散文集－中国－当代 Ⅳ.①I267

中国版本图书馆CIP数据核字(2021)第254724号

责任编辑	纪庆芳
责任校对	时　娇
封面设计	马　龙
出版发行	河南大学出版社
	地址：郑州市郑东新区商务外环中华大厦2401号
	邮编：450046
	电话：0371-86059701(营销部)
	网址：hupress.henu.edu.cn
排　版	河南大学出版社设计排版部
印　刷	广东虎彩云印刷有限公司
版　次	2021年11月第1版
印　次	2021年11月第1次印刷
开　本	889 mm×1194 mm　1/32
印　张	8
字　数	174千字
定　价	58.00元

版权所有·侵权必究

本书如有印装质量问题，请与河南大学出版社营销部联系调换。

目　录

注视雨 …………………………………………… 1
生土逸事 ………………………………………… 14
斑鸠 ……………………………………………… 30
篱笆 ……………………………………………… 38
走圈 ……………………………………………… 60
秋天年鉴 ………………………………………… 71
我爸爸 …………………………………………… 86
在海湾 …………………………………………… 94
冬居笔记 ………………………………………… 110
道路 ……………………………………………… 123
海是真正的世界 ………………………………… 128

老布拉格 ………………………………………… 132
用之以飞行 ……………………………………… 156
大原寂光 ………………………………………… 164
行脚 ……………………………………………… 172
过草津宿 ………………………………………… 179
洗澡 ……………………………………………… 187

观看弗里达 ………………………………………… 195
色彩也是陶斯最安全的入口 …………………… 205

看的力量:读《积木书》 …………………………… 214
读《隐》:趋近于幽暗而透明的微光 …………… 221
读王陆散文:漫长的在场 ………………………… 233
读止庵长篇小说《受命》:"记忆是一部未烧的书" … 245

后记:有病的兔子 ………………………………… 251

注 视 雨

一

　　五月下旬,我们买了水缸,放在门前木台上。清早,天光亮透了,杏树下却还暗着,树冠浓重的阴影漫过来,水缸的深褐色染着些薄绿,青幽幽的;傍晚夕阳西沉,深褐色里隐藏的火影也逐渐转暗,天地开始沉静下来。水缸身旁有板凳,还有雨靴、草笠,还有小塑料桶,都是因水缸来了,慢慢聚集到一起的,一样事物身后往往跟着另一样事物,有时候是添加,有时是重新归类、变动秩序,这时都一同进入了夜色,一只孤单的鸟立在缸沿上,它没再喝缸里的水,而是静立了一会儿,就摸黑飞走了。据说鸟的视力在夜间为零,我就有些担心,又忍不住想,为什么它不趁着黄昏归林。也许它跟我一样,更偏爱池子里的水,那是雨水,从天而降的。许多鸟都到园子喝池水,池小水浊,鸟们侧身在石上蹦几蹦就到了池边,看着没什么速度,却被风吹似的那么轻快。池心盘踞着一只癞蛤蟆,不知道鸟们发现没有,它们每次饮完水都望上一阵天,然后拍打翅膀飞走。

　　癞蛤蟆丑,很难叫人生好感。池心有圆石,它通常卧于石上,闭眼睛睡觉,或是晒太阳,偶尔一只眼展开条缝,瞄瞄我又重新合上,总之它根本不在乎我。一切掩隐在浓绿里,它有它的安全地带,我想那块直径不过两拃的圆石便是。它紧守着它,虽离我近得不过咫尺,可在它眼里,我还是可藐视的。离开安全岛就是另外一样了,我在往池水去的几步路上,常会听到扑通一声响起,随后眼见着一片水珠四溅,水波晃动,是它发现我来了,慌忙跃起投入水里,菖蒲来回摇晃。它深潜池底,很久一阵,才浮到莲叶下,小白脚蹼露出来,旋即又消失,之后从菖蒲叶片间钻出,在那儿一动不动闭目浮着。原来它的安全岛比我想象的还要大,它在水中,我在陆地,两者之间的不同是天然保障,让我们各自生存,互不侵犯。谁也没有跟谁立约,这时候,我们都是善的。我长时间看着它,有时心里是空的,没有念头,似乎照见一切。

它基本上生活在水里,就像在我们古老的头脑里它一直住在月亮上。舍近求远的日子越来越少了,我不仅求了个园子,园子四周还砌上了墙,把自己关起来。它能从天上下凡,到了这个三尺见方的小水池,天地贯通,我也跟着神气起来,每天都跑去看看它,且很有收获似的,逢人就汇报它的一举一动。它也真是丑。四月尾水还清澈,菖蒲剑芽刚刚抽出水面,莲叶卷着细卷,它出现在水底,透过清水看着我。去年我们就认识了,那时它只有鸽子蛋大小,傍晚我给园子浇水时,它从草窠里跳出来,慌张拱进另一个草窠。眼下它体量已足足超过一个拳头大,它直视着我,还是用去年的眼神,一身青黄癞皮仿佛充满毒液,让我忍不住打战,也许这就是它生存下来不至濒临灭绝的秘密法宝。在我生活的几十年里,青蛙似乎早已绝迹了,夜晚听着蛙鸣读书或者入睡,想都不用想。

四月份有朋友从杭州发来一小袋蝌蚪,我把这些呆头呆脑的青蛙宝宝投放到池水里,每天心中忧急,盼着它们生出后腿前腿,尾巴褪掉,随后癞蛤蟆就在水底现身了,我又深怕它们成为它的舌尖快餐。一场雨下过,蝌蚪还在,二三场雨下过,蝌蚪也还在,一只只游来游去。蹲水边的过程,我看到水中生出许多的微小生物,就算书本告诉过你,还是远远超乎想象。本来是空无一物的净水,小生物们凭空而来,这时候,我会假设也会相信,生命出自于无。生命是在出生之后遇到了大小,遇到了等级。至于力量,只要你不动用,力量就是均等的。但是,谁能不动用呢,就像谁能不动用自己的体量和等级?谁能化有为无?癞蛤蟆是池水里的最大生物,它又是两栖动物,水汪汪的眼睛充满了大漠之气,似乎是在说,一切皆有可能。即便总是在蓄势待发的状态下,你又怎么能知道身后正跟着的是什么呢?五月里连续下雨,水面开出白莲花,菖蒲几近一人高,池水涨高很快变得幽绿浑浊,一眼望不到底,蝌蚪一只也不见了,怎么找也找不到,唯独它照旧独卧石上,它是沉默的,根本没法发问。

二

杏花涌进来。久已麻木的嗅觉先自苏醒,窗户轻启,房间里阵阵暗香,肋下横膈膜使劲地舒张,气息云集,杏花香有一种略微的苦气,终于被我找回了,是的,不难辨认,就是一颗苦杏仁。花瓣消陨,杏仁保留下了杏花的核心质地。像久别重逢,身体就从那一时刻开始复苏。园生野草,时时不信是真的,经过艰难的辨认后意识才遥遥返回来,认出春天的确是到了。

  人被封锁得太久了。漫长的冬天,在它心脏的右边,是从未有过的新冠肺炎疫情。20日从大阪飞回大连,走出周水子机场,不见一个戴口罩的,除了我家人以外。22日晚疫情坐实,一大股冰凉缓缓漫过我的身体,好像就从那时起,这具身体有一大半停留在那股冰凉里,不再动了。那晚我独自在家,搞卫生累得半死,我没有伤痛,没有恐惧。一切都分外明晰,我甚至能看到我自己,像看另外的一个人,就那么独自坐着,心里边并不多想,我从不知道会有这么一天,似乎又对这一天并不陌生。我经历过最绝望的灾难和死亡,那是年轻时读加缪的《鼠疫》,多年前读萨拉马戈的《失明症漫记》,在那些过程里,无数不眠的夜晚,我抓不住自己,且早已知道在最后一条时间隧道的灰暗终端,那里仅有的唯一的事物就是孤独。你甚至都不想伸出手去,因为没有另外一只手可碰触,你必须独自走过。我从大脑到心脏每一处都被加缪彻底洗过,被萨拉马戈洗过,所以没有更不确切不可预知的海了,安静一点,好好生活。那时我相信自己早是个刀枪不入的人了,我置身事外早已独自走出了很远,要在冷漠中学会忍耐。23日晚,武汉封城。从那一刻起,夜是醒着的,难以进入睡眠。天下大疫,哪里真有不败之身。

  照旧是烧饭做家务读书,饭有时热气腾腾地做一桌,有时就做几个黄瓜卷,看着清心寡欲。我先生在楼上工作,有时帮我擦地板,每周出去买一次菜和水果。有天上午母亲来电话,她家钟点工说蔬菜批发市场就要关了,让我们买些菜备着,受小时候东北的生活经验驱使,照例买了白菜、青萝卜、土豆,这些易储存的冬菜,在新冠疫情下,一夜回到了眼前,重返走过的老路如此容易,举步就跨了回去。南美洲亚马孙河流域热带雨林中的蝴蝶到底在哪里扇动翅膀?我们叹息着,又囤些米、面、油,放储物柜里存着,活动半径还那么大,心绪拥挤,比石头还重。揣着石头过日子。按作家王陆说的那样,死亡说死亡,病情说病情,没到病情还是要说生活。没办法也得有办法。他说到我生活里去了。

成都念先姐姐白线画得好,去看她的微博,好似她的生活就在身边。有一日她潦草画个笼子,里边满是潦草的人,笼外空白处她以笔墨叹息道:"一直以来都是人类把动物们关在笼子里,今年春节,动物们终于成功地把人类关进笼子里。"隔空看着,感知她的手温。微博时常冷清,有一窝毛茸茸的小鸡崽,被谁捧在手上一只,我把这照片转来放朋友圈里,想让所有看到的心也跟着毛茸茸的。时常会被一张照片击中,半晌说不出话来,一个跪坐的小泥塑人,瘦骨嶙峋的,显然他是在博物馆,顶灯白光使他塌陷的眼眶和腹部留下大片阴影,他两手紧扣小腹,有人作了后期处理,下边写上七个大字:抱住胖胖的自己。我也把它拿来,放朋友圈,觉得那好像是我,我也该像他那样做,抱住胖胖的自己,可又不想让人知道。或者我觉得还有比这更重要的东西,该说给有些人听,我就写上了卡夫卡的一段话:"我们周围的一切苦难我们也得去忍受。我们大家并非共有一个身躯,但却共同有一个成长过程,它引导我们经历一切痛楚,不论用这种或那种形式,就像孩子成长中经历生命的一切阶段,直至成为白发老人,直至死亡,我们同样在成长中经历这个世界的一切苦难,在这一切的关系中没有正义的容身之地,但也不容对苦难的惧怕或作为一个功劳来阐述苦难。"

我们还可以随时到园子里去,四下走动,这是比别人多出来的一寸自由。往年正常时,朋友们偶尔开车过来玩,谁都嫌远,把这里当乡下,我就开玩笑说,什么样的近能够抵达?但是真安静啊,邻居们的园子空旷不见人影,日夜无声无息,如果没有鸟鸣,没有树木,该是一个多么荒芜的世界。冬日将尽,树木光秃秃的,我摩挲嶙峋冰寒的枝干,直到有一天,我发现杏树每一根枝条都开始涨红,树皮紫红发亮,饱满野性,像动物们在开始发情。随后花苞显现,高粱米粒大小,在几天时间里它们急遽膨胀,颜色接近于猩红,比猩红深暗,带着股隐秘的力量,锐不可当,又美得不可侵犯。又过几天,花苞像肿胀的嘴唇,纷纷向外突起,微微裂开,粉红色的花瓣在冷风里喷薄欲出。清明早晨,第一朵杏花开了,紧贴着粗壮的枝干。那天是全国哀悼日,上午十时,我立于园中向西南默哀三分钟,汽车、火车、船舰远近鸣笛,在一场无法听尽的悲悼中,泪珠滚落。

十分确切的是,满树杏花如期盛开,即便太阳早已西沉,即便夜深人静,园子里一片片透明的花瓣还在辉光中闪烁,我垂下手臂,终于又挺过一天,根本握不住的幽暗之光藏在眼皮底下,身体要小而又小,坚如沙石,才能活着走过烈焰之城,否则会有很多过不去的时刻,很多私下的光阴里,我会怀疑起自己,和自己灰突突的心,终不过都是幻象。

4月8日零时,武汉76天封城终于解除了,零点从未像此刻这样准时,这样悲欣交错,汽车开始出城,车流如泻,淌过高速公路收费站,鸣笛撕裂长空,车灯穿过暗夜锥心而来,我垂下两臂,觉得自己在干巴巴中复活,谁懂得奔跑,谁懂得鸣笛中汇聚的无尽伤痛,谁在此刻泪如雨下。而意大利还在哀哭和祈祷,大街上跪满人群,像是回到了中世纪,耶路撒冷老城圣墓教堂开始关闭,距离上次教堂关闭——1394年黑死病——六百余年。我看着视频,像在梦中走过一段长长的路途,常常说我们回不去了,现在是中世纪它自己解开了身上的锈索回到我们眼前。英国首相染病住进ICU,英国女王还在皇宫,我看到那个给教堂锁上大门的人把自己锁在了门外,他把梯子从小窗口递了进去,然后转身走了,他往哪里去了?

三

我们这里春脖子长,春寒长,真正穿毛衣也只半个月,在室外还好,太阳晒在身上,屋里暖气却走了,反倒要穿起棉袄。一入六月,劈头就是夏天,人人如蝉蜕皮,换了单衣。今年有些乱,春脖子被雨淹了,整个五月湿透,反常地断续降过九场雨,晨起看窗外,迷蒙草木,处处烟雨江南,已不复是身处东北了,我就说雨再下,真要下成江南了。心里有些快乐,觉得万事万物都活了过来。意想不到地有了个雨季,作为东北人真觉得受宠若惊,一滴滴雨珠拍打在脸上,身体里僵直已久的骨头也都会动了,都能够自由打弯,所有的念头钻进事物的针眼,到处要缝缝补补。

一直想买个水缸。但没有雨,缸也是闲置,突然间雨水充沛,谁也没想到的事,新竹满园子蹿,三天就有半人高,幽幽立于草丛间,走路时猛然跟它打个照面,不免要吓人一跳,哪一年也没有这样疯,不及时除去就要变成茂密竹林了,我喜欢竹,但杏树、山樱树根深叶茂,竹往往喝水不足,我要它们有更多的雨,有更多的生长的力量。

我还有五六棵蕨草,我迷恋它们不肯打开的卷曲的身体,那么抱着自己,柔弱和力量包含在同一个身体里,又有潮湿和孤寂的气息。这个样子,总是让我想起在日本滋贺深山里的行走,在去金刚轮寺的路上,空无一人,沿途是一棵棵巨大的蕨草,叶片从心里向外展开,一副对天袒露的样子,叶片都跟我的手臂一样长,一个个伸向石径,我从中走过,像只身进入了史前世界。它们拍拍我的裤脚,又拍拍我的手。有时我会转身倒退着走,把自己暴露在斜射过来的阳光下,让那些触摸我的远古植物细看我的笑脸,没有恐惧,只有宁静。我有五六棵蕨草,我要它们有更多的雨水,有更多的生长。

要有水缸储雨,浇灌它们。哗哗雨声中这样想着,却迟迟不肯动身,怕去大市场,哪怕戴口罩也不放心。媒体发布说,五月降水量183.7毫米,是往年同期的3倍,倒推70年,雨量也是历史同期最多的,这么丰盈的雨月,草虫也会杂念丛生。几度拖延,水缸买了回来,只剩五月最后的两场雨。它到家那天傍晚,雨就来了。虽有天气预报在先,雨终究如约而至,去看水缸,就像它身体里住着个神灵。我先生冒雨跑出门外来回挪缸,往东挪挪,又往西挪挪,用心安顿着那神灵。他需要找准水溜出水的位置,苦的是出水量难以确定,水缸就无法安居。雨大时水流如注,瀑布一样冲出去;雨小就潺潺溪流,水线也改为上下垂直,坐在下边的水缸滴水不漏,样子十分地节俭,倒像个温情的小动物。

水缸坐在木台上,大小合宜,横竖尺二有余,雨水从屋檐汇聚进水漏,又通过水漏大口吐出来,有点像龙吐水,它在下边很荣幸地就满了,水漫得四下横溢,分几路流向地里,统统给草木喝了去。两场雨我认清了,水缸把更多的工作派给了我们,雨大时,水缸一会儿就满了,我先生开始舀里边的水,他拎着塑料桶,沉甸甸的,他把水倒进杏树、山樱树下的树坑里,再回来从缸里舀水再倒进树坑,他在雨中来回穿梭,浑身上下转眼间就湿透了,雨笠也顾不及戴。我喊他回来,很艰难地喊了回来,那落汤鸡的样子完全不像书斋里的人,太乱了,哪能晴耕雨读啊,我心急火燎的。少安毋躁,少安毋躁。任何事情上,他总是说这四个字,于是我的焦虑熄灭成灰。我觉得这句话也是他在对自己说的,有时我们没什么区别,常常互为表里。就像水缸,我们一次次讨论,买还是不买,雨来了觉得该买,雨走了也觉得该买,讨论当中不断地加进些遗憾,甚至痛悔错失了水缸。错失水缸也就是错失了雨水。那么多雨水真是白白地流走了。可是流到地里去了,这也没什么不对啊。他上楼伏案工作去了,留下我一个人,心里惦记着那些树和蕨草。雨势浩大,人太容易成落汤鸡了,戴不戴雨笠毫无意义,我悄悄开门,跑出去用桶舀水,倒进树坑。几场好雨,弄得我们不得安生。

五月雨后的一个傍晚,天色阴沉,我们走出家门,在小区散步,路上我先生说,水缸不够大,还是买小了,虽然我也这样想,嘴上却说可以咯,多大才算大,要么你去买江河,买大海。我们这样说话时,偶尔会有人从身边经过,大家彼此躲开几步,隔着一米远距离,他们戴口罩,也有人仅把口罩兜在下巴上,露出鼻孔和嘴巴,局部看就像一张出水的河马脸。

四

快递放开时,下一大堆单子,从没想到过的东西,全都买回了家,一件件看过去,自己也觉得这些"动物"过于凶猛。有些东西还可以分类,医用纱布、脱脂棉、弹力绷带、碘伏消毒液、指夹式血氧仪,统一放进抽屉里便是;难以归类的让人发蒙:升级版防毒面罩、护目镜、野外多功能组合工具钳、求生口哨、野外防雨睡袋、救生毯、户外便携水袋。又是隔三岔五地陆续到货,时间无限期拖延,哩哩啦啦前后个把月,弄得我心先自乱了。打开头两件快递,我先生怔住了,反复看看,很快就反应了过来,他笑笑,左一件右一件地绑在一起,放进一个大纸箱里,我在旁边心虚着说,但愿这些东西永远也用不到。他说没事的,安心就好。眼圈顿时滚烫,我转身走开,还有比这更直接的、更低矮的向死而生吗?我们有父母有孩子,每一笔单子都指向他们的安全,为他们,我要有备无患,哪怕是为此我显得懦弱,哪怕羞于启齿,哪怕像个低等生物。至于车用多功能救生锤和反光背心,直接放车上,那是日常必备品。剩下几样格外看重,我宣称它们必须伸手可及,于是就被放在了门厅储物柜,它们是蜡烛、加粗加长火柴、全波段半导体。这里那里,一堆难以名状的家伙聚集,四下分布,我像只拉好了一张安全网的大蜘蛛,坐在中心,睁大眼睛四下张望。我准备好了这一切,然后进入五月。有时我打开柜门,去看看蜡烛、火柴,用手去摸摸,大蜡烛,7.5厘米直径,20厘米高,一座灯塔似的坐在昏暗里。

雨多,几乎没大暴雨。下了一天一夜,雨仍旧心怀着安静。有时早起只要向窗外看一眼,我就干干净净的了,笔和纸也同样干净,我一个个写下的字,全都是一尘不染,我感到自由的快乐重新生长。我就一遍遍读着,害怕过一会儿就忘了,并不是写得有多好,而是那一刻好:

夜雨打散了铅灰
好像从内部瓦解了一支
镇日麇集的军队
天空早起,轻微的蓝
带着封锁后的疲惫
于曦光中摸索着
慢慢展开自己
在降临尘世的路上,它的心
已趋近于湛蓝

庭园里的绿全部长高了一头
石径深远,来去无端
花朵隐匿,花骨朵失踪
还没开过的花就不打算再开了
昨日傍晚还没浇过的水不必再浇
鸟鸣璀璨明亮水泄不通

矮墙缩小没了边界
只露出一点点，巴掌大小
像块柔软的旧宣纸

　　雨幕划了间安全的房子，我先生在楼上埋头工作，早晨的碗筷洗好放在沥水篮里，我坐了一会儿，走到书架前，我伸出手几乎不用看，就摸到了那本书，萨拉马戈的《失明症漫记》，手在那儿停顿住，我想了想，终于把它抽出来，坐回到沙发上。从冬到春，我都在控制着想要去翻开它重读它的欲望，是害怕抓不住自己，更深地溺水。书里的人都染上了失明症，世界成了一个盲人的世界，只有眼科医生的妻子除外。他们被隔离监禁，失去自由和面包。随手翻开一页，六年前阅读时我画过的橙色笔道还闪着荧光，充满着萨拉马戈的愤怒和悲伤，也充满着我的。不用挑选，在任意一行我读下去："……但是，当焦急折腾着我们的时候，当肉体由于疼痛和痛苦不肯听从我们指挥的时候，就能看到我们自己渺小的兽性了。"兽性显露出来，当然它也不能统治一切，遇到一个小半导体收音机，女孩子忍着饥饿在大声恳求，听听那首歌吧，于是大家就听，也有更多的人要听监禁外的消息，要保持与外部世界的联系。那个小半导体就一直在我心里埋藏着，在淘宝下的第一单，就是小半导体，听听那首歌吧。

　　雨在窗外，渐渐注满水缸，雨急时水激动地翻腾，水缸不动。雨幕细密，以坚定不含糊的斜线勾勒出水缸的形状，浑圆敦厚坚实，雨改变了降落，不仅改变了速度，也改变了时间，围着水缸，雨缓慢下来。小说收尾前出现一个作家，他在失明后不间断地摸索着写作。"医生的妻子把手搭在作家的肩上,作家伸出两只手,摸到她的手,慢慢拉到自己的唇边,您不要迷失,千万不要迷失。"我记得最深的,就是这句话,多少年来我一直在想,您不要迷失,千万不要迷失。那个作家该是萨拉马戈他自己,他在书中看着我们一直说不要迷失。我就一直在用和用好我的眼睛。用眼睛去看,去观察,去发现。雨在下着,逐渐拉开了距离,雨结成大水珠子,一滴滴从天空掉下来。多么沉重的雨珠呀,这一滴与那一滴之间稀疏,谁也碰不到谁,它们却比试着,看谁坠落得更快,更有速度和力量,砸在地面上。直到天放晴很久,还可以看出雨是沉的,它们在树身上构成了重量,树枝压低,梢头探进草丛,像是一种喂养,晶莹剔透的雨珠落进草叶的嘴巴里。

雨水漫延,玫瑰花全开了,甲壳虫躲进厚厚的花瓣里,坚硬的铠甲寻求柔软的保护,钢黑贴着锦红,隐藏着肉身,简单,真实,仅在生死一线间行动,而花瓣拥挤不堪,雨线稀疏之间,年幼的青蝇横斜闪过,带着萤火一样的光亮。睡了一夜,第二天中午太阳闪现,甲壳虫鼻子香甜地跑出来,看也不看它的红房子,黑铠甲未染红,而是越发乌金发亮,像个小神,它留下红色,自己跑了。雨后的蜜蜂,摇摇晃晃站了起来往前走,这个伤兵,它栽了个跟头,又站了起来,它打开翅膀,两片透明的薄翼重于身体,它企图去打开它们。苍蝇也背着一副湿翅膀,旁边一块小土坷垃坍塌了,它在一旁动弹不得,不知道这缠绵夜雨它躲在了哪里,在哪里过夜,到处都是厚花瓣的花朵。在泥泞的地里,它们活着,告诉我雨的重量,甚至伤害。水缸也常常是空的,有时候,雷电台风和暴雨一样也没如约到来,好在我们已经习惯了,天气预报从来就不是预言。

生土逸事

一

我穿43码的雨靴。这样在园子里走时，脚才感到宽松和自由，橡胶靴里只贴一层斜纹布，布纹粗糙柔和，不湿寒也不潴热，脱雨靴时伸手在里面，在细纹间能摸到撒哈拉沙漠一样的干爽。是宽口低靿雨靴，灰绿色，我穿在脚上，有些像大船，亏得靴帮盖过脚背，才不往下掉，放心地走来走去。

天不下雨时，我就穿它——43码雨靴，在园里干活，给地浇水，给麦冬除草。西窗下有一畦菜地，不穿雨靴进去不行。下雨天雨靴反倒不穿了，靴口太阔，雨水灌进去，就会发生沉船事件。雨靴反过来，靴口朝下倒扣在木板台上，靴底朝上，淤积的泥土被冲洗掉，流淌到地板上，又从板缝间流下去，靴底波浪纹路被洗得干净，色彩清幽透亮。但没有雨，几乎很少下雨，这园子一年四季似乎都在盼雨，下雨园中的活就省去大半，人闲坐在窗前，翻书或也不干什么，只看着窗外景致，至少不用每到傍晚就四处浇水了。凯不让我穿大雨靴，那是他的雨靴，我有我自己的，可自己的好穿不好脱，每次往下脱时都像遇到饿鬼，脚被死命吸住不放，气得我把它丢进小竹林里。

我用一种我从未有过的方式走路。还在清早,离正午还远,日光刚刚露出墙头,我的影子投在地上,它摇摇晃晃拽着我往前走,我看到我自己笨拙,又古怪,我被放大了好多倍,不仅变得更长,而且更薄,更像是一种缓慢移动着的海洋软体生物,身体完全贴着海底,脸和上身部分很短,两腿变成了长梯,越往下越宽,两臂茫然地张开,不知是下垂,还是准备往上飞翔,但没有羽毛。在流畅不间断的简笔线条内,一双大雨靴被抹掉了,而且似乎并不存在,它是整个身体的一部分,隐没在一个暗影里,我几乎找不到它,分辨不出它的样貌,它有什么特质,有什么不同。它在脚下沉闷低语,踢踏踢踏地响着,听起来显得鲁莽,粗心大意,对什么都不在乎,踢踏踢踏单调地来回重复。

二

好土也许就意味着有许多的马粪。那天上午去物业取快递,路边树坑隆起的土堆被我鞋底轻轻蹚开一条,土质好得令人惊讶,疏松又有潮湿的气息,马上我就想,这里边好像是有一半的马粪。这是我想的。有一种类似马粪的细小纤维,在土里也许并不存在,却被我看到了,我想那就是好土。

一只蜗牛停在墙上,身上驮着的小圆房子透出暖光,手指碰碰,它落到地上,内部原来干死了,空了,它大概是想从墙里爬到墙外去,我捡起它问,这里不好吗?我穿着雨靴在园里走,一个小园子而已,围墙从四周围起来,墙里是土,墙外还是土。我知道自己的样子不够好看,穿着一双男人的大雨靴,走来走去,踢踢踏踏。麦冬蜷曲起身体,裸露出来的土冷硬如铁,我很想像有些小说中描写的那样,抓起一把土,一使劲攥出油来,这根本做不到。北风越过溪谷的低洼地直吹过来,这里气温一向低,比市区低几度,土不是被冻硬的,而是原本就硬。

好土激励着我,或许是马粪这个活物蠕蠕而动,在天寒地冻的园子里我走了很久。过去在身体里造了所大房子,还在大房子里饲养了很多动物,房子是你根本看不到的,就像是黑暗中的黑暗,动物也无声无息,都在等待某个时刻,或等待一口气,一个眼神,在你意想不到时,突然间全部复活,作为动物的排泄物,马粪不会甘于自动消失吧。它出现得那么迅速,那么鸠占鹊巢,是有道理的,要是知道,它几乎盘踞了我少年时所有的冬天,所有冬天我都在大街上走,四处寻找它,它今天的归来,也不过是一声有质感的应答。

上学没两年我知道了要捡粪。小学生捡粪上缴学校,是寒假里的大事情,年级高低定量不同,缴粪三百斤到五百斤不等。寒假结束后大红纸表彰,发现也有同学缴粪八百斤甚至上千斤。在墨迹未干的大红纸下我们登时面面相觑,瞠目结舌,越低年级的越感到自己傻掉了:一方面惭愧自己原来捡粪捡得这样少,没完成任务。另一方面转身就传言他家有旱厕所,他爸每天晚上帮他刨冰粪,冰粪压秤,冰多粪少,一盆就可以估三十斤;要么我们就说,估粪的那个同学是他哥或他姐,或他哥他姐同班同学,一盆粪可以按三十斤算,三十斤哪,十盆就三百,二十盆就六百,三十盆……

谁都不想做第一个去学校缴粪的人。不知道去了，前边能有个什么坑，怕掉进去。最大的未知数，就是这年寒假是用秤称粪，还是由人估粪，这是备受关注的。第一个缴粪的人从学校操场出来回到楼院，马上遭到问题围攻，是秤称，还是估粪？听说秤称，我们欢呼一下，或听说估粪，我们欢呼一下。答完话的人则立在短促的欢呼声中，心中怔怔的，迟迟缓不过劲儿来，这次的计粪方式好不好，他还没想明白呢。我们希望秤称，这会比较公平，我们又希望估粪，其间余地大，估粪的都是高年级同学，如果他不那么骄傲，不那么把一只脚踏在盆边，颤颤着掂量再三，同时从上往下看住你，一盆粪就很有可能由十斤变为二十斤，这里边小心翼翼，藏着一小团蠢蠢欲动的火，这估粪里边，有期冀。

而我心中往往多少惭愧，惭愧没哥没姐，惭愧父母不是农民，家中少个粪箕。语文课本末尾附有农业常用词汇表，期末时集中突击跟着老师念一遍，念到"粪箕"两字时，老师说不用默写了，"保墒"两字也不用默写，我又惭愧这么多字原来还不会写。家里有个搪瓷垃圾盆，拿来捡粪，但它几乎要掉底了，又添一份惭愧之心，带它到街上，怕人见了笑话。捡粪要两人结伴，一人拖冰车，一人扛铁锹，用锹铲粪。马粪和牛粪，这两者之间，马粪更好，干燥成形，还不像牛粪形状那么恶心，我更容易接受，但遇上了牛粪也照样跟着抢，牛粪堆儿大，估粪时会多算出五斤，我从高年级同学手里拿到的那张纸票，上面写着的或许就是二十五斤，而非二十斤，还盖有大红印章作证明，而马粪必遭遇低估，估粪同学一看是盆马粪，立刻一脸的瞧不起，我就是在那瞧不起的脸色中悟出了马粪的地位，它在粪类中如此卑微，如此没有效力，于是连自己也跟着羞惭起来，自觉地缩小身子矮下去，矮下去，越矮越好，恨不能钻进地缝里消失。

捡粪最盼天寒地冻，越冷越出门，冷能冻出粪蛋儿来，捡起来也不那么恶心；但是要遇到前边有辆马车，恰好马又拉屎，就再开心不过了，马粪成堆成堆地从那浑圆又匀称的屁股后滚滚而落，掉到地上还冒着热气，缭绕缕缕白烟，几个孩子蜂拥抢上去，有谁几乎带着哭腔喊：这是我的了！

那就是三四伙孩子半道碰到了一起，大家跟在一辆马车后面，一路顶着寒风已不知走了有多久，身体冻透了，手伸不开也握不拢。家门口捡不到粪，我们最初都不想走太远的，可沿大路走着走着，就走远了。我们是城里人，我们住在山与河之间，那是一块又美又荒疏的腹地，我们买东西去的是合作社，百货大楼太远，在河南岸，我们不去；从我们河这边，在腹地上，一路向北，经过一座有几百年历史的颓败老城，山脚下就有钉马掌的，还有牲口配种站，叮叮当当，那都是粪的发源地。夏天菜农们从山坳里出来，自两座山间穿过，往城里送菜，山高人小；冬天的大车仍循山隘而出，进城做什么，我们就说不上了。拉大车的马、骡子、毛驴和牛在街上跑着走着晃荡着赶路，这些驯服的食草动物，温良而不知疲倦，每个都有潮湿的大眼睛，稀疏的长睫毛结着一排白霜，白霜是花样繁复的细小结晶体，齐刷刷地映进温存的清潭。如果看到哪匹马或牛在哪儿稍作停留，补充秣草，我们就会惊喜，像有生以来见到第一头动物那样发出叫喊，我们围着它跳，周身充满喜悦。我们歪头细看牛的眼睛，看它像井一样渐渐注满泪水，我们朝它靠近，这大牲畜胆怯着后退一步，我们不知所措，直至车老板一声响鞭抽在大地上,我们作鸟兽散,跑出老远再回看它,它依旧温顺不动,它不是属于牧人,而是落在了车老板手里,我们远离它也接近它,这些食草动物,它们走出乡间的田野和棚厩、畜栏,行进在城市嘈杂的大马路上,有的屁股后挂粪兜,有的不挂,夏天我们恨那些不挂粪兜的,冬天恨那些挂着粪兜的。走过一冬天的路,我们的小心眼里,挤满了关于粪的千万般设计,现在遇上马拉屎了,现在夕暮如常,我们的眼里便只有马粪。是的,新鲜的马粪多好,圆滚滚干爽爽的,永远比新鲜的牛粪好。要是能捡满四百斤马粪,那个冬天就不是寒冷,而是纯然变成了金色。但从来没有过。严寒刺骨,让马粪更深地属于我,属于我的身体,属于我的眼睛。

可有谁告诉过你吗,说是鸟粪最好。是的,古罗马人瓦罗,他曾说鸫鸟和画眉的粪最好。成年后我在书中读到,我想那是古代人,他指着身边的寻常事物对妻子说,鸟粪最好。他那时代有鸟房。成千上万只鸟聚居如云,是不是类似于后来的鸡舍,或比鸡舍更大?放在今天,我想都没法想,除了在画上,我还没见过鸫鸟和画眉呢,更别提它们辉煌到可以像种子一样撒到地里的粪便,要么,我就得搬到鸟岛上去住才行。瓦罗之前还有前人把粪排列下来,鸟粪之后,依次是人粪、羊粪、驴粪,瓦罗则说马粪是所有粪当中最次的,对牧场来说它又是最好的。可是,马粪和驴粪,又有什么不同呢?

这些动物。

三

树枝把天空分割出各种形状。天空是蓝色,在枝丫的清气间浮动,无数不规则的图形不敢久看,越看越会被引入迷惑难解的抽象形式中。树枝银白发亮,每一根线条都是硬的,在一处突然转折,向另外的方向伸展过去;一根线条生出另一根线条,新生的线条微微向下弯曲,温婉着划出一道弧形;粗壮的竖线条横斜出更多的细线,笔笔相互交错上下排列。随着阳光的逐渐强烈,枝干背光面转为深灰色的阴影,银白越来越细成一线,像大猫的瞳孔在正午间收缩,最后化为阴影上边一根根银丝。这是杏树、山樱树,三棵远近错落伫立在我卧室的窗前,树叶脱尽,汹涌的绿意不见了,在冬天,每一棵树都露出它清晰的骨骼。

树移栽自十几公里以外的山中。那时从山脚走到山顶,也并没有一条明显的道路,只是在杏树林中走。将近谷雨,还没有雨,山地干得冒烟,鞋和裤脚浮满尘土。在漫山遍野中我们终于选中了一棵小树,轶林说这就是你想要的树吧,分杈点低,凯说也有点太低了吧,不过也好,小庭院。等到选山樱树时,树几乎都被挖尽了,正有一批新幼苗等着种进来。在剩下那些低矮的没人要的树当中,选的还是分杈点低的那种。山势平缓,寒风小刀似的割在脸上,山樱树结满了花骨朵,几乎就要开花了。

事后,我一直把那山叫荒山,不知道这些树怎么看,毕竟是它们离开的故土。我只能说是故土,它们的出生地,它们的出生方式,是一棵树的嫩枝折下来插到土里,还是由一粒种子萌发,我都无法知道。轶林说，它们是村上种的然后用来卖的。我却想，也许只有种子直接发芽的那块土，才更应该叫作故土。可是种子，瓦罗说原始的种子有看得见的和看不见的，看不见的种子在空气里，也在海潮里，这样，我就更不知它会在哪儿登陆了，我简直没法说了，所谓真正的故土。轶林自己有一大片苗圃，他有时会来帮我们打理园子，说话从来三言两语，就像一块石头不肯打开自己，我却在石头外不住地敲门，逼他抛出一两个有意味的词语，词语发芽生长，有时让我重新理解和醒悟一个词的原初含义。园子里的树有他卖给我们的，也有我们在集市碰到买来的，有时我们给树浇水浇不周到，或因为是一棵新来的树，会格外多浇些水，他来之后看到了，就心中不快，他一边给树补水一边说，要雨露均沾。

初时总要浇水，保证这离开故土的树成活，后来就没法止住了。不下雨，我才发现天很少下雨，三年间的几场雨差不多全记在我心上了，就像住在干渴里，像我住在那些树身里。我变得吝啬，每一滴水都不轻易放过，淘米水洗菜水，烧每顿饭当中都要从厨房端到园子里，浇到树下，然后再急忙跑回厨房，跑回热气升腾的蒸锅前，我身体带来了风，蓝色的火苗因而不住晃动。我想雨露均沾到每一棵树、每一株草，没有在盛夏日落之后给草木浇过水的人，是去不除那份分别心的。雨露均沾遍布的爱，在清晨的一场露水中，在不倦的注视中，是人下沉到了具体事物，是那些肉眼看不见的种子，最终落进了身体里。

对树我有过好多种设想，我几乎说不上什么我不喜欢的树，十年前在灵隐寺附近转，我对婆婆说，如果有来生我就做棵树，当时有棵八百年老香樟树立在身旁，话一脱口心中叫悔不迭，那时婆婆八十岁高龄,怎敢在这样的老人面前妄论生死,但婆婆笑着说:"我们同样的,我早也就这样想过,来生做棵树。"我转过身去,只觉眼中湿润,叹息世间还有同类,如此亲近地就在跟前。等到自己有个小园子,脑子里就凌乱了。樱花树、苹果树、鲁迅的枣树,甚至还有落柿舍那里的柿树。落柿舍我在京都时专程去看过,秋冬更迭之际,经过一小块麦秸色稻田时,远远看见庭院上空高低参差的柿树枝头上,结满红艳的果实,就在那树下,俳人松尾芭蕉曾住过一段日子,我手里有本书套发黄的《嵯峨日记》,在知恩院每年一度的古旧书市上淘的,俳人芭蕉住在落柿舍时期写下这部日记,他对落柿舍曾如此讲述:"去来性疏懒,窗前荒草离离,不加芟除。数株柿树,枝叶纷披,遮蔽房檐。五月,雨水渗漏,铺席、隔扇霉气充盈,几无寝处。户外,树影森森,殊觉可喜。此一地清阴,乃去来送吾之最佳礼物也。"去来,向井去来,也是俳人,芭蕉得意门生,落柿舍是他的家,故芭蕉得以寄住。啊,我应该有个园子,满园柿子树。我脑子里有如此多有来由没来由的树,就像看得见和看不见的种子,说不上它们在何时种下又为何种得如此之深,在设计小园的时候,我在纸上这儿画下一棵树,那儿画下一棵树,一张八开大纸挤满了各种树,那时我却没有想到,要去种什么草,我只是把空白处用彩笔一块块涂绿,用以替代草。

四

除了杂草,两年多园里没有种草。杂草芟除,随即新生,在园中走来走回,最为随意。有一两次在园中踱步,脑海里突然想起陀思妥耶夫斯基，"监狱大院长二百步，宽一百五十步，呈不规则的六角形"，第一次这样想时，我感到一阵战栗，身体像被谁突然一把抓住，被握在一只大手里，我是被囚禁了吗？我开始迈开大步甩开这个闪念，我从这头走到那头，长三十步，宽十五步，减去雨靴的虚余，我能丈量的也仅有这一小块地，就像我今生，也仅有这一小块地。我觉得杂草也很美的，甚至荒芜也很美。我并不陌生。幼时的身边事物，也不过是给泥土穿上衣裳。谁能生长，谁势必生长，大地上有必死的植物，也就有必生的植物，就像车前草，《诗经》时代就"采采芣苢"，采啊采啊，我年少时一路跑向河边，那里不见芣苢，古人言其在"牛马迹中，故有车前、当道、马舄、牛遗之名"，我则仍叫它车辖辘菜，我看过它长在车辙里，在牛马蹄印的泥洼里，车马走过，它们重新挺起叶片，我用手撕碎叶片，一根又一根细筋露出来，打着卷抽搐着翻转，充满弹性，越抻越长，并不能一下撕断。

　　最终还是种上了麦冬。麦冬就像一道窄河，将杂草推上了彼岸，叫我背叛杂草。之前见园中杂草的人，纷纷说这太难看了，荒郊野岭的，于是我看到自己的身影，怎样从杂草间拔出双脚，慢慢慢慢地开始离开。关键是土更加瘦了，我觉得杂草掠去了它本就贫乏的养分。轶林大笑着说，这本来就是些回填土园林土，可不是你想要的那种土。我想要的土当然不是这种，干硬得像块失油的生豆饼，掰开看它的内部，更是不像黑森林蛋糕那样层次丰富，腐殖土、表土、底土，一层也没有，它只是在等待，等待时间的养育，在时间中渐渐风化身体。它在吸气呼气，风迟迟不来。它还是生土，闷不作声，你听不到蜈蚣在四处觅食沙沙跑动，听不到其中隐藏着的针眼大小的捕食者和被捕食者。

我住在这里,就在山与海之间,只是离海更远,我更在山脚下。我离开市区,年轻时到异地,现在又走向异地边缘,有时觉得就像支部队在节节后退,最终在这里落脚,又继续当着过客。我问轶林:这块地,过去——在我们没来之前,叫什么名?他说:曲屯。我问:曲屯大吗?很大,四百来户。那这些人呢,都搬哪儿去了?哪儿都有,在那边回迁楼,还有很多别的啥地方。我知道轶林也不是土生土长的,就问他:你几岁到这儿来的?他说:十九、二十岁吧。我笑了,那你跟我们一样,都是外来户。轶林马上就说:那可不一样,我还住不到你们这样的房子。我转身走开不理他。我觉得我们就像在自己身上剥洋葱,剥开一层又一层,都不知道自己是想更辣一点好,还是更不辣一点好,总之我们彼此都一样,层层都一样。

我开始查找资料,在淘宝上跟店家讨论,哪种草在北方容易越冬,又不特别高。选中了麦冬,一种我从未见过的草,或者我见过又根本不认识叫不出名的草。移栽麦冬时夏日将尽,那天清早轶林带了工人来,荷花池里的水管不时放开一阵,一边放水浇地,一边种麦冬。园子渐渐变成绿色,清水涓涓细流,一只彩色小鸟飞来,立在池边,不远处人还蹲在地上植草,它横着左右跳跳,一头钻进池水里,又一头钻出来,在麦冬丛间激动地抖擞羽毛。那天傍晚四点钟天空发暗,随后落雨,雨淅淅沥沥,散漫和顺,在天地间拉开了一张缀满细碎银珠的亮晶晶大网,麦冬从泥里爬起身,弯曲起细叶,幽绿在水光中闪烁。天黑透前,雨声激烈,雨下大了开始跳舞,我光脚跑到门外木板台上,雨靴早已倒扣,我借着雨水洗刷地板,再把园里能洗的全洗过一遍,我赤裸双脚,跑来跑去,并不着急,雨在四下里等着我。是入夏以来的第一场大雨,轶林在电话里说,我家媳妇走半道上就下雨了,她就站在雨里,在雨地里不走了,最后衣服都不用洗了。雨断续三天三夜,麦冬喝足了水。

该给麦冬除杂草了。与杂草的辞别就像做出了选择,我不能同时离开和抵达。凯不叫我干这活,与很多人一样,他们好像商量好了,众口一词,你不能把这当成营生,你不能真的干这个。言外之意,意思意思得了。那我能干什么呢?我个子不高,也不够强壮,我性好读书,可穿上雨靴走进园子一切都是愉悦的。麦冬使雨鞋安静下来,不再随意踢踏,它羞于自己的大块头,怕踩踏麦冬。有时我没想过要做什么,只是走走看看,然后就蹲下了身,手伸进麦冬,很快手就变成一条蛇,像行进在一句古老的谶语里,它肚皮擦着泥土在麦冬间游走,它能用肌肤感触,知道哪一棵是碎米莎草,哪一棵是牛筋草,它会躲开大蓟,让它留在麦冬中间有朝一日开花;但遇不到车轱辘菜,一直没遇到过,有时它会停住回想一阵所谓的"牛马迹中"。

五

我跪在泥土上,我觉得自己就像在曾经看过的一幅木刻版画里,两膝张开跪在场院上,扬起一簸箕谷粒。微风吹来,其实我是在树下,正扒开一堆草棻察看泥土。那是金鸡菊、矢车菊的草棻,下面的土色有些发黑,潮湿确切无疑,数十只小虫暴露在阳光下,瞬间被无数光簇击中，失去了黑暗的庇护，就好像遇到了战争突然打响，一个悠闲的假日被迫中断了，它们纷纷逃亡，慌不择路朝泥土里拱，往草丛间钻。金鸡菊、矢车菊又高又疯，凌乱不堪，我指着它们对凯说，古诗里说首如飞蓬，差不多就这样子。我想总之飞蓬也属菊科家族，可以同怀视之。我拔掉它们，厚厚地盖住树坑，这是不是也能养护泥土呢？日光不进，水汽不失，阴影渗入泥土，泥土湿润黝黑，我只愿泥土丰腴。靴底又平又软，稍稍用力，就会像犁头蹚开泥土，泥土露出内脏，我想我最终看到的，就该是那种马粪的纤维，我缩回到少年，回到在小学农场耕地开垄作畦时看到的那种土，那是乡土，在林间空地，经过严冬后它在锄下纷纷翻涌开，那时我就想过，这得多少马粪啊。

  泥土在指甲缝里，惨不忍睹，每看一眼都不想再看，就移开目光，让眼中的一切化为窗外的云。我用小刷子在流水下洗刷指甲，去除那些泥土。总想不起戴手套，想起时已经晚了，麦冬地里的杂草已剩不多。弗罗斯特说，我们先属于土地，然后土地才属于我们。我一直觉得自己还孤零零的，从没有过彻底的"属于"。十多年前有天傍晚我跟凯在街上走路，四下无人，我把脸贴住他后背，闭上双眼大声问：老道老道到家没？没有应答。

  后来说起，我说这个游戏，小时候你们没玩过吗？他没有玩过。我们小时候经常玩，就是这样，一人脸埋在另一人后背，闭着眼睛由他带着走，边走边粗声大气地问：老道老道到家没？他粗声大气地应：没到家。继续走继续问，直至他兜够圈子终于站住，一声高喊：到家了！那时你被带到一面红砖墙前，一棵树下，一块石头前，或一块土坷垃那里，甚至是马葫芦盖那里，总之千奇百怪,全凭他脑里的火花,全凭他到处寻找,找到后他转身跑掉把你丢开,你不知道自己是到了哪里,伸手摸到的是什么。睁眼时还跟跄着往前扑空一步,随即才发现是一块土坷垃,或一面砖墙,你拍它一下算是认家后,当即转身离家去追赶他,抓住他带他回家,再由他发问继续寻家,老道老道到家没?有时怎样跑也抓不住他,你总是赢不了。

我在洗指甲缝时会想起这些事,觉得那是我童年中最难揣摩的游戏,充满意外、无可逃脱又难以追赶;同时我也奇怪自己对泥土有着的复杂情感,我怕脏,有洁癖,一方面我又欣喜得到的那块土坷垃,或那一面砖墙,觉得那都是最好的家。年少时,或已成年了,我也会让自己躺在一棵大树下,让身体贴着泥土,很久很久,一动不动。我曾把这样的时光写进诗里,记录我与一只蚱蜢的长久相视:"午后温暖/那时你倒下来,你还幼小如鱼/却是一只蚱蜢历史复眼中的自然归位/草梢多么整齐,每一棵草/都有着差不多的长度和枯黄/你成为它眼中的一滴泪,活下来/是投向它最后的长久微笑。"我在蚱蜢眼中把自己归还泥土,毫厘不剩,我就这样挑三拣四的,跟泥土打着交道,但心底里有声音一直固执地在说:我属于它。

六

雨靴会对我说,走,我们到菜地里摘黄瓜豆角去,走,我们去看看那只被谁描了眉毛的橘猫有没有翻墙过来,是不是它把你那只受伤的斑鸠拖到了仓房。我起身就跟它去了,我们并不远走,始终在园子里转。当雨靴哪儿也不去,什么也不做时,就守在门槛外,静静地待在暖阳里,像灼热退去后,"人的肉体开始觉得舒服多了"。两只雨靴很少整齐排列,有时两只鞋尖向内扣着,有时一只在前一只在后,它守住了那一刻——我在门口站住且光脚离开——守住并让那一刻停留,像是神的庇护。

我无意间看到它的样子,便坐下来细细端详它一阵,有时我干活干累了,躺在地板上,一翻身看到它在对面,正好冲着我。它沾满泥土。泥土使它沉重,而沉静。入夜,我翻看凡·高画过的几幅农鞋,读海德格尔,读赫西奥德。赫西奥德思考一切事物,在他的《工作与时日》中,我深深感念于他对身体的体恤和照顾。秋是最好的时日,"人的肉体开始觉得舒服多了",而冰天雪地时要保护好自己的身体,"你得系紧正好合脚的靴子。靴子要用牛皮做成,里面要衬一层厚厚的毛毡","你要赶紧做完活及早回家"。他这靴子有鞋带,尽管这鞋带并没额外提起或描述,借助微弱的灯光我还是看到了,并看到了时间好像从未有过间断,它在一双靴子上留下细密的针脚。

我的雨靴踩在无尽的时间线上,了无踪迹。一种深沉的情感于暗夜中涌起,我不是农民,也不谙农事,我没有走过旷野田垄和寒夜,也许正是这样,我更觉得进入了无可拆除的孤寂之中,雨靴也只是我跟跄行走的一个轮廓,是我在地上的陪伴和温暖。凡·高笔下黑魆魆的农鞋也尽透着孤寂,那些农鞋没有背景没有环境,但显然它经过了大地,它的样子早已走形,充满劳绩、疲惫、艰辛,几笔土黄色涂在向外翻开的鞋帮里,鞋带像树枝一样转折、弯曲,是铅白色,一圈圈穿过鞋眼,暗黑色鞋面和鞋底上也落几笔铅白,都是光,都是澄明，也是农鞋本身的破旧和磨损。而读海德格尔，我更爱他对南黑森林的描述。我为什么住在乡下？他触摸着风物变幻中的日常存在，他会打开一件确切到农鞋那样具体的事物，他站在时间最初的始点，引领我从那出发一步步学会还乡，"每个人都将替自己找到适合自身的还乡之路"。我也走进我自己的，在有限的余生里开始缓慢地归乡。

斑　　鸠

　　斑鸠的叫声就在窗外。窗外是棵树，正是清早，沉睡从树身移开，天蓝色挤进来，在树叶的空隙间发光。还没有彻底醒来，蒙蒙眬眬处于醒来前的最后那一刻，这时斑鸠加深了寂静的深度，在它的叫声以外，简直再没有别的声音存在，凝神分辨下去，原来蝉鸣消失了，一支旷日盘踞着的空中部队不知不觉撤退得无影无踪，没留下任何的痕迹。

　　夏天结束了。我躺在床上，猜想着斑鸠的距离。我知道斑鸠与我并不近，哪怕叫声就在窗外，但这对我来说已经足够了。我年轻时一些看不到的事物，比如说寂静，这时显现出更深的刻度，有了加减法，甚至有了中心，或许这中心不能让我重新聚拢起自己，至少我愿意接受它的捆绑。从身体外部开始，我渐渐成形或还原为自己，比较结实，又分为几个内核，内核之间有空隙，也有了虚空，那是我不结实的地方，也是我对暮年的虚位以待。

　　不过斑鸠也并不怎样远，经过一片杂树林，山坡脚下过一道沟渠，再一条小马路，然后是西山，斑鸠就住在那里，野兔、松鼠还有山鸡，也都住那儿。西山并不高，吃饭时正好望得到山腰，连树木疏密高低都能辨清，野兔松鼠生来沉默，斑鸠就不同了，只要打开窗子，特别是在园里给菜畦锄草，或薄暮时分散步，尤其秋冬交替,总能听到它的叫声,咕咕——咕,声音平和深厚,音调大小正好,末尾那一声沉抑下去,仿佛经过了一番吞咽,带一点呜咽的味道又绝不是呜咽,总之没那么凄苦,从深山里传出来,一声声总是在重复,听起来有些孤独。它反复重复,从来得不到回应,孤独就又多出一重。

在去年立冬之前,我还从没亲眼见过斑鸠。恰是立冬那天,清早开门见一只灰褐色大鸟卧在露台上,我没敢即刻上前,鸟对人的恐惧也造成了人对自己的恐惧,像是连锁反应,我下意识地退开,又尽量地表现出没什么。它小脑袋缩进脖腔里,动也不动,根本没任何动静。上下眼皮轻轻合住,灰粉色薄薄一小片,盖住眼球,想象不出这怎么会遮得住光。我想它一定怕碰,就只好轻声问,你怎么了?你受伤了吗?像什么都不在乎了,人影声音都不能使它睁开眼,直到我两手握住它的翅膀,它仍动也不动,不挣扎不反抗,然而身体却暖暖的。我第一次摸到鸟的体温,和体温下隐约的脉动,那身体超过我手掌大,但你能感到有颗小小的心脏,像星夜聚集起光,血液全部往心脏那里去,又从那里离开,它还活着。它脱落了很多羽毛,右脸直到颈部秃成一片,露出皮肤和一个小耳孔,显然是受了外伤。把它放到沙发上,我蹲着看,直到它慢慢睁开眼,开始看我。圆眼睛冲着我——如果像人眼一样也分内外眼角,它就是在通过外眼角来看我的,但是没有,没有眼角,那是只非常完美的圆眼睛,头部静止不动,眼珠像是斜斜地看我。我凑近前去,它像个大病初愈的人虚弱无比躺在床上,疼痛已然过去,身却不能动,仅脑袋微微摆正,圆圆的瞳孔透过褐色虹膜,开始完全地正对着我,深如青湖,里边没任何恐惧,也没有惊讶,它只是将目光静静地落在我的脸上。

它在纸箱里过了一夜。我总忍不住去看它,水喝没喝,小米吃没吃,最要紧的是担心它活不了。每次打开纸箱它都老样子,挤在角落里身体纹丝不动注视着我。寒流来袭,一夜北风,清早冷得人发抖,它走出纸箱,摇晃着身体想打开翅膀,翅膀显然不听使唤;它警惕着躲开我,侧着身在露台上小步疾走,看我没跟上来,就卧身不动,歪过脑袋紧盯着我。我拿水和米出来,它再挣扎起身,展翅试了又试,终于飞离露台,落在一米远的空调外挂机上,我止步立住,昨天它之所以容我抱来抱去,是它动不了,只要尚有一丝力气,它都会抗拒我,挣脱我,远离我。它有多怕我呀,多怕我这个两条腿的移动着的灰暗逼近物,恐惧回来了,使复活的身体充满了遗忘,而我的手心还留有它的体温,它小小心脏的微微震颤。它飞下空调外挂机,摇摇晃晃走进草地,歇过片刻,又摇摇晃晃走出草地。9点钟过后,透过餐厅窗玻璃,我看见它正栖在大银杏树上,小小一团。银杏叶黄透了,早跌落在地,剩几片挂在光秃秃的枝头上。还是那么冷,一夜北风清洗,天空一尘不染,有着要命的蓝,太阳升高也没能使气温转暖,但那种冷只是我自己的,是人觉得冷。它有羽毛,轻盈又有力的羽毛,它生来就懂得如何松动一层层羽毛,做个小中空来给身体保暖,这我不担心,只怕它右脸裸露在外的那块皮肤,会不会成个可怕的风口。两小时之久,它就那么石化了一样栖在树的横杈上。

它叫珠颈斑鸠,朋友圈有人认出来,之前我不知怎么灵光闪现，竟也想到了斑鸠。脖颈两侧两小片黑羽毛，奇妙的是，每根羽毛到毛尖就变成白色，不规则的小斑点，缀在两小块黑绒布上。朋友圈有女友看了说，还扎了条小花巾。我回她个笑脸。很有意思，"小花巾"使得斑鸠看起来像个姑娘，可雄雌斑鸠又长得都一样。"转世"，我还想起《尤利西斯》中谈论过的一个词。年轻时，它曾使我懂得，一件事物，或一个词肯定能找到另外的一种说法，也许是更好的说法，这种经过了编织的事物会获得更多的层次，更深的质地。

我从书架上抽出《尤利西斯》，找到了那一页，她问到他一个希腊文字"转生"，它是什么意思，他跟她解释说，是转世。她——我特别愿意把她和乔伊斯的妻子诺拉混同为一个人，她活生生的，质朴无华，写信不管长短写字母不用标点符号一气到底，被身边的人认作没文化，但乔伊斯觉得，没有一个人像她那样与自己的灵魂那么接近。在小说里，她要他别转文，用普普通通的字眼告诉她，转生这个希腊字到底什么意思。他就不断地深入："我们死后继续生存。我们的灵魂。一个人死后，他的灵魂……""转生，对，就是这个词儿。"然后，终于用上了她容易懂的话："有些人相信，咱们死后还会继续活在另一具肉体里，而且咱们前世也曾是那样。他们管这叫作转生。还认为几千年前，咱们全都在地球或旁的星球上生活过。他们说，咱们不记得了。可有些人说，他们还记得自己前世的生活。"咱们，他这样说，把她和自己都包括了进来，好像谁也跑不了，谁都算在内。不过很快他又回主旨，"转生"，他说，"是古希腊人的说法。比方说，他们曾相信，人可以变成动物或树木。譬如，还可以变成他们所说的宁芙"。宁芙，半神半人的少女,墙上正挂着一幅宁芙沐浴图,眼睛看得见,这个他相信她会懂。

画了一个最大的圆,谁也出不去。很多的圆是重叠也是加强语气,互相转换,来回翻译,就像生命这盛宴的桌台一直在转着,中间不断地翻牌,永远也停不下。从珠颈斑鸠到小花巾,就着小花巾,我跟女友讨论起这两年流行的波点,我跟她说起另外一个女友,也并不年轻,无论如何坚持着要买件波点衬衫穿;甚至回想起我母亲,在我幼年时她最常穿的蓝底白点罩衫,直到年老,她还扎着同样花色的小方巾出门,度过最需要忍耐的尘世与黄昏,是女性,在兴高采烈的跃动中让脆弱又警觉的身体一次次活下来。

那好些天里,我常去银杏树下,银杏叶金灿灿的,渐渐枯干,不碰也窸窣作响,满地堆积不怎么厚,用脚蹚开来寻,怕珠颈斑鸠藏在里边,期待它是活着离开了,最怕的是它从树上掉下来,最后被野猫叼走。总能看到那只野猫,偶尔在园子里窜进窜出,一有动静就逃,不接受喂养,对人满腔恐惧。

久久困扰我的是珠颈斑鸠为什么会落到这儿,落到露台上,身体带伤。两天后傍晚,我在厨房烧饭,突然听到一声沉闷的巨响,是朝向西山的那面窗玻璃,不知谁扔了什么砸过来。我放下正淘洗的菜篮跑过去,玻璃完好无缺,连一道裂纹都没有,推开窗看地上一无所有。我到外边去,没走几步想起了去年,差不多这个时候也发生同样的事,客厅或卧室窗户都是,有过同样的,那时我提心吊胆在院里转来转去,一堆堆草棵扒开来,没找到石头,或别的什么投掷物。

家里只我一人时,便感到有些怕,不晓得发生了什么,谁会这样无端行事,我在怕,却不知道怕的是什么,这才更叫人恐惧。没想到同样的事情重来,好像去年没有结束,又一次轮回。我饭也不烧,只在屋里走来走去,陷在无法驱散的惶恐中,想不出什么办法,无计可施,走着走着,我站立停住脚,突然明白了些什么,奔到玻璃窗前,看见那上面有一大片模糊的印记,一只手伸上去,对准那薄雾般的一团,里外两厢差不多大小,果然是鸟,而不是石头,狠狠地撞在了玻璃上。不是那么狠,肉体怎么能发出那么可怕的声响?毫无疑问,斑鸠是撞我家玻璃撞晕了,可能直到醒来,它也不会懂得到底发生了什么。

次日我出门向南走,走出很远再返回来,太阳很好,一排排房屋沐浴在上午的霞光里,我一户户窗玻璃看过去,越往后看越止不住心惊。我站住脚不再往前走,眼前一片从未见过的景象,墙面砖红色,光照下异常明亮安静,每片大玻璃都映着一个世界,每个世界都如此完整,天空、云彩、房子、树木,全都原封不动地映进玻璃里去,白云在飘,房屋在沉默,树木失去一片片黄叶。立冬,头顶上越来越靠近的,是那轮一路向南的太阳,它俯低身体,贴近地面,这太阳肯定藏着某股魅惑,正发出奇异的光芒,窗玻璃成为一片油质光海,边界没有了,也没有风,天地浑然一体,世界又拓展开了一倍,稀薄的油腻感,却也掩不住蒸腾,从里边透着温暖。可以想象,立冬前后半个多月里,鸟眼中的是个什么样的景象,树木在延伸,天空更寥廓;也更能想到日落时分,余晖映得西窗玻璃多么辉煌,一面光海里,不仅树木改变了色彩,变得绚烂如火,就是天空和云朵也被染红,在一层光波的背后浮动闪耀,那只灰褐色的大鸟展翅直飞而去,如同日光直射,世界在对面呼唤,没有什么可以阻挡,也没什么不可抵达,直接飞过去,毫不怀疑,也无法收束。

我拉上纱帘,等待着时间。时间这时仿佛变得可以切割,一截一截的,凌乱又满目枯萎,我努力回想起第一次玻璃窗发出的那声巨响,是石头裹着一块厚布投向玻璃的一击,沉闷却孔武有力,在我脑海里它不是消失,只是遭遇了粉碎和淹没,随后遗忘降临。珠颈斑鸠打破了界限,它脆弱地突闯进来,奄奄一息。是不彻底的初冬打破了界限,是逼近的金色太阳。我往回走,好像是件不大的事,我却必须小心,一年前曾有的惊恐和惧怕,竟像是没有发生过,那时在房间里独自来回地走,在那声突然出现的轰响中,所有的事物都变得弱小无形,简直没法估量,不知所终,怎么能够想到一只鸟呢,哪能想到一次飞翔也会如此地缺乏稳定。把时间倒推一年,两年的经验摆在面前,才发现自己有多迟钝。终于可以确定的是,以立冬为界,鸟撞玻璃时间前后大概有三周左右,那么,这三周我该怎么解决?纱帘使白天的房间成为灰色,旭日初升时还不需拉帘,阳光斜射进来,落在墙壁上,一大片温暖,我把左手放进去,阳光照亮了它,皮肤下的血管红而且微蓝,手背上的一条河。然后,灰色像尘雾一样掉落下来,脆弱的河消失不见了。好像突然间的日落,纱帘遮挡,失去光海,窗子归于平静,我出去看看,映像消失了,至少在我的窗外,鸟可以继续留在真实的世界里。没办法,也只能如此,但每片玻璃都像得了白内障,我在白内障后静坐,有种迟暮的感觉。

应该有一种膜可以贴窗玻璃，可是膜过于透明等于没贴，在淘宝左挑右选，最后确定了一份厚的、评论里说是室内透光好的，称作欧式彩绘磨砂贴，图片上看全部像教堂的彩色玻璃，上面是圆拱顶形，我的选择标准是色块大，容易辨识。不过它们真是过于夸张了，拿到手一看绚丽又粗俗，我先生吓一大跳说，这可太难看了，我说等等，过了霜降把它贴上，贴到小雪。说到霜降，我想了起来，就是说霜降过后天冷起来，太阳下窗玻璃的光波也许更暖，似乎更可以躲进去。我先生连连摇头，这现在还不到中秋。可是斑鸠在叫啊。

咕咕——咕咕——，咕咕——咕咕——。不用久听，就会知道斑鸠的叫声不只有一种，有时我能听出它的焦急，有时它好像要打断些什么，一阵阵短促的低吼。薄暮时分它最为平静，我和我先生在山谷间行走，它仿佛经过了吞咽的声音从身后缓慢传来，持续不断地左右低回，你看不到它，却有种无限的留恋。有时野兔会从眼前一箭飞过，这些褐色的小动物常在草地上玩，或者觅食，它们显得比我快，眼睛耳朵身手灵敏又矫捷，远远发现我们，撒开腿就消失在了另一片树林里。松鼠会在暗中注视着你，有时趁你不注意时潜进园里，偷走树上的熟杏。至于山鸡，只能在初春，偶尔听到它几声嘶哑粗糙的鸣叫。兔子快跑！先生说不用跑，其实是我们占了人家的地盘。我就希望它们都是年幼的，今年新生的，没有什么记忆，以为它们每天跑来跑去的草地，从来就在那里，也以为我们从来就在那里，也许怕我们，却不会恨我们。

篱笆

一

塔柏单独看,会有一种落落寡合的气质,哪怕三五成群,立在一片开阔地,也没法改变我脑海里的这一印象。是针叶树种都这样吗,还是树本身尖塔的形状容易让我想入非非?高耸着向上伸展,似乎在向天空传递着什么。传递什么呢?在想也想不明白的时候,人早就走神了。偏偏D要把它们聚集在一起,他在美国时常见有邻居以柏作庭院篱笆,就喜欢上了,好家伙,绿篱笆密实厚重,人在外头走,别想看见里边,而里边的人,哪怕冬季也被绿深深包围,既然一定要有篱笆的话,那就要这种篱笆。D从不忽视自己的决心,当我们的房前有了个小园后,他明确地说,种绿篱。于是从山上拉来了满车塔柏,回来跟工人一口气栽种上,转眼间我家就有了一道绿篱笆。

沿着低矮院墙排列,三十几株塔柏密集簇拥挤作一列会是什么样子的呢?塔肯定是不见了,上尖下阔的树形很快就被修正,从圆锥体变成了直筒筒的圆柱体,结构服从于人的意愿,新的使命要求它们要联合起来,要成为一体,彼此难解难分,要成为篱笆墙,谁也不能孤傲,不能拔尖,不能不保持队形,给水充足的话,不过半年光景,一道塔柏已横平竖直,绿茸茸地成为篱笆墙了。塔柏生长缓慢,也并没长很高,但已看不出谁是谁了,它们也要削足适履,或许比人还不容易。篱笆外边是铁栅,铁栅外边是街巷,之前责、权、利约定好的,房地产商将铁栅立起来,街道铺平坦,现在全被挡在篱笆后边,都虚化了一样,确实存在,又不那么真切。街巷对面的房子只露出上半截,红墙壁灰屋瓦;日间汽车从街道无声滑过,很清楚那是汽车,甚至辨得出它是白色的,或是黑色,那是塔柏与塔柏间的缝隙透露出来的;人影绰约而过,我坐在书房,隔过窗玻璃也能看得清楚,行人,红色衣裳。生长需要时间,人脑海里给塔柏绘了个长方形框子,但塔柏并不是小孩子手中的蜡笔,不是汪洋大海,说涂立刻就能把那框里边的空白涂满的。一棵塔柏就像被装进了一个长方形大纸盒里,它要用枝条和针叶去填满盒子,它天生枝条疏松,小枝生满鳞片似的细叶,细叶针尖大小,它得怎样去填满你的那个大纸盒子呢?它还需要日照,需要水,害怕病虫害,塔柏也掌握不了它自己。

二

塔柏移栽刚过两天,邻居电话打了过来。号码陌生,我不接,不接就一直打,直到我接了她赶紧说,别放电话,我是你家邻居。

我们这趟房有九户,小区一共多少趟房说不清楚,每家西山墙上钉着的房牌号都很大,但我想这不应是实数。我家把西头,靠大道边,东侧隔壁房子,距离我家最近,自然是邻居了。我们还谈不上熟悉，可也不是路人，她到过我家两次，那时房子刚装修完，两家都还没正式入住。第一次她忘了带钥匙，她站在自家院门口，等着人来送钥匙，正当晌午，她手遮额上，太阳光直射下来，一小团黑影堆在她脚下。

没有阴凉地。当初家家门口有树，山钉子树或槐树，树种不起眼也不名贵，深秋时有几天它们会异常美丽，山钉子绿叶丛中挂满小红果子，熟透时鸟就来啄食；而槐树似乎一夜之间，叶子就全部黄艳艳的，比金色浅，比金色明亮，其间没一丝杂色，不禁让人想象树内在隐秘地对话，是否有着一个约定，大家说黄就黄，而且黄得那么一致、彻底。这树她家装修时给起走了，她站在太阳地里，正赶上我出来进去里外忙活，我叫她进屋来坐。还没有家具，空荡荡的客厅显得很大，说话都带回声，像在山谷里，两壁书柜同样空着，没可看之处，地板刚擦出来不久，泛出木本身柔和的光泽，她对我地面不铺大理石感到不解，我说我们喜欢地板，我喜欢木头的。木头的？那厨房、卫生间呢？就用地砖，我说，至少不那么亮。房子装修大半年，除了偶尔照面道声"嗨"外，我们第一次这样近距离接触，我知道她是坐办公室的，也知道在我们这样的小地方，机关事业单位里有这样一些"坐办公室的"，在这样的人的脸上看不出任何职业特征，什么文员、财会、接待，好像一样都挨不上，好像她们都是风，没法细究她们碰触过什么，没有任何的蛛丝马迹可供你辨认。她的表情有点木木的，我猜这是连她自己都不曾察觉到的。她想去看看那些不亮的地砖，这看看，那看看，很难看出她目光里有什么，这一点也不意外，我熟悉这种目光，没有色彩，也没有细小之物。转了一圈，地砖显然让她觉得档次不够,她说,我这里,这里,全铺大理石。同样她说什么时也并不看着我,我知道她的心在忙着做各种比较,就好像在两个房之间来来回回地跑,根本顾不上我。我说大理石也好,可她把视线转到浴缸上去了,她说这次她没安浴缸,我问为什么不装?以前装了浴缸都不用,只用淋浴。嗯,我说我每天都要用浴缸。每天吗?每天。她心里的比较停住了脚步,不再奔跑了。

过几天她又来我家,那次我没在,只装修监管小鱼一个人在,他里里外外领她又转过一遍,几天后小鱼告诉我,邻居家把浴室全刨了,她要装浴缸,墙面地面,连同玄关,所有大理石也都刨掉了,另换一种花色金贵的,重新贴,重新铺。我吓了一跳,我说前些日子她家窗户,不是拆了新换,过后嫌颜色不好,刚刚拆了又换吗?之前小鱼告诉我时,曾把他心疼得不行,这次我好像后返劲儿,也跟着心疼起来,这砸进去多少钱才算完啊,钱难道是大风刮来的吗?

没想到邻居开始跟我通电话了,也没有想到是冲着塔柏来的。她在电话里说,昨天我去了新房,看你家院里栽了树,我就觉得要跟你说一下,这在我们农村,额,你们是在城里长大的吧,你们不懂,这在我们那里,栽这种树不好。有什么不好?你看这不清明刚过嘛,前两天我们还回乡下去了,我和我对象刚回来,给他家扫墓,我就想告诉你一下,也不知道我该不该说,但我还是想说,也不知我说明白没有。"说明白了。"我答道,把她从艰难的吞吞吐吐中解放了出来。那一大堆话里,不需要什么逻辑连接,只抓几个关键词就可以了。她不是交谈。她不知道我天生的敏感永远是一触即发,哪怕隔着距离,见不着面,哪怕只是呼吸,我也一下能嗅出味道来,我说谢谢你,我知道了。我在那儿买房子住,我本来是想做个乡下人的,现在看,好像哪里出了点毛病。

三

轶林站在园子里,脸仰向天空,一只手紧扣着太阳穴,努力在记忆里追索着什么,他叫着妻子的名字,好像这时候特别需要她,需要她来帮他,与他一起共同打捞一个深不见底的东西,还没等她明白过来,他终于想了起来,想起了老韩家,和老韩家的一口井。对呀,这地儿是老韩家的,他家就在这儿,在这儿,是他家的井。他用脚尖来回踩踏着,要找回一个更准确的位置。我们在说井。我一直想要打一口井,又担心地下不是水脉,花冤枉钱又白辛苦一场。轶林在山上有自己的苗圃,我家大部分树是从他那里买来的,后来常来常往,大家就成了朋友,园子里的活,不懂就电话请教他,做不动的,他就和妻子过来帮忙,之后我们支付工钱。时间久了,他知道我最大的弱点,用他的话来说,就是磨不开脸儿——他常用这话来笑话我。

老韩家的旧宅地和井。这不啻于深夜里的一声叫喊,我醒过来睁大双眼,久久停留在震惊当中。我从来没有想到过,我家园子这儿,曾经是老韩家的,轶林穿走样了的黄胶鞋就好像一直在动一直在说,在这儿,在这儿!整日山上山下跑,黄胶鞋从来都肥得像两只灰青蛙,脚心窝的地方凸鼓出来。轶林是当地人,他向着天空追索着老韩家和一口井的样子打动了我,我觉得他那时是在追索着一个村庄。我一直以为这里原本只是个溪谷,我看到过溪水怎样从山岩石缝里涌出来,最终流入一小片水库里。小区开盘那天,水库闸门打开了,水流顺着垒石河道淙淙而过。河道再没放过水之后,巨大的茅草开始一簇簇生长,秋天时随风摇曳,充满着乡野气息。我从没想到过,这里曾有过人家。我看到的也是山脉间的一窝凹地,后来我常在那里走路,我和D沿着山路往山上走,大雪天我们走到山谷最深处,蹚着新雪听积年的腐叶在雪下沙沙作响,再原路折返。我来了。如果说进入,我是从开发商起的名字起步的,纳帕溪谷。中国楼盘几乎都是洋名,纳帕溪谷这个名字我能接受,弗罗斯特的童年就是在旧金山 Napa Valley(纳帕溪谷)度过的,看房子时我就在想诗人弗罗斯特,甚至想这种巧合不期而遇。当然弗罗斯特的纳帕溪谷是在大都市,空气中散发着鲁莽和愚蠢——他曾这样说过,可是由此,他才可能让生命和诗深入田园,才悲悯一簇花一棵树。

Valley,英文里是这样解释的:A long depression in the surface of the land that usually contains a river.(陆地上的通常有河流的长洼地。)溪谷,中文里更趋向于水,"水注川曰溪,注溪曰谷";谷,单独又指两山之间的空地。中文里另有一层意思却完全出乎我意料,我没想到溪谷与人的肉体有关,它藏在人身体里,是肢体肌肉之间相互接触的缝隙或凹陷部位,大的缝处称谷或大谷,小的凹陷处称溪或小溪,"肉之大会为谷,肉之小会为溪"。古人就这样命名溪谷,解释肉身。从小我就熟悉合谷,展平手掌,在手背拇指与食指的掌骨之间,你看不到它的深,父亲告诉我,但它是深的,是手指可以按进去的,这个地方是合谷。每次晕车,我就按父亲告诉我的,用另一只手的拇指和食指紧紧掐住合谷,用两指掐住，它非常薄，可以从里外两方面进入，酸痛和鼓胀就会在那里升起，并渐渐涌入痛苦的身体，直至侵入到太阳穴，于是，似乎那里有两面鼓开始咚咚作响，血液下沉，慢慢止住胃里边翻腾不止的呕吐，痛苦开始缓解了，余下的血肉间的疼痛变得容易忍受。合谷夹在两根细瘦的掌骨之间，它空旷、平坦，因此可说是裸露的，易于接近，它是我接触最多的身体穴位。

在园子里干活，我常忘记戴上手套，等我想起时，指甲缝里塞满了泥，我还没养成戴手套的习惯。有时我举起手，放在眼前，想到轶林和老韩家，和那口消失的井，和他家邻居那些消失的井，我举着两手，上面不仅满是泥土，而且被晒成深棕色，早已不再白皙，但在我这里，也已变得容易忍受。

我是心甘情愿的，栖息于山林之下。从没有人能懂得，或许就连我自己也没法说清，我为什么喜欢过田园生活，而且完全是种男人式的喜欢。似乎有个隐秘的根源藏匿在某处，无从回溯，却始终就在那里。我喜欢土地，喜欢无尽的乡野和缓慢的时光，我擅长走路。这不是一种浪漫，也不是乌托邦，其间蕴含着劳作，不乏身体上的辛劳付出。山脚下。我时常会用这个词替代溪谷。我住在山脚下。这样的话是可以口头表达的。这转换过程是一种下沉，甚至是从诗歌沉入泥土，就像弗罗斯特从旧金山纳帕溪谷转身让身体沉入新英格兰乡间，这远不仅是命运，还是种必然。来过的朋友都说好，园子有山林之风，就是都嫌远，觉得这里不城不乡。我太不在乎城还是乡这些概念了，而且远，"什么样的近可以抵达？"这是谁的诗句？我忘记了。房子还在装修期间，每次开车驶出闹市区，就觉得耳边被清水洗过了一般，世间完全寂静下来，我们开车向前跑，直至群山开始出现在视线里，每当看到不远处群山连绵不绝，而我正在向它接近，一直向它接近，渐渐进入群山之中，我内心就充满了感动，山峦低矮起伏，山际线舒缓绵长，山气青缥虚静，我在时间中逆行，重返或者获得我从不曾有过的——如诗人吕德安所说——某种创世般的寂静。

最初一段时间内，D和我常要返回到市区去，去取快递，去理发店和洗浴中心，还去看电影，到超市购物。开车驶出小区门楼时，就像越过一道闪亮的关卡，照见我自己已被放野了，我就会说，进城了。似乎城是一次收敛，它能从头到脚修理你，一直修理到指甲缝，保证那里不藏泥土。整个小区被大篱笆墙圈在里边，大篱笆里有小篱笆，小篱笆才界定或者说表达了背后的那一个个人。我家篱笆墙内有我干不完的杂活，有各种劳作，脚上是43码的男人的大雨靴，一趟趟来来回回走过，树要照顾，草要照顾，菜地要照顾，我进城了，确实在承认自己是乡野之人。

我在乡野。不过很快没用上一年，也就没什么远不远的了，顺丰快递车开始出现在小区里，不费劲儿我一眼就会认出，黑色车身，永远像异域黑鹰，上面白色Logo，白色英文字头SF里，有一颗凝重的红点。取件箱也立在了物业门口，同样是黄色的，凡·高向日葵那种明黄，老远就看得到，不过不是"丰巢"，也不是"日日新"，而是家更新的"速易递"。取件窗有两个页面一直反复在换，黄页面熟悉了，不久换成了红的，等我准备好对付红的了，黄页面的笑脸又跳出来，像个女人在选衣服，试了这件试那件，在身上两件来回穿，拿不准主意要哪件。卓越亚马逊取消了售书业务，购书也不得不转移阵地，我重返"当当网"，继而新认识了"品俊快递"和劲头正足停不住脚的快递员。他从不进院子,只隔着矮栅门与我完成书的递交仪式,我们默契地相互关照,我多跑几步出门,省他下车。我光着脚跑出去,他也不会笑。碰上我不在家,他就把书投取件箱里,再电话告诉我别忘了取。不出多久,彼此像是成了朋友,每次我谢谢他时,他就说我谢谢你。

我几乎忘记了邻居的那通电话,最开始,塔柏令我烦恼多日,总是陷在说不出话来的虚空中。她在我头脑里挖出了个大坑,它空旷不见边际,无数碎片在其中漂浮,有些是词语,有些不是,我看不清那都是些什么,也根本捕捉不到,更别想把它们连缀成片,最主要的,我没有了个确切的方向来说服自己,要这样,或者要那样。根本没法谈论。她半吞半吐的话语并没有很快消失,在一段时间内它们窸窸窣窣,四下里爬动,要么就非常黏稠,不知从哪里流淌下来,然后停在眼前再不动弹。

好在我有收拾起自己的力气,所谓乡野生活也调服着我的内心,内心里一向所具有的坚定又重新回复,重新往胸腔左部那个怦怦跳动之处慢慢聚拢。篱笆墙内生活的单纯呈现出事物原本的质地和方向,塔柏长列一排,尽管生长缓慢,却从未停止生长,进入冬季后仍旧绿油油的。岁寒,一切草木凋零,只有它们饱含深沉的香气,隐秘地、幽幽地向外释放,以至于使我爱上了冬天。没有冬天的静谧和寒冽,没有这园子,我不会真正地认识到塔柏的高贵。

有时候我并不干什么,只是坐在书房里,长时间地看着窗外那排安静的植物,园子里树木花叶尽落,露出光秃秃的枝干,唯塔柏显露出来,几乎不见树干,从上到下披满幽绿色针叶,难以历数的鳞片针叶,在寒冷中锁住了水和养分,锁住生命之本。我见证过它们四季生长的过程,知道它们所需求的极其简单,只要浇水,初春和初秋各打一次药,它们就连病虫害也不生,它们只要求我们真诚。我有时间了,有时间用我的脚去踩泥土,用手去触摸它们密集的鳞叶,体会它们带给肉体的针尖一样细小而尖锐的刺痛感,我想到麻木不异于一种死亡,为什么要那种腐朽的呼吸来包围我的生命呢?我没有跟D探讨过电话事件,在他的决心里面,耸立的唯有事物本身,我不能跟他谈意象。而且,邻居跟我电话里谈的,也绝非意象。要是我把这些跟D说了,他就会说,哪有工夫管它呢。就算我给他背诵"青青陵上柏",他也准会朗声大笑,准会取下句"磊磊涧中石",他这个人就是涧中石,不继尘羁,再如果参透了人生天地间,忽如远行客,我就自己都会羞于启齿了。是的,我俩都爱树,只单纯地爱树。不用去管篱笆墙的影子咋就那么长。

四

小区里从未停止过大兴土木。要是在闹市区里买房子,涉及的装修只在自家房门以内;要是在城郊,要是房子周围还附带有一小片地,那片地也能在产权内使用,成为自家的园子,装修就会四处蔓延,不仅是向周围蔓延,还会上下蔓延。蔓延改变了房子原有的样貌,甚至改变了小区的风格,尤其有了土地这一点点余裕,房子就更嫌小了。房子是不大,面积大都160平方米,开发商出售的就是这个价,160平方米加个小园,都是奔着这个价来的,这价跟田园梦一点关系都没有,这样,小区自然就翻江倒海,不得消停了。

房子扩建揳了土地,园中土被扒开了,挖掘机把园子挖出了个天大的坑,从房子一直挖到院墙根,房子底部的回填土也被掏空,地基裸露出来,房子凌空而立。我第一次看到一座大房子是被几根细瘦的水泥柱支撑着的,也许就在那一刻,我迷信起泥土,迷信泥土深厚的力量,我觉得那几根支撑好脆弱啊,心里真怕房子瞬间倒塌。

但是没有,大坑里到处浇筑了水泥,竖起钢筋,其后还是水泥,很快,地下室就冒出来了。院墙也没有因大坑的出现而倒掉,下半部分反而额外多出了几扇半截窗,阳光斜照进去,不那么明亮,地下室似乎也正常,也不需要有多么亮。窗框材质全是铝合金的,别扭地浮在欧式建筑的背景前,像让观众容易出戏的蹩脚演员。三年时间里,每条街巷都诞生出了这样的演员,它们卧在街巷一侧,只把玻璃眼露出来,冲着街道,其余全部身体包括头部都趴进泥土里,有两次我从它们面前经过,它们半睁半闭的眼睛看着我,看我的脚和小腿,不明物体似的慌张走过。它们头顶上的院墙,竟让我想起孙悟空被压在五行山下,鬓边青草,颔下绿莎,要么就是头上有草,脸上有泥,总之我就再也没深入街巷里走过。院墙、篱笆墙、木篱、绿篱、竹篱,所指都是一回事,是对家的保护,无论怎样扩建,怎样让地下室棚顶冒出来,替代了园子里的泥土,用石砖等各种硬覆盖铺地,院墙们或篱笆们都保留了下来,哪怕改头换面,哪怕面目皆非,它们存在着,把房子像心脏一样围在中央。

篱笆,名词;站立,动词。如果有很多名词都指向同一件事物的话,我就得关心动词。动词有冲击性,也有抚慰,最终形成状态。不是像撇奶皮,动词没有撇去意义,事物仍立于事物本身,面容却更加清晰,更加单纯、透明。动词才是对事物的最终说明。这样想的话,关于塔柏或者篱笆的事,会不会就变得简单,而不那么复杂了呢?我不愿意走那么远,我在城市里长大,我父母也在只有十几岁时就离开乡村,他们早早进入城市,求学工作,直至把我放在一个光秃秃的大院里独自长大。院子处在几幢三层红砖楼之间,红砖楼就是围墙,特别高的围墙,无数人躲在其中的围墙;楼与楼之间是仓房,仓房里面是煤碎、木材、酸菜缸、工具和各种破烂无用的东西,两排仓房之间是个垃圾堆,夏天苍蝇们打着转在它上面缭绕,发出嗡嗡嗡的轰鸣;在没有仓房的一块空地,有三棵大杨树,那是几个楼的大院里唯有的树。夏日午后,我们女孩子抢着躲在树荫下,跳绳,把皮筋系在两棵树上,或坐在石头上摘豆角,削土豆皮。树有阴凉。我们并不懂树,甚至不是喜欢那树,我们是喜欢那庇护。树就是庇护。我们要绕很大一圈,才会去爱上事物本身,爱上它原本的状态,在我经历过无数崎岖之后,我就一直在想,这样是不是太晚了?所以即便是动词,我要那些平坦的动词,优雅的动词,它们可以很旧、很老,可以发生在古代,就是不要有伤害,有恐惧。

但动词一旦发生巨变,我对动词的信任就站不住脚了,就不能不随即坍塌。比如说:篱笆,名词;倒,动词。名词仍然在那里,但事物不再是站立的样子了,意义变了,事物同样清晰单纯,只是换作了另外一样,它有了一个你不能接受的状态,你还能继续信任动词吗?这已不是词语问题,你躲不进去,这时,你就要从词语当中走出来,切实面对那倒掉了的篱笆。

是的,篱笆倒了。我这样对 D 说。我们在外地时,挨邻居家围墙的几棵塔柏被她挖掉了。先是扒掉两家共用的围墙,然后是塔柏。还是要扩建地下室,殃及池鱼,电缆挖断了,一根电缆上的几家都跟着停电。物业瞒了又瞒,终于想到我家冰箱,冰箱里的冷冻冷藏,不得不电话通报我。我问物业:可是她家不早就建地下室了吗?想再建大一点。我问:要多大呢?物业一阵不语,然后说:好像在院子里再扩扩吧,院子里都做地下室。我问物业:那么为什么要扒院墙,然后再过来挖树?她建地下室,和这院墙、树都有关系吗?物业迟疑着回答:是不需要扒院墙,是想用院墙下的那块地基吧?我们也不清楚。我继续问:你们物业有规定,装修要有左邻右舍签字同意,事先你们问过我们吗?经过了我们签字同意吗?物业说:是没有,她来这里签字时说你们同意了呀。这是扯谎。她们家从来没问过我,连个电话都没有,我们从不知道有这回事,而且你物业也不来问我们吗?你们拿到我们的签字了吗?到了现在,断电了你们觉得不能不告诉我了,才打来电话,如果电不断的话,你们就会一直瞒下去,直到她做完了,神不知鬼不觉,让我不知道墙曾经被扒掉,树是怎么死的,是吗?是这样吗?你不觉得这已过界了吗?这太过分了吗……

我被自己的愤怒气哭了,却努力忍住哭腔,想起了秋天时朋友曾来电话,跟我说邻居家想要朋友帮忙,把我园里的银杏树起走,他来征求我意见,需要不需要他把树起走。银杏树,离她家远着呢,我问朋友为啥要起走?朋友也一时回答不出,于是我明白了,她只是恨树。可她为什么要恨树?她把院子弄得光秃秃的,地上铺满水泥,一棵树也没有。只是在门口,在起走山钉子和槐树那小块地方,后来种上两棵枣树,以我的理解,她只是想要枣子而已。要是能越过树,直接够到枣子,她定不会要树,她和枣树之间只是三角关系,甚至没有关系,但肯定不是直线关系。不在肌肤之间,更不在溪谷。她不喜欢泥土,买园子干吗?她不爱树,回去住高楼大厦好了。可是翻腾出这些,都无聊啊!还是我率先偃旗息鼓。我只对物业说:那有什么解决办法?我只要马上连上临时用电,树怎么挖的怎么种回去,要保证树不能死,否则我就起诉她。我放下电话后,一阵惊呆,我怎么也没有想到,起诉,这两个字会从我口中说出,会在我与邻居的关系中产生。我从来不曾跟人红过脸,不曾发生过冲突,遇到问题就往后退,不去伤到别人,打掉牙就咽到肚子里,现在竟然脱口说出起诉,怎么会是这样?

除了新增几只玻璃眼外,她家地下室也拉长了,形状不再是原来的一窄条,而是扩展到大半个院子,泥土终于瘦成一窄条,身单力薄地偏居一隅。五棵塔柏被挖掉,被扔在院子里,树根裸露在外,暴晒三日,半年过去,连同跟它们相邻的三棵塔柏,全部死去。塔柏种回去了,一棵也没活。就在一年前刚刚从山上把它们拉回来栽下时,铁林要求我们天天浇水,他也跑来浇水,怕它们不活,大家总是去看它们,观察针叶是变黄还是绿着。每次浇水我脑海里就冒起我妈,我妈整天节约用水,我们看不下去了,说她不用太过于节俭,她就说,水,人类资源越来越少了,你们不知道吗?我哪是差那一点钱。诸如此类的话,挂在嘴边上,被惹恼了她就会说出来。我拖着长水管,或看着D拖长水管,耳边响起我妈的声音,心里便觉得对不住她,直到后来我才想,在塔柏被连根挖起又重栽回之后,每次浇水时我才想,她才该起诉,起诉我,起诉D,起诉我们大家。可是我爱树,D也爱树,他给树浇水,见到树就停住脚步给它们拍照,我们会一同坐着观看树。就这样两头绞杀,往哪头走都不是,要么是忤逆我妈,要么就抛开自己。可是现在终于,塔柏还是死了,我再把手伸进那针尖密布的叶片丛中时,仍旧是细小的尖锐的疼痛刺着我,像没死一样。这些种回去的塔柏在篱笆中,站立有五个月之久,其实它们的内部根系,已经死掉了。

不,肯定不是词语的问题,尽管词语会在你这里发生作用,会让你心烦意乱,会让你痛不欲生,尽管你也会用词语回击别人,尤其是发现自己掉入陈腐的烂臭的词语雷区,自己被炸得血肉横飞,头脑空荡暗黑如同无尽宇宙,除了词语,你还有什么依靠呢?还有什么护卫?你能够想到自己是一堆碎片吗?你肯定不愿意。尽管……,可肯定不是词语问题,其实你已走出词语,进入了现实。在现实中挣扎,跟完全不明来路的人为邻,不知道他们怎么回事,什么星球来的,却要从中扒开一条路来走,这才是困住我的真正篱笆。已经没有退路。你要进入一棵树,进入它单纯的生长与死亡,进入它带给你的疼痛感。即便住得再近,即便在篱笆间,你也没有邻居。

五

朋友没有起掉我园里的银杏树。他说其实她对象那人并不坏,他就是在官场混久了养成了那种……我笑笑,没有接过话。

我想说所以他才那么跋扈,我想说他最该懂得什么叫公民,懂得公民间关系,但是没有,我觉得那些话一说出口,就会变成一地鸡毛。这是我回避麻烦的方法之一,我的处世之道,其实是保全自己。我在逃难。沉默就成了我的篱笆,它不仅使我觉着安全,还能保障我不轻易越到外边去,不随便与他人为伍。它给了我时间,让我去看,去观察,去蹚过那深不见底的心脏。心脏,我爱它们是肉做的,所以我温和。我不出手,不是我弱智,只是不善于也不屑于家长里短。轶林要我让她家赔偿,他会开出发票,要让她把交在物业的五千元押金一分也拿不回去。我拒绝了,在轶林那里重新买了塔柏,补上篱笆。

我要简单,只图简单。有一段时间,我越来越想住回到高楼大厦里去,钢筋水泥,天然壁垒,比篱笆墙牢固结实,不必担心它倒掉,不必担心它烟消云散。也不必管别人的爱憎,关起门来,什么都侵犯不到我,楼上要是不装修,永远都是安静的,不发出声音,也闻不到谁家厨房烧了什么菜,是不是酸甜苦辣。在一幢楼里住了十年,我没见过对门邻居,不知道他们是谁,做什么的,偶尔听到他们家开门声、关门声和狗因为我们出入的动静而发出的激动的吠叫,我才记起邻居的存在。那才是邻居的距离。

这是一种省略,一种空白,我早就习惯了。

不用像小时候那样去邻居家写作业,去串门,炒菜时发现酱油没了,跑到隔壁借一小碟端回,第二天再还回一小碟,附带捎上一碗饺子。不用大年初一挨家挨户拜年,不去的话父母嫌你不懂事,因为他们家的孩子早来过拜完年了。冬天晚饭后,我时常去邻居孙婶家,她家女孩比我大好几岁,男孩比我小,孩子们玩不到一块儿,也就不玩。我不知道自己为什么爱往她家跑,孙婶很少说话,她丈夫坐在床上卷旱烟,同样不说话。我就坐在那儿看一个黑瘦中年男人卷烟卷,我不明白为什么就那么坐着,看他从一个小烟纸本上撕下一张,纸很薄,不发出声响,在灯光下泛出冷冷的荧光,他把烟丝放进纸芯,拇指对齐划过,烟丝立即直成一线,变得十分整齐,像猫毛在手指下滑过,瞬间从头到尾地平伏了,他再将它们卷起,手指间拈着滚过一圈,再放到唇边舔湿纸边封口,两头拧劲捏实,一支烟就成了。有时候他会一气卷出好多烟,一根根码进纸盒里,有时只卷一支,卷完后衔在唇间,他划着火柴,点着后开始吸烟,仍旧不说话,一间房子不大,静悄悄的,除了能听到隔壁家孩子偶尔传过来的哭声,烟在昏黄的灯光下晃动之后,慢慢向上爬,未到半空中就消散不见了。

格局是这样的:我家住在二楼。上完楼梯有三扇大门,正对着中间的就是我家大门,左手大门就是孙婶家,右边同样有扇大门。我们叫它大门,因为每扇大门背后都住有两家,大门是区别于自己家的小门而言,站在大门里边看,确实又有两扇小门。晚上睡觉前我们都会站在大门口,高声问一下:都回来了吗?另一扇小门就会传出回答:都回来了。于是就插好大门,听到还有没回来的,就回一嘴:那就留门了。然后回屋睡觉。我们跟对门,叫对家。用的是家的概念。D他们那片区域叫"同居的",用的是居的概念。大门里边最会吵架了,很多对家或同居的吵架,但我们和对家不吵,我妈严格控制我们与门外邻里间的关系,她总是严肃地训诫我们:不许跟人红脸。

在我十一岁那年夏日,我在家烧晚饭,黑铁锅里加水蒸萝卜块,是蘸酱吃的。铝盆当锅盖,大小合适,但没有把,我站在板凳上,想要确认萝卜块熟还是没熟,在捅开盆盖的同时蒸汽猛烈冲出来,一下吞噬了我来不及抽回的左手。我放声大哭,孙婶吓疯了,穿着拖鞋拉着我就往医院跑。她是可怜我,我父母每天下班回家,晚饭只有半个小时,吃过晚饭扔下饭碗就匆匆返回学校去参加政治学习,这些她都知道,可事后她还跟别的邻居们说我父母,心可真狠。大水泡盖住了手背,且还在扩展。她个子高,我还很矮,她举着我的手往医院跑,我半个身体被提了起来,斜吊在空中,另半个身子趔趔趄趄,我只能用到一只脚脚尖着地。部队医院正准备下班,通常他们不给地方看病,但那天——孙婶后来说是我命好——医生从一个塑料圆盒里搋出了一坨黄油膏,敷满了整个大水泡。孙婶怕我手背上落疤,每天她都检查。不出冬天,受伤的手竟好利索了,完好如初。她里外翻看了一遍,连手心都没放过,最后她说,小东西,真偪!我二十多岁以后就再没见过孙婶,没去给她拜年,没从她家厨房端回过一碟酱油再还回一碗饺子,我们搬家了,她早早离世,那时她还不到六十岁。

这些早都省略掉了,我早已习惯了,这空白,这空荡荡。回不去了。不过就算如此,高楼大厦要回还是可以回得去的,这并不难。我独自踟蹰。我住得高,可以望到海湾,看到船从码头进进出出,无声地划开缎子般的海面。我就对 D 再三说,把房子卖掉吧。带园子的房子,在篱笆的心脏,有一段时间我只围着一个心事打转,只想把它卖掉。现实问题是,我觉得我病了。就算朋友,他一边被人家请求帮助挖银杏树,一边被人家拒绝挖银杏树,我能看到他站在篱笆中间正一只手托两家,他更需要解救,我不敢伸出手，去碰那份沉重，尽管我还确定不了那手是不是沉重，我希望它不是。所以当我们碰面，他想重提塔柏时，我只是轻轻一笑，并不把旧话提起。轻轻松松走到一起，不能彼此解救，至少谁也不要压着谁。在所有的篱笆当中，阻碍最不应该出现。如同篱笆原本就留有门一样。我在适当的时候，轻轻止步。

她家也看出了塔柏针叶不仅黄而且日渐枯萎了，最终认定它们死了，我们也曾一度以为它们还能活着，不会就那么死掉，可是不然。在我们意识的盲区中，它们死了。塔柏站立，且是并排死去的。物业打来了电话。夏季过去，马上就要到秋天了。物业在电话里说，邻居想问问你们，那些树，是作价赔偿呢，还是买些树给补种上？那时我正在园里走来走去，我看看那排塔柏，死去，就等于一切都没法挽回，而我还在这里走来走去。突然想起一个朋友发过的一张照片，一个男人独坐在野外长椅上看书，他正低着头，只见满头白发如雪，那成为黑白照上唯一的耀眼之处。朋友写道：白发丛生，顿觉天地悠悠。喉咙一下被哽住了，对电话里等待回答的物业，我说：不用了，什么都不用，到此为止。

"三个有雾的早晨加上一个雨天，就会烂掉／一个人建造的最好的桦木栅栏。"弗罗斯特，他写丧事，一个人濒临死亡，最亲近的朋友远道而来，陪伴去死的人，但在死者入土之前，他们的心思就变了，就想方设法要回去，回到生活和活人之间，做他们熟悉的事情。因为翻译，我无法体味弗罗斯特诗歌的音律之美，但我知道，他说的是孤独。在陪伴中的孤独。速朽，随时随地都在发生。这没有界限，缺少阻隔。

"有某种东西不喜欢墙。"我一直在想这诗句。来自弗罗斯特另一首诗《补墙》。"我"肯定不喜欢墙,但"我"也在应邻居之邀与其一同补墙。"在砌墙之处我们不需要有墙/他全是松树,我是苹果园/我的苹果树决不会越界,/吃他的松果,我告诉他/他只是说:好篱笆出好邻居。""我"充满怀疑,为什么好篱笆出好邻居?"砌墙之前,我得弄明白/把什么围进来,把什么隔出去。/而我像是因此冒犯了谁。/有某种东西不喜欢墙,/想要它垮掉。"我也摸索在黑暗里。死死思索着这想不明白的篱笆墙。这首简单的诗更像丛丛密林,我看到弗罗斯特在不断疑问不断拆解,不断在其中行走,不断弯腰搬起石头补墙。

六

重新买八棵塔柏补种上,又得开始重新养护。塔柏只挨院墙南边和东边各立一排,要是从空中看,就是个字母 L,阳光洒落下来,照在每一棵塔柏身上。塔柏只遮挡铁栅那部分,其余砖垒院墙老样子留着。一个篱笆三个桩,塔柏是活的树木,一个桩也不用。但活的另一面就是死。任何事物都无法抵挡它的另外一面。我在园中干活或走动,尽量地不出声,我知道篱笆的空隙,有多么不牢靠。刚移栽塔柏那天,几个工人一边给立在土坑里的塔柏填土,用锹做出水坑,一边聊天。他们聊到一个有钱的熟人,他家里养了两个女人,老婆和后到的女人,她们住在同一幢别墅里,楼上楼下,不仅不吵架,还好成一团,常常设计联手对付男人。说得热火朝天,不知道我正好站在篱笆外,我被他们给逗笑了,忍不住说还会有这样的事。听到我的声音在篱笆外响起,他们顿了一下,很快也笑着说有，这可不稀罕，于是，篱笆里和篱笆外就说起话来。补种塔柏同时也新栽了草，是麦冬。不知道哪块心区在隐隐作痛，我不断地在想，这又得浇多少水啊，就在那时我想起了我妈，想到该是她来起诉，起诉我和我们大家。可当天不到傍晚天突然间黑了，很快开始落雨，雨断断续续接连下了三天，塔柏和麦冬全活过来了。

园子西墙外边有片白桦林，特别年轻的白桦林，每当朋友来做客找不到房子时，我们电话里就告诉说，就找白桦林。小区里有几片白桦树，我们觉得白桦树最多处，是在我家园外，D又叫它们为西林。三十多棵。其实与其毗邻着的水杉数量也不少，也三十多棵，这却并不影响我们叫白桦林。其实是杂木林，好几棵松树、白蜡，还不算外围一圈矮灌木林。温暖季节树木葱茏，这些树木跟篱笆内树木连成一片，浑然一体，难以看出有什么分别，哪是我们私人的，哪是公共区域的。我们喜欢那片白桦林，同样清楚白桦林不是我们的，这之间是有界限的，但这并不影响我们的喜欢。必须画出地界。这是契约，是约定。要有地界，且地界必须垒高，已经不能用一块界碑来标明了，不能用一块木头或石头，我们这辈子就没见过，我们从小就熟悉的是各种各样的篱笆墙。下午茶时，D我们俩更喜欢坐在餐厅，正对着西窗，看窗外的一小片树林，和不远处的青山。鸟时时飞过来，从白桦林的哪一棵树枝丫上起飞，直接落到窗下紫苏棵里，或者从窗外急速兜个小弧线，然后向上拔起直接出镜，飞出窗框外边去，让我们再也看不到它们的踪影。空中畅通无阻，要是两只鸟追逐而飞，更见出鸟们的飞行惊人神速，两只鸟形同一只鸟，两只鸟之间没有一只鸟的距离,相隔极近,动作飞行线路和弧度却严丝合缝,高度一致,你看着它们,没法想象它们小脑袋瓜里到底装着什么神奇密码,眼看着它们打着旋冲你来了,却又同时邃转飞越过你,在你的上方远去或者消失。

走　　圈

  楼群很快起来了,恍惚时候,我简直不敢信那都是一块砖一块砖砌成的。像有个魔术大师,两手一翻,就抖落开几大块绒布,形成障眼幕,或叫作装置也行,总之他要变的戏法藏在里边,道具当然不会是扑克牌、火柴盒或钱币什么的,不过也不复杂,红砖头而已。他的道具很沉,要把很沉的东西变轻,变快,在掌心上现出轻盈之鸟,吹上一口气,它便飞在眼前盘旋。在这只鸟面前,时间一定会感到无限沮丧,时间,也会成为一只泄了气的皮球的。
  楼群当然既不能是飞鸟,也不能是哈尔的移动城堡,我能想到那些楼基灌筑有多深多牢固,在星罗棋布的夜空下,夯实钢筋混凝土柱子的锤击声特别巨大有节奏,一阵又一阵轰响,砸向地心的力量,那是要楼宇生来就有根就扎实稳固,牢不可动,而不是像在动画片里那样,飞来飞去。速度和凝固,让整个楼群一年多就成形封顶了,外层围挡是蓝色的,聚乙烯防尘网也是蓝色,层层环护,再加上脚手架,楼宇裹在里边就像一堆堆快递包裹,早就收到了却始终不拆封,始终深藏不露,只有房瓦露出铮亮的灰脸来,长官终将卸任似的,朝天吐出一大口长气。我坐在二楼书房,隔过银杏、白蜡、洋槐光秃秃的树梢看过去,千余米远,屋瓦上,工人们像纸片似的轻微移动,有时赶上正午,移动就止住了,那是他们坐着处于静止的状态,看不出手和脚,又总觉得那些手臂是搭在膝盖上的,仿佛氧化过度了的冬日天空勾画出他们的轮廓,没有笔线,毛糙不细致,哪怕是天色湛蓝,衣裳也失去色彩,灰黑的小身影,永远在逆着光,一半身体贴在天幕上,另一半身体拖住它的上半身,把自己固定在斜坡屋顶上。

窗户是个画框,在画框之内看,七八座塔吊横竖分割了天空。当我在小区院里转圈走的时候,天空就是无垠的。只有楼群,永远置于塔吊的臂肘之下,我有时候喜欢看塔吊,看久了塔吊就在眼里变为一群难以捉摸的生物,简直活着似的,又分外巍峨,世间上还有比这更巨大的手臂吗,大臂小臂上下两节,活生生的,全然独立地活着,不需要借助任何躯体肺腑,左左右右,东南西北,缓慢而沉思地移动着,永远有下一步,永远有它要抵达的地方存在着,楼宇在臂肘下听话地立着,像口渴的小动物在等水喝。看塔吊时,我被一些不理解的事情拽着,或者说,一些不理解的事情在我身上发生了,我被迫让出自身,尤其大脑里那些清醒的部分,一汪清水慢慢地被搅浑了。

小区里也有个小孩喜欢看塔吊,他还不会说话,在爷爷怀里抱着,嘴里"唔、唔"地招呼着塔吊,心里大概觉得它们听得懂他,隔了那么远,小区围墙外还隔过一条马路,也只是望在眼里,他嘴巴传出的几乎就是低语,他仍旧充满欢欣,小身体火焰般地不时往上蹿几蹿,抱他的爷爷撼得站不稳脚,作势趔趄两下。爷爷并不老,只是被火焰点燃了,显得很喜悦,喜悦中趁热打铁教小孙子说,这是大吊车,大吊车。又似乎是嫌不够,爷爷就唱起来,大吊车,真厉害,成吨的钢铁欤,它轻轻地一抓就起来。

就这么来回唱,像单曲回放。有两次刚好我从他身后走过,这么熟悉,我都忘记了,一段掩没在荒芜中的旧路突然敞开,一伸脚我就返回到了小时候,过去熟悉的梦境死灰复燃,清晰完整,展开所有的细节,收音机或舞台上或院子里各个角落,全都在唱,那些样板戏熟烂于心,人人都会唱。所有小孩都会唱,眼下会唱的小孩也已经老了,再来唱给他小孩的小孩,而他那段唱——我一边走一边想——他那段唱最显豁的部分,是后边还跟有一连串大笑"哈哈哈",在戏中码头背景下,它其实又是过于写实的,现在完全被省略掉了,他没有大笑。也许是他本身就缺乏乐观?还是不在戏台上便不该那么长笑,否则写实一旦到了荒诞的地步,又不似在人间了?那爷爷,那么具体,实在,看了一阵塔吊就不要看了,睡午觉时间到了,生物钟钟摆到时就会响动,他要小孩子回去睡觉。小孩还正痴迷于塔吊呢,从一种痴迷状态中被扯出来,就如同贪恋中的热梦被打碎,小孩子当然不干,他懵懵懂懂中"哇"的一声,嚎啕大哭起来,于是又停住看了一会儿塔吊,作为安慰和补偿,然后才被抱回家睡觉去了。

当我喜欢看塔吊时,就如那小孩子。我知道自己看得久了,就会被一种混合着迷惑和奇异之感的力量死死盅住,我感到过从中抽身的难度。力量这东西,一旦掌握了和被其掌握了,就难免会变形,成为奇迹,也构成魔幻。饶是这样,我还是很难想象那小孩到底是怎样的,那柔弱的身躯里,都有什么在发生。由于那小孩,在我一圈圈走步的时候,脑海里总会回想起小姐姐的孙子,我们都叫他小弟头。当年小弟头最喜欢看火车,有时站在桥上,伏着栏杆,一小时一小时地等着不肯走,就为看一眼火车远远驶来,再呼啸着从桥下穿过,又一溜烟地远去并消失。出现和消失的过程,都会带来同样的喜悦和欢呼,然后他失去了,眼看着失去了——他已跑到了桥栏杆的另一面,送走了黑漆漆的火车,其实那是货运火车,运煤的,样子很难看,但到底是不见了,眼前剩下的仅是几排交错的铁轨,空荡荡地直伸向尽头——他也不离开,一心期待着下一列火车。我站在他身后,伤感中几乎不敢伸出手,害怕去碰他瘦小孤单的脊背。

  其实我并不喜欢看塔吊,只觉着始终是它们在跟着我并紧追不放。我住进这山谷里,山谷并不深长,二三年安静。一道山冈从我家西窗外横伸出去,隔小区围墙看,山岗不远不近,山色不浓不淡,山上杂树密集又像一束束茅草耸立着,一年四季荣枯变换,我先生和我私下里习惯叫它为西山;另一道山岗蜿蜒而下紧贴小区东围墙,有些远,隔过十几户人家的样子,平日在家望不到,不在视线之内,也就未被命名过,好像我们没资格来称其为东山。两山岗从同一座山脊生长出来,中间留出块谷地,就像一根鱼骨身上分布的两根细刺,一根挨着一根,但遮风挡雨的,人住在里边,不深的山谷也是深的。

  然后有一天,西山就短去一大截,山脚被劈了去,成了个大工地,围挡长长一溜,人在旁边往坡下走,始终是矮的。塔吊举目便是,更清楚可见的,是每座塔吊立臂都箍个巨大而醒目的白色号码,2♯,3♯,7♯,8♯,仿佛都在队伍里,是队伍中的一员,必须得带上个红袖标才行,以防范它走失,或时刻都要喊到它。靠近围挡处,最后那排,有栋楼器宇轩昂站得最高,它踩在半山腰上,头顶跟山尖上最高的树拉平,塔吊则更要高,袖标看不到,完全被楼身遮挡住,不知是几号,上臂凌空悬起,一根扫帚似的横扫过楼顶,最后慢悠悠滑向另外一边。即便那楼包裹得蚕茧一样,楼体仍透出俯瞰群雄的傲然气象,只是不知为什么,它下边基础始终暴露在外,并排四根钢筋混凝土柱半裹在红土里,很像是考古现场,需要把那红土一点点扒开,用小刷子一点点仔细扫——可是没有人,工地里边很难见到人影——后边就是山,山体的横剖面、山体的内部,永远是红土,在天色向晚的时刻里,红土的红也没大改变,似乎是受伤的小孩反倒固执了,永远也不听话;又好像灵魂出了窍,被遗弃的真身无了主,散落着,仓皇着,初见天日,不知道要往哪里去。

有一次走步,我看见塔吊把长臂越过那栋楼,直接伸到了山坡杂木林上,使劲嗅着那片杂木林,似乎臂尖新生出了鼻子。杂木林更像荒草丛,鼻尖久久不动,嗅着荒草丛中的小兔子。山上是橡木、柞木,和少量的松树,从春绿开始生意盎然,直至冬天树叶枯落,树木一根根显露出来,稀落落遮盖着山的头皮线。这时一眼就看清了,山很瘦,也就是这样的冬天,会格外叫我想起村上春树,想他笔下的木碗山,"山圆圆的,像倒扣着的木碗,我们一般叫它木碗山"。哪怕他进入了晚年,眼下他写"我"十八岁,花光零用钱买上一束花,准备去听一场独奏会,"我"在阪急电车的一站下车,又乘公交上山,再步行上山,哪怕这些,一笔笔回望,我也时刻能感到那圆圆的山始终在,似乎村上春树从没有离开,一直停留在木碗山。

第一人称单数,哪怕有多少个自我,他"第一人称单数的我"也是"实实在在"的,哪怕是可疑惑的"我"。《第一人称单数》,我读他最新的短篇小说集,一步步走在里边,常有出不来的感觉,那我就随着他走,由他微风轻拂反复注入。他写鲜明的记忆,柑橘味香气,白色连衣裙,笨拙的拥抱亲吻,披头士一年年歌单流转;同时他又写下那么多模糊的团块,搞不懂自己,虚幻的一团团,偶然,不明所以,一念至此,无从说起,多少疑团留在心头又云影似的跟随到老,并不永远会拨开云雾。困惑迷离从未消散,从来无法解开,而村上春树此时呀风清月明,他年老而亲切的目光投向自我曾经的生命,天地辽阔,一轮明月挂在夜空,白玉盘幽影清辉,那是玉兔在捣药。

一块低洼地为小区的活动中心,环形塑胶步道的圆心里边,一半是篮球场一半是羽毛球场,像两颗毛栗子裹在壳斗里。篮球场被高大的围栏网围住,入口上方吊两盏灯,前年夏天第一波疫情时,各家各户倾巢出动,小区里从来没见过的,人们在门口排队,等核酸检测。正是晚饭后,眼看着天色暗下去,灯光亮起来,灯光显得很奇异,昏黄又明亮,温暖中含着淡淡的凄伤,弥漫着落下来,包裹住每个人的脸和身体,每个人都变得异常柔和,线条模糊人仅剩下个大概的轮廓。队伍拉得很长,很少有人说话,就连小孩子也静悄悄的,查出疫情的那几例,离这里至少有五十多公里远,但人们心里突然改写了距离,知道多远也都是近的。羽毛球场深绿色地面,早上八九点钟太阳照在上面时,我若又恰好迎面而上,那绿地面反着光明亮如一汪湖水,映得我睁不开眼睛。

我逆时针方向走,顺着步道上坡,前方直面西山,再转身便是那片楼宇,什么时候第一眼看到塔吊,当时心里的感觉如何,我没有印象,也记不起了。山谷里总是很安静的,我是循着安静走。远看着塔吊再走过去,转身随步道走下坡路,有时候,塔吊在身后像一列追兵,那也不过是又催生一个烂柯人,叫我捣尘世的药。搬到山谷之前,三十年里我几乎天天穿过遍地塔吊的海滨,现在不是它们追过来,而是我骨头里还存活着的钙质,还没消化掉,还没到消化掉的那一天。有天晚上我翻本旧书,一张发黄的照片从书里滑落下来,我拿起来看,陌生又模糊。我站在山头上,凌风而立,瘦弱然而那么年轻。在灯下我看了又看,山岬伸进海水,山岬几道狭窄的凹槽,比桌上的一株玫瑰还真切,心下迷惘的是,我已经没法回想,那山哪儿去了,到底什么时候它消失不见的。留在我脑海里的,始终是现在,现在始终仅仅是一条滨海路,滨海路北边的种种建筑,路南边喧嚣不息的海浪声。

　　有限的永在重复的那么一圈路,我仍旧喜欢走,并不厌烦。独自走,左右无人。我沉默的天性融进了河流,变得更加广阔。各种混杂的声音持续不断,没法想象地存在着。有时,突然"咣当"一声,它从众多声音的包裹中冲出来,像空心的铁栏杆,从高处抛掷到地上,巨大的没有底的回声,抻长着洞穴的深度。敲打声占据最多的时空,应该不是橡胶锤头,却是橡胶锤头的弹性和震颤,用手都能摸得到,一个又一个,小卒过河。电钻声还是电锯声没法分清,听起来永远是猪在尖叫,像是在杀猪,在所有的乐器中都找不到的那种音高,又细又尖。只是这头猪又永远也杀不死,在我走圈时,今天叫,明天还在叫,似乎一把尖刀插进了它喉咙里,就再没有拔出来。声音之海,时常使我疲惫。在这片海里,人声微弱,偶尔穿插进来,然而能传出来的,也就不算作弱了,往往如京戏里的老生长长的一声念白,喊出来就足够辽远,听着让我脚步不乱的,是它没有戏腔,是它根本性地去除了舞台。

西南角是一小片白桦林,最靠近建筑工地,鸟们似乎没受影响,聚在那里叽里呱啦地叫。偶尔我离开步道,走进白桦林,那里顿时安静下来,一只鸟也看不到。我也并非要寻找什么,白桦树还小,树干上没有太多的眼睛,有也不看我,只有我在看着它们,尤其是在雪后,我在一棵树一棵树之间穿行,看它们就像小时候又在看我父亲的一幅画,女孩和她身后的白桦林,画幅横竖都有一米长,我坐在床边喝水,父亲邀我提意见,我说就是她眼睛不一般大,我试图抬手比画却把水杯打翻了,水洒在圆桌上和幼儿园发的白围裙上,我羞愧难当哭起来。

没有行人,有时我就闭着眼走,让眼睛歇息。眼皮盖下来就红红的,自己看得见,薄薄一层,有光透进来,眼皮被照亮,成为一块红布。我走着,偶尔有暗影落在上面,晃动和闪过,廊架白栏杆,紫藤大豆荚,天上飞鸟,都会掠过红布。或是眼皮过于沉重了,自我布下的暗影,一时间变成灰蝴蝶。

我这么走,走出多远都还踩在红色塑胶步道上。以白桦林为界,转过身就朝向北,向北不远是一排排矮房子,我住着的就在那里。屋舍整齐排列,个别的略微不同,面孔不向正南而稍稍向西,固执地坚持着什么。屋顶上都竖有烟囱,像我小时候一样,只要画房子,上面就一定要画上烟囱,不这样就不叫房子似的。我朝那些房屋走,转过弯回头又继续向西向南。烟囱不冒烟,心里总会少了点什么,没那种梦里诗里的感觉。像我去恩施,进深山里去寻一个土家寨,一路上走走停停,赶到寨子时已近傍晚,隔过一片收割过的稻田,眼看着一间吊脚楼冒起炊烟,炊烟先是淡淡的,透明的,渐渐浓郁如牛乳,淹过一片片黑瓦,吊脚楼身后的青山也面容模糊了,牛乳游弋一会儿,最终散向天空,被一大片幽蓝吞进去。

  天气晴好,人就纷纷出门了。几个女人在聊天,她们站在羽毛球场上,逆光看就像蹚在河水里。三个男人相继走上步道,相遇,打招呼,从最近的事情说起,顺便就停住脚步,在步道中间站住,一堵堵人墙,话多得说也说不完。步道不够宽,他们仨都有肚子,一个还有酒气,我从中间挤过去,一点也不知他们脸长什么样,不是他们隐身在黑暗里,太阳明晃晃的,我只是愈发紧张急切,没有一次敢抬眼,去看他们任何人。塔吊在不远处仍在慢慢旋转,像有人在耐心地放着慢镜头,我身体也跟着慢慢旋转,似乎已经把头倒了过去,整个被吊起来,成了个倒吊者。我手里有两副画得很好看的塔罗牌,那些画片,我不像人家那样拿来占卜命运,我是一张张拿来读,读出那些象征性的背后所隐藏起来的,我又总容易把一张牌摆错,那上面就是个倒吊者,我总把它倒过来摆反,我自己看人是站立着的,而坐我对面的人,就轮到他来看倒吊者了。我于是就说,用卡尔维诺的话小声说,"就让我这样吧,我已走遍四方,我已经明白了。世界应该颠倒过来看,这样一切才清楚"。

  寒冽有时多好啊。我习惯了。太阳是白色的,天空淡蓝。有一粒水珠悬在我眼睫毛上,针尖大小,若在平时,即便仔细对着镜子,恐怕也看不到,而下坡时又向南,冲着迎面照射过来的太阳,我看到它像颗爱炫耀的小钻石,不住地转动闪烁,细碎发光。我逆时针方向走,又总以为自己是顺时针方向,一个中年男人从对面走过来,他走走停停,低着头尽在看手机,眼里根本没有路。我担着心看着他,快走到他跟前了才意识到收脚,他也才从手机上抬起头,慌着左躲右闪,错乱着脚步。下一圈他走在我前边,也是逆时针。几圈之后不知怎么,他又迎面走来了,一个壮实的方正脸男人,黑黑的,这次他没看手机,不过重重垂下眼皮,整张脸远看像是睡着了,像个白日梦游人。我因为走路一向很轻又很快而被人称作猫,就算这样,不等到跟前,他还是直觉地立刻醒了,睁开眼,往旁一躲,我从他身边擦了过去。

几年时间很快,多少东西瞬间都会涌进来,绕圈走路的人,多像活动着的靶心,是所有事物朝着的方向。山很瘦,树使山看起来浑圆。冬天里的树只是在等待,等待着浑圆。是这些树让山浑圆好看,是这些树藏住了那些兔子、松鼠、斑鸠低沉的叫声,山鸡一踉一踉地奔跑,刺猬生出柔软的小刺猬然后死亡。不会有与世隔绝的生活,也不会有悠然见南山。前年夏天躲疫情,所有人家的小孩子都回来了,傍晚聚集到步道上。女孩比男孩更疯,更快,声音更热烈。两个八九岁女孩在人群中滑长板,瘦女孩滑得好,长板生在脚下,破浪般绕过所有人,她使得胖女孩沮丧,泄气,扔下长板扭头跑回家。瘦女孩继续风驰电掣,她顺时针,一个八九岁的男孩逆时针,他不看她,不看她脚下的长板,好像身体里有着太多的不安,他手拿一把银白色木质长剑,沿步道边缘踽踽独行,偶尔扬起长剑砍向空气,又砍向路边紫藤垂吊的螺旋藤蔓。这个冬天再走圈,我身体里装满了类似的回想,小雪前一天晚上做核酸检测,去马路对面的另一个小区,已下过整整一天雨,冷沁到骨子里,用去一个半小时,我跟在队伍里慢慢移动,天上月亮又圆又亮,我们很像在排队看月亮。我还能想起那瘦女孩的样子,我看到那男孩,仍在人群边逆行,她追风一样迎面冲过来,在一次眼看着刹不住闸的时候,她的脸红了,飞奔中她得意又紧张地一只手直指着少年,简短着喊:你!你!

秋天年鉴

柿子红了。2017年深秋仅记一笔。五株柿树,由皮口镇山中移栽,移栽前一番举棋不定,日日拖延,以为天寒仍需等待,至春再深一层,譬如谷雨,大地暖透,农田播种之时,尔耳。其实是出于无知,园林工亦哭笑不得,大呼太晚。七九河开,八九雁来,而惊蛰二月节,蛰虫惊走,树木转醒,根系活动旺盛,移栽正好,至于北方春日迟迟,亦不可拖过谷雨。于是仓皇补填新土,柿树蜂拥而至,挤满小庭院,晚清明十日有余,眼看便见谷雨。树木扎根抽芽,随后蜡质般花瓣绽开四片,一簇簇藏在厚实油绿的叶片间,想是去年的汁液,陈年老底,不可用尽,便翻遍油绿,花果逐一除去,以续养元气。园林工亦满腹担虞,再三告诫,不可把新树累着。心知肚明,但手下稍稍留情,花朵便迅速逃逸,迅速在暖风中坐果,尤其够不到的枝头向天而立,柿子偷活,由小及大,由青转红。喜鹊耐心守候,午后人影皆无便是大好时光,林木间跳跃挑剔,大快朵颐。柿子红软,身上留下伤口。

见过一幅小画,始终不能忘怀。仅一个柿子,红艳饱满,搁在皱纸上——包装纸,还是刚刚用过的宣纸?说不清归说不清,但觉着万般皆好,都很有时光有质感,留有人体特别是手的温度,否则人真是寂寥。柿子在天在地,在大自然,何尝不是人心所爱。

人爱一枚柿子,如同爱南瓜,爱白菜,爱鸭跖草、路边车前草,其实也是在爱他所遗失的,他所渴望的,爱它与我们的并列、平等。画心上方留白,重墨题诗,亦十分触目:"桃栗三年,柿八年,达磨け九年,俺け一生。"是日本小说家武者小路实笃的笔墨,保有他一贯的风格,拙朴诚挚。止庵先生采用,小画印在其随笔集《旦暮帖》封面上。前年秋人在彦根,木村先生免费教授日语,每周三晚课,穿过金桂花芬芳馥郁的清凉月夜,我去上过她几堂课,还尝到她家庭院新摘的柿子。"柿子。"她用日语教我说。课间闲聊,讲起儿时,她母亲在院子里栽下一棵柿子树,柿树八年结果。"柿八年。"她再用日语教我说。年复一年充满期盼,特别特别着急。听她讲述时,我看到柿树那八年不疾不徐,丰盈自在,只为自身的开花结果而从容准备,始终都是,在要着自己的结果。八年也是把钝剪刀,缓慢裁剪一大把童年光阴,待果压枝头,已别豆蔻年华。以万世之久,己身之短,旦暮一遇,何其不易。

  柿树八年,中国也这样说,我对木村先生说。2017年秋,柿子自由地红了,春夏叠加,也不过三季。被喜鹊吃过,也还红下去。从山中移栽庭院,之前柿树已有几年?之前我所不知道的,可否算它们的前世?或许它们怜我,知晓我没有那么多的八年可待,便把时光偷换,哪怕主干还不及碗口粗,枝杈低矮伸手可及,早在仲秋前,有两株树便张灯结彩一般,红彤彤的果实绚烂于枝头,天空也由此更加湛蓝,远远向后退去。

  春夏更迭,北方持续高温,大连仅几场细雨或零星小雨,不湿地皮,五月下旬《新商报》载,降水量为28年来同期最少,入夏小水库干涸见底,长到中途的农田大量遭放弃,草黄于七月,而月入八九,高温这根病水银,头卡在温度计刻度上限,死活降不下来。其间六月,我们的一个兄弟死了,有诗歌为证,他辞世之地,入夜开始落雨,通宵达旦,漫天细雨,在唱安魂曲。都说天地不仁,以万物为刍狗,不过悲其所悲耳。亦知他并未从生命树上真正跌落,他是木守,悲伤便减。那一夜辽南大地,高温大旱,统统照旧。

日本古诗有句,大意为,"昨天还见过的人,听闻他死了,虽然惊讶,然而我不也在这长夜的梦中"。夜梦中也醒着的人,真是凤毛麟角。而渺小如我,常常只是说,生,就是千万般的眷恋。但不过,不可生得不成样子。

可以想象柿树细小苍白的根须,于陌生土壤里醒转来,是怎样急切而用力,一寸寸寻求生长,饮不同来路水、不同质地水、地底深处蒸腾的水汽、太阳落山后水管子偶尔浇注的自来水,已有根系不足,又生出新的幼须,渴呀渴呀渴死了,每一枚叶子都在空中大喊,不出声的叶子因枯作一团而拿不出力气;呼喊是粒砾石,它们举不动,这些都在催促根须加倍地工作,以纤细如发的幼须——小小的脊骨——穿透泥沙,摩挲粗砺的岩石,与后者争锋夺路。你看到了吗?看到它们的内部,它们隐藏的深处,不可知的黑暗,无法剖开亦难以历数的年轮,处处藏着微物之神。即便障碍如岩石者,亘古而来,不知年岁,身体里同样住着不死的微物之神。生长极其缓慢,更难丈量植物的离离戚戚,最矮那棵柿树亦远远高于我,供我在树下伫立,穿过树木的呼吸,猫跑过来,在地上打滚,用沙土洗澡,月夜虫鸣之音渐稀,只知道寄寓的这块地方,彼此那么接近,眉目相接便是心爱,没有哪一个更高,也没有哪一个更低。我学会了细目低垂,不尽欢喜,心怀一点微凉的慈悲，也面带微笑。

木守。微博有朋友说，东瀛称最后没被摘走的秋柿为木守。庭院里看见受伤的木守，也许千真万确，生，就是千万般的眷恋。哪怕你死了，哪怕你很老。

陪父亲返乡拖在中秋过后，动意已久，各忙各事，始终文齐武不齐，突然空闲就来了，就都说不早不晚，趁着秋色。我们都带上徕卡相机，好多存储卡，还格外备下棉衣。城市不知季节已变换，我想自己已足够敏感，而且身边的事是，二十四节气，每逢交替，微信朋友圈诗赋画墨，酒食药茶，一波比一波来得殷切，虽说由虚拟之手传递，但全都在提醒你。要烙春饼啊，要吃饺子，要饮菊花酒。自立春到惊蛰，再到处暑白露，清洌自然，脚步细碎，节气乐章每拍打一拍，我便觉得慢了下来，悠然见南山，真好似回到从前农耕时代。然几经迭换，堆积下来的节气中，惊起而长嗟的感觉更甚，更欺身，只是太快了，一切都在飞转，心下转而更是迷失，不知所向，若皓皓白雪，广漠无垠。毕竟不是幼时家中墙上挂的日历头，一张张地撕，撕下的那一页那一日，都存在了心里，撕到最后，也还知道薄厚，知道万物的有增有减。

一入乡下方才知道，我们都是在唱歌，用文字唱，用喉咙唱，用千娇百媚没处安放的身子唱。苹果等在枝头，玉米等在对面背阳的山坡，全都急声豁豁，苹果红皮，玉米黄褐衣，也着了火似的。于是深悔这疏忽而冒失的还乡，心中暗感愧疚，却一句也说不出来，不知道说什么为好。自知天性里的倔强羞怯向来狠狠集中在嘴巴上，要是由嘴上功夫而定，我是天下最坏的情人。所以世人曾一致认为我是眼睛最好,生得最美,诚挚情深、澄澈如水。但现在沧桑降临,双目已老,早已学会漠视,声色不动,我只看小叔叔一眼,便把目光移开,不再看他,尤其不再看他那双手,那十指每一处骨节弯曲有如树瘤,要是伸手去摸一摸,恐怕比石头要硬。正当寒露,景象深秋,却是寒气暗生,半月后便是霜降了,说农历九月十五一过便进入晚秋,那多半在指南方,在北方,霜降冬即开始,霜白水寒,急急如律令,全在高喊要抢下这档空隙,苹果不摘,玉米棒不掰,终年汗水便付之东流。要是仍旧月夜捣衣,那阵阵砧声此时肯定急促,寸寸紧逼,只为乡间的粮食和蔬果,而不关良人,无涉征衣。这么简单的常识,我们生活在城里,根本想不到。

以一道山谷为界,北山背阴地玉米,南山向阳坡果树遍布,从山脚直至半山腰,仰头极目望去,红绿交织层层叠叠,不见尽处。山静似太古,却并非日长如小年,风急云滚,人世的日子全在这里。我们中午抵达,上午小叔叔全家人还在山里,一家四口劳力,计划好用十天摘下苹果,农人的额头,无不箍一圈季节的符咒,轻重缓急,生死一线,他们用额头内的那个痛点来碰触时令。叔叔心中担忧,明天后天,生怕一旦变天,草黄果坠,全不值钱。粮贱果贱同等伤农。玉米可以先不管,余下几日再收,唯独苹果,急急急。堂弟两口帮着烧好午饭,米水未沾便急忙进山,上午摘下的一堆苹果等待装箱。午后我们进山,在果园四下转过,上上下下,始终未见他们身影,只闻远处人语隐约,时断时续,婶婶说,是他俩在那边干活,在装苹果。女人负责剪去苹果把,一只只剪好,装箱时果才不伤。全家早先议定,卖苹果钱归小辈,玉米钱归老辈。昨夜落雨,今朝太阳照样升起,我心说这可真好。这些钱大半攥在老天爷手里,他要是不想放,什么都是空。往山下走去,叔婶前后相随,不离左右。更远处,山峦松柏苍翠,其间夹杂一排排落叶乔木,正是秋叶转色,红黄赭褐,层层尽染,铺陈出几道彩带如火如荼,又肃穆苍茫,我们回身远眺,竟没拍照。

　　山谷自然踩出小径,沿山脚伸向远方。路边陈年积叶腐质土烂泥杂处,黝黑不辨,雨淋日晒,它们忘了时月岁岁发酵,散发出草叶熟烂的浓烈气味,溪水隐藏其间蜿蜒流过,一片片在腐叶间跳动,水星闪烁。草丛间一辆不带轱辘的巨型手推车,不,形制和大小更接近阿拉斯加那种狗拉雪橇。这家伙可定名为铁雪橇,横竖几根粗铁管焊接组成,我两手用力去抬,它仍是纹丝不动。运送苹果另辟出一条专道,难抵山路过陡,面包车上不去,就赖这辆自制铁雪橇,不过上下全凭人力,肩扛手拉,跌爬滚打,道路也深深拖出两道沟壑。早有苹果坠落在地,每一棵树下,三五成群,但并不准备要它们了。我随手捡个,硕大而红艳,人转出了山脚,苹果还没吃完。每咬一口,清凉沁心,果汁甜得叫人眼里几乎涌出泪水。婶婶伸手要抢,要摘压弯枝头的苹果给我吃,被我拦下,手头这只够好,即便着地,一点伤没有。小叔叔六十岁出头,十多年前因为祖父丧事几天相处,现在看突然发现他矮了,已不是高个头,从脸颊到手腕,皮包裹又瘦又硬的骨头,唯脚踝偶尔露出的皮肤仍旧白如新雪。他浑身几乎没肉,上下一套迷彩服,农忙时在野,农闲时人都歇了,他还四处奔波打乡间零工,父亲说他是个好手艺人,邻里泥瓦活、木匠活,样样离不得他。这么拼命,已不是一年两年,七年八年,十年二十年。我知道事情不至于特别糟,但还是心怀不忍,觉得多吃树上的一个苹果,就是在多吃他身上的肉。往山下去,苹果在左,玉米在右。邻田已开始广收玉米,雇工每日一百元,包一顿午饭。婶婶说太贵了。她家大人四个,苹果入箱后,就去掰玉米。D下山时说这样做格局太小。我下山时说钱就是命,命就是钱。父亲下山时,什么也没说。

　　清早辞别。车已启动即将上路,后备箱塞满,不劳而获两箱苹果、两大袋山梨、四长串还没晒透的山梨干,还有在城里买给母亲的她渴念之物——一大堆绿茄子。山梨干是父亲指名所要,他儿时零食,秋冬在手,而今数十年没有吃到,胃早已老了,断舍离还很远,只记着年少的那几口。堂弟夫妇起早进山,留老两口送行。小叔叔立在车外,几步远外,用那只树瘤指节手在脸上撸过一把,又撸一把,羞于给我们看到他眼中老泪,却又想看我们。汽车绝尘而去,好让他们快快上山。

　　父亲的词典里,有很多词语我不会用。比方说,沙胡鲁。幼时常常听他说,沙胡鲁炸酱吃,极好。其实就是小花泥鳅,长大后我又明白,沙胡鲁为满语。乡下泥鳅各种吃法,诸如泥鳅钻豆腐。城里孩子贪玩,每年夏天都从浑河里摸几条泥鳅,带回家养在罐头瓶里,瓶太小,鱼盘在瓶底,动也不动,不吃不喝,不居泥土,也可以活上很久。泥鳅原是种最皮实的鱼。中年早过,颓唐便无事乱翻书,又知道满语还称泥鳅为船钉鱼,惊讶有多少名词叠加。这在中原眼里,一定会被视为鄙野。雅者如《诗经》中《鱼丽》,千古吟诵,那时沙胡鲁、船钉鱼都在哪儿呢?"鱼丽于罶,鲿鲨。君子有酒,旨且多。鱼丽于罶,鲂鳢。君子有酒,多且旨……"宴飨宾客时,就这样唱,雅正有度。鲿鱼、鲨鱼、鲂鱼、鳢鱼、鳏鱼、鲤鱼、鱼在竹笼,力力碌碌地跳;酒也是,美而且多,多而且美,美而且不尽。丽,是说鱼跳的样子——力力碌碌,真是生命里的大活泼。父亲五十年代末曾进省城沈阳看齐白石画展,有幅画上面几条小鱼和一只钓鱼钩,老人题道"小鱼都来",字迹歪歪扭扭,父亲曾深情写进文字里,只因它恰好投进了父亲始终童稚未泯活泼泼的心影。

火炕。倒不陌生,但听说也是鄙野的,我便常觉羞愧难当。萧一山引用章太炎的话说:"北方文化,日就鄙野,原因非一,有一事最可厌恶者,则火坑(炕)是也。"睡火炕不好,"终日炀火,脑识昏瞢……筋络弛缓,地气本寒,而女子发育反早,未及衰老,形色已枯"。先生特别想化导北方,以为"以屏去火炕为亟"。父亲1946年随父返乡,1950年进城求学,寒暑假返乡下老屋,思想感情版画创作早属于乡村,2017年秋他皓首还乡,最先对付不了的,便是火炕。有些词语还可以弃之不用,可做动词练习,火炕却好似谁也去不动的,它词性稳固,只有火和泥,火转化为泥固定下来,恒久温热,熨帖尽日操劳疲惫不堪的血肉筋骨。不幸的是,身体也有忘性,或者说忘性本来自身体。父亲已八十有三,动身前曾几度悲从中来,自叹这将是他有生之年最后一次回归故里。沿途秋色变换,他深处自身的激动之中,亦根本没顾得上想起父母早逝,冷静一点说,他在返还的,将栖身的,其实是其弟弟——我小叔叔的家。火炕变得半生半熟,身体完全不适,烙饼似的翻来倒去,彻夜辗转。被褥应该从炕头撤到炕梢,第二天临睡前他才想起,才一夜好觉。

不眠之际,如烟往事全挤在路上,纷至沓来,白日山坡摘的一小捧覆盆子却跌回到过去,在光的旋涡里急遽地倒退。来来往往,无始无终,唯独人例外,找不到老屋那扇门了。实际早不是老屋,祖上房基地前后分建两宅,老少分住,亦难怪爹爹糊涂。

抵乡那日中午,在村边道路好一阵兜转,像三个迷路小孩,指不出家门在哪儿。父亲指挥还该在前,我反驳说不,记得一进村口便是,可村口在哪儿?道路以西满目玉米,那曾是良田一望无际,十二年前秋天还种水稻。循父亲微弱的记忆继续向前,但是错了,又折返再寻,路上不见来人,选一条胡同进去再问。

有家院落停两个男人,往蹦蹦车搬货同时说话,我在院外门口站住,问谁谁谁住在哪儿。我小心翼翼,谁谁谁是小叔叔大名,有生以来我第一次说出这名字,三个音节,又硬又涩又苦,从来不允许我用嘴巴说出来,一说出来就是这村庄的敌人,我几乎喘不过气,下意识感到害怕,怕一听到这名字即有鞋子飞过来打我。但是没有,年轻男人笑着说,他就住后街,西头第二个门就是。不过他不在家,在山里正忙着呢。我才意识到,时过境迁,时代到底翻篇了,我借身旁门框立稳,暗自松口长气,为着他的那张笑脸几乎要哭了出来。记忆深处的小叔叔,出名的"地富反坏右"子女,小学四年级被撵出校门,开始劳动,遍做乡间活计。母亲常说:"小叔叔长得多好看,大眼睛忽闪忽闪的,长睫毛,白白净净,伏在炕沿上看你。奶奶撵他走开:刚从外边进来,看寒气冲孩子脑门上……"说的是我出生时,母亲去乡下坐月子。

父亲夜里要解手。新屋楼上楼下,依旧是旱厕所,独在院门外。父亲起夜披衣踏出院门,一抬头,竟是满天星斗,繁华似锦。他记起东北农谚:大毛愣出,二毛愣撑,三毛愣出来白瞪眼。三个毛愣是三颗星,东北"鄙野",用土话给天宇星命名,且辈辈以口相传,以至于没法与天文学术语对接互文,对世界解释不了哪个毛愣是哪颗星,最后没法清晰交代,毛愣星便愈渐衰微。"毛愣"一词很难描述,多用于人行为处事上,是指懵懂冒失,凡事一头栽进去,自己尚丈二和尚摸不着头脑,其实是一种状态。满语说毛愣二怔,父母常用来责骂自家小儿。也有睡觉睡毛愣了,小儿从床上一头惊起,睁大眼睛不辨这世界,父母便又要心疼,煦风微雨,告诉他他在哪里。毛愣里有点爱。

父亲明白正值子夜,该是二毛愣当空,他在繁星中久久寻找最亮的那颗。虽说星垂平野,二毛愣到底没法确信,其时万籁俱静,农人沉睡。次夜父亲睡个好觉,为三毛愣星特地早起。他穿戴整齐,手执相机。大毛愣在西,三毛愣在东,毋庸置疑。他早知三毛愣是启明星,是金星,就在自身东方偏南,隔过人家屋檐,远处前山山脚,眼见一星独照,其时晨光熹微,慢慢三毛愣星即将隐没,皆因天下大白,故知东北何以戏谑它白瞪眼。

启明星即长庚星,出西名长庚,出东名启明,在昏为长庚,在晨为启明,故《诗经》有曰:"东有启明,西有长庚。"大毛愣、三毛愣,同一颗星矣。二毛愣呢,有说是天狼星。不考。

父亲说农事依天象,决定作息。农人辛苦劳作,长庚出西,熄灯睡觉,启明星在东,家家户户已冒起炊烟,饭后下地就田,世代早睡早起,年根底日子才红火,可以歇息得一时慵懒。清早马车进城置办年货,小孩尽日期待,晚上能得两根红蜡头,几粒白粘果红粘果。粘果,北方零食,白砂糖衣,裹熟花生,我们幼时呼之花生粘。补记。

由大毛愣星想到昴星,二十八星宿之一。昴星曰髦头,又曰旄头,唐人李贺"秋静见旄头",卫象"辽东老将鬓成雪,犹向旄头夜夜看",可借来存象。旄头稳坐,与行星无干。再记。

我儿时尝语"他们乡下人",为父亲喝住。你祖父、曾祖、高祖下至我,都是乡下人,你也是乡下人。祖父、曾祖、高祖再往上天祖,都生在乡下,殁后葬在乡下,我心说我不是。早些年在长青墓园买块地,父亲阻拦,说他身后将要回乡下祖坟,我说你不在这儿,我以后去哪儿,一闻此言,他便作罢。还乡途中父亲第一次说起,我在后座悄悄湿了眼角。父亲烈祖自河北束鹿迁徙抚顺,再没离开。人生时离乡,死后注定离乡。我本想自己死了骨灰撒向大海,远一点,从土地离开,可父亲作罢,我也得作罢。无意中,一句话就成契约,所谓死生契阔,与子成说。D说北方人实诚。恐怕连我的心都是泥做的。

说我是抚顺人。以浑河划界,我曾住北岸,D住南岸,年少我们不曾相识,我是北方之北。浑河流向自东向西,两岸为河谷冲积平原,但今日楼宇密集高低参差,道路纵横犬牙交错,后来者,早已无从记取平原的面容。说回抚顺,也只是寻访旧地。没有家了,在这儿。头夜住进酒店有些晚,掀开房间窗帘一角往外看,黑漆漆,压得眼睛生疼,我手捂住眼,盲人般摸回床上,埋首拱进大枕头里。说是旧地,也一样迷路。一样是昨天的秋日,剪得极圆,薄薄贴在灰蓝天幕上,不那么明亮。套件毛衣嫌冷,多加一件又热,只见路上行人个个身穿棉袄了。不去打量面孔,知道不会熟悉,在外三四十年,认识的人也不认识了。连我自己都老了。穿过兴仁街市场,两排一长溜灰铁皮房,一面门上剩半块玻璃,肮脏得很,照人尚且可以,别嫌太糊就行,我驻足细看几眼,认不出自己。

　　转来转去,在找一栋不复存在的红砖楼。二十年前,红砖楼早已拆除,重起了新楼,找是在找那块地方。连名字都叫不出的地方,看哪儿哪儿像,又哪儿都不像。红砖楼也有剩残,一块块锈膏药,还没被揭去,一块块立着,立在灰色楼宇间,反倒像是外来户,病容满面的样子,看着总有几分似曾相识。灰楼新起也显着老,一幢幢身躯只是庞大吓人,才二十来岁就形色枯萎了。拣着道逼仄进退,眼前件件看着敝败,心里踉跄厌烦,又怀着希冀。折身重回到兴仁街市场入口,让一栋栋红砖楼旧地复演,在记忆里倒推,历数,不信变得(忘得)那么厉害。疑疑惑惑,终找到了那块地方,所谓旧地,只见上面横陈一幢七层民居楼,灰色又像是橙白色,铝合金窗框,清一色蓝绿玻璃,来回数数,不下十个单元,我小时候这里是五个单元,一目了然,眼下翻倍了基本看不全门洞,车库一排大龅牙似的向前突出,咬合住地面,楼门被咽进去,卡在喉咙里出不来。据说有儿时玩伴仍住在楼里,大半生没动窝,早晚在牙缝里进进出出,心里该有多灰暗。秋草明亮,沿车库房檐簇簇耸立,秋风起了,还未转黄,它们似乎找对了地方。

　　有一样很奇怪,在楼角转弯之际,本来无风,一股熟悉的臭味生起,我人已走过去又反身,见是马葫芦,四周一堆下水粪便不知淘了有多久,黑乎乎满地散落。一时间竟觉自己没有长大,仍旧独自站在儿时的大院里,天寒地冻,淘过的粪便水结成冰,男孩子在上边滑小冰车,巴掌大一块板,下边铁片滑刀,只一片刀,故叫它单腿驴,两根细铁钎左右手支撑,以脚尖蹲在上面,飞速转圈,一只与另一只相互追逐。极有难度,我弟弟玩不来。转身离开之际,我想臭气不改,马葫芦依旧会堵,依旧有人在淘。

离开有一刻钟,到底又拦下个妇女确认。果然她领我们又回到那幢楼,远远指着说,就这块地方。脑里便想起曾读过的一首诗。男人手指脚下说:掘开它! D追问道,就是这地窝子吗?我第一次听说"地窝子"这词,第一遍没懂,听女人跟着重复,立刻无师自通。什么都能拆除,地窝子似乎例外。

红砖楼在身体里积劳成疾,去岁冬月在金泽,傍晚回酒店,路上远见一幢红砖楼醒目孤立着,斜阳把一整面红砖墙全部照亮,遍镀金箔似的,同时所有窗子灯火通明,两下光辉交接相映,静穆亦饱含温情,刹那间心下特别感动。张爱玲说红砖似是外来的,英国、德国最普遍,因为看到台湾仿佛一直在用红砖,她猜大概是因当地的土质。少时红砖楼,样式照搬苏联,烧砖就取高尔山脚下泥土。

一首歌名叫 *Sugar Man*,小糖人,一度听至沉迷。在夜深人静时,七十年代底特律街头一家小酒馆,这首歌在烛光中摇曳,微弱而不安,歌手嗓音澄澈,但越澄澈越绝尘,人越被彻底放逐,想要回来时,找不着路了。旧本抄写下歌词,找出来翻到那页,"小糖人,请快一点/因为这一切已让我疲惫/给你这枚蓝色硬币/你能不能帮我带回/我五彩斑斓的梦境/你带来了银色有魔法的船/我们跳跃着,喝汽水/还有甜美的玛丽珍"。一首现代诗。有一种迷离,或者说是光怪陆离。情境色调曲调,各处都可坐下来,在里面待一阵。从疲惫到逃离,到梦境,从蓝色到五彩斑斓,到银色,从恳请到虚弱的幻象,生出了一百只脚似的,来回跳跃着,给人以不安,又拽着人使劲地往下,坠落,沉沦。我曾跟 D 说:"其实这是嗑药。"纵是喜欢,也不敢多听。回忆也是个小糖人。

抚顺煤都。煤在西露天矿大坑底部裸露。黑金子。马可·波罗在狱中这样向同伴口述道,定义他在中国所见的煤,一个词足够。乌黑发亮,从皮肤到心,怎样的燃料,驱逐饥饿、黑暗、寒冷,烤干雨雪打透的厚衣裳,在深夜读诗。但黑金子是修辞。大坑是赤裸裸的。日本人攫取抚顺煤炭四十年,他们站在黑金子这边,还是站在大坑这边?1901 年井工开采,1914 年露天开采,1938 年日本人大露天计划完成,西露天矿大坑有多骄傲啊,目标是在中国乃至亚洲雄居首位。五十年代大坑步入旺盛期,有统计说,新中国成立后,累计开采煤炭 1.9 亿吨,九十年代大坑终于累坍,资源枯竭,借一句《红楼梦》的话——渐渐露出下世的光景。

小学时作文,下笔动辄写"三十里煤海",大脑空白,根本不知三十里坑究竟多广大。西露天矿博物馆记:矿坑东西长 6.6 公里,南北 2.2 公里,矿坑总面积 10.87 平方公里。大坑曾部分回填,故笔下的"三十里煤海",仍作数。秋高气爽,大坑竟看不真切,恐高症发作,离大坑坑边几步远,还是怕自己掉下去。我在大坑西,相机让人束手无策,莫说全景,取半都难,只眼前一角,收进镜头。大坑在镜头外兀自斜行,扩张,大坑低海平面 400 米,形成深壑,且壑中有壑,沟壑层叠,很多"之"字形排列跌宕曲折,像很多节旋律,一节急促,一节舒缓,形散神不散的样子。其间铁轨、土路交错密布,铁轨尤其抢眼,层层盘旋下行,矿业术语描述是盘道,一盘道、二盘道直至十三盘道,若是层层盘道布满地灯,在黑夜亮起,我们定会看到一个巨大的宇宙天体,比行星轨道还要多,一圈圈环绕,椭圆形的轨迹,流动飞行最为优美的弧线。还有竖梯,D年少时,有段时间放学后,常顺竖梯独自下到坑底,捡泡线或废铁,曾经一度泡线成奇货,家家拿来编帘子,夏天挂在门上挡苍蝇,人外进内出,门帘子一绺绺摔下来直打脸,现在想,那要捡多少泡线才够呢?并非遍地泡线,他人又瘦小,一下一上要整个下午,好在坑底遇见工人,也给他喝碗消暑绿豆汤,去得就更来劲了。

坑底人小不见,几辆翻斗车零星作业,运煤车橘红色,甲壳虫般从坑底沿土道向上缓缓爬行。俯瞰大坑满眼黄绿色,是绿色页岩,又一层油母页岩,色呈黄褐,岩层次第排列,尽头便是煤,快燃尽了。绿色页岩、油母页岩及煤,皆距今六亿到四亿年,几亿年全堆在眼前,无遮无拦的,好像把心也掏了出来,捧着它对我说,看看吧,我就这些。是,我也拿不出更多,站在厚沙砾上,心木木的,无悲无喜,身子倒是觉着有些凉。只是老而已,百年击败了几亿年,我希望大坑不死,给时间立据。橘红色甲壳虫身背最黑最亮的老煤,缓缓爬到地面,驶上马路去。夕阳西斜,大坑灰绿绿不见尽头,金色余晖薄薄落下,锈味从灰绿色上泛泛浮起,东一抹西一抹的。知道了,大坑是一座倒扣的山峦。

大坑在浑河南,我在浑河北。金秋,我半世说自己抚顺人,有生以来始见大坑。

我 爸 爸

我爸爸给书打包裹像裱画。六七十本书大大小小十余包,他一捆捆一件件来,竟用去大半天时间。下午我回家,一进门看到他腰弓着,埋在一大堆书中间,"两鬓苍苍十指黑"。我问他咱不这么干行不?其实是不行的。除了他自己,谁的活也做不到他那么漂亮。哪怕是给书打个包裹,他也要完美。先是牛皮纸喷水润湿,一张张平整好,有弹性又服帖,又不会对书有影响,然后书才工工整整地放上去,以手掌左右上下四周码齐,态度和动作,几近毕恭毕敬,边角全不马虎。书包出来,一包包砖头似的规整,棱棱角角,分明有致,也像他画中的女孩,眉目清晰,惹人注目。包裹运到邮局,柜台后男孩惊讶得失声叹道,包得这么好。我笑说,这是手艺人做的活。回去路上我就想,这么千里万里的,等运到收件人手里,也就一个包裹罢了。心里真为他不值,也为他手艺的滥用而纠结。我一向喜欢美而朴素的东西,他那些"不该如此"的包裹尽合我口味,可一经那男孩丢在柜台后,便什么都不是了。破坏多么容易。且我爸爸年龄大了,做事已不能如我们这样手脚利落,所以无论做什么,我们付出五分,他得十分。又因眼高手高,又得额外多加十分。如果看到自己精心包裱的书一包包"嘭""嘭"地丢在地上,他会不会还那么事必躬亲呢,或者哪怕做得马虎点过得去就行，我心里反倒会好受些。

我爸爸说他是手艺人出身。他的爷爷是银匠；他的爹爹职业暧昧，先是伪满洲国小职员，后来回乡半路做了农民，能够跟手艺人沾边的，是他一手漂亮的小楷，和年轻时在杂志上发表过小说；我爸爸从事版画。从动手能力看，说是手艺人，也不为过。他总说手艺人的后代手巧。眼见为实，这话我信。去年到美国看望我弟弟，他在院子里另建一间小房做工作室，一砖一瓦都他独自动手，门窗和大工作台，件件严丝合缝，顺滑光润，不输给任何一个木匠。也专程看他住宅的地下室，水电气一应俱全，完全他自己设计安装。全然一个门外汉，跑到图书馆借一摞子书，按图索骥，样样不输给专业匠人。在男人里，很少见到他那样一双秀美的手，绘画，弹吉他，身边一群群美院女孩子，年轻时做的全是浪漫的事，咋也想不到，他还做了木匠的活，做电工、水暖工的活。四个孩子的爸爸，不能不做。熟知他的人讲起来都笑，这么一个浪子回头。

我爸爸的手艺活是木刻。他留给我的第一印象很深，我两三岁时，每晚他坐在灯下刻木版。灯光微弱，一柄木刻刀握在手，刀滑动一下，一根木条就翻滚而出，我睁大双眼看着，觉得神奇，又充满欢欣。两只手，一块木板，七八柄木刻刀，一盏台灯，小炕桌被占满了。我们坐在灯光外。他那张脸，伏在灯下，瘦削，专注，坚毅。有时我惊奇地盯着他，越盯越觉陌生，越想不明白他是谁。他不说，不笑，满头浓密的黑发。只有抬起头，朝我望一下时，他才变回白天的爸爸了。可他很少抬头。于是就像是一本书，翻到了我不熟悉的那一页，我使劲去读我根本不懂的字眼，硬是凭借鲜明的形象在我心灵里蛰伏了下来。灯影里,我和弟弟不出声,母亲拣最长的木屑,一颗颗地编星星,我们满怀期待地看着,急于拿到最美的那个。这样的情形,尤其是在冬夜,朔风在窗外低吼,使我幼时起就体验到了一种静谧的温暖。

　　年轻时,我爸爸也尝试过画油画,我和妈妈都做过他的模特。我妈妈漂亮,年轻时一定也喜欢自己被画到画布上。五颜六色的,近看全是色块,远看一张美丽的面孔。画我则比较难,我坐不住,一次为了哄住我,他就在炉筒上绑颗糖。我小时候,冬季屋地里要生铁炉,炉上一截白铁皮炉筒直立到半空,再转个弯从门框上开窗通出去放烟。糖吊在高处,我眼睛向上望,大概那样他觉得会很有神吧。我贪恋那颗糖,老老实实坐着,两眼澄澈地向上望着。一张油画,即便很小幅,一两个钟头也是画不成的。我还不到四岁,一会儿就坐不住了,一心想跑掉。爸爸就连声说:别动别动,马上就完了,完了就吃糖。为了那颗糖,我重新坐稳,眼睛盯着它,很不倦的样子。前段时间读《戴蓝围巾的男人》,看卢西安·弗洛伊德画一幅人物用时非一年半载下不来,我在心里边笑笑,不知是该笑我爸爸,还是笑自己。不过那幅小油画,很长一段时间都挂在墙上,我都很大了,难过或者高兴的时候,都喜欢独自坐在它对面,看着自己。酱油色,单纯质朴,即便画一个儿童,我爸爸用色也凝重,他是直到后来,年过不惑,他的色彩才变得斑斓,才生出许多明快。可能还是木刻比较适合他吧,刀法细腻、沉稳、老到,而且黑白在他笔下极为丰富。他断续地画过油画,中年晚年也画国画,他的"专攻"和成就却始终在版画。版画技法的一次次创新,从木刻到丝网版到对印,他一直走在最前边,也最出色。中国版画百年回顾,出了一本定论性的大画册,他的画被收进去,前言中"榜上有名",亦算记录在案。而我妈妈总说,爸爸最强最好的其实是色彩。我想想也是,古人云墨分五色,即便一幅黑白版画,爸爸的画也极尽枯湿浓淡,这当然出自他天生的艺术感,也证明他从本质上吃透了色彩,所以刀下和笔下才有了丰富的表现力。跟爸爸一样,我也信任妈妈的眼光,她一直是他的好帮手,也是最挑剔以至于苛刻的鉴赏家。只要妈妈说不好,这画在爸爸那里就会被废弃。

我感到幸福的是,我尚在襁褓中他就开始画我,闭着眼睛睡觉,睁大眼睛看人,直至我会坐了,我在喝水,我靠床边站着,他都画下来,一个厚速写本,多半是我。还有我弟弟。还有很多的手。这使我一直觉得他很爱我。至少爱幼年时期的我。直到我上了幼儿园,才离开他的画页。但他还是会通过画跟我交谈,告诉我一些事情。一次幼儿园只留孩子们半天时间,不管中饭,我独自回家,用钥匙开锁进门,圆桌上放一包饼干,下边压着一张纸,纸上画的一个小女孩头发乱蓬蓬的,正在大口吃饼干。旁边写着:妮,你吃。我毫不客气地开吃。这中间邻居小孩发现我回家,几分钟后尾随进门,看到我正坐在桌旁吃饼干,她问你在干什么。我说吃饼干。她比我大一点,便开始担心和不安,紧张地问:你妈你爸让你吃了吗?我指了指桌上的画。她看了一阵笑起来,说:你爸可太有意思了。我被笑得难为情,出溜到桌子底下去了。晚上我爸爸下班,进门就问:你吃饼干了吗?我应吃了,他便很开心地问:你读懂了我写的吗?

那时我就觉得,他总能做出让我难为情的事。我上幼儿园,他坚持要我把他的黑白木刻带给园长。刻印的是鲁迅先生的头像。园长把两张画分别贴到走廊尽头的墙上，课间歇息时，我走到哪里，好像都能看到鲁迅。我那时的幼儿园很大，很典雅。两幢房，走廊是红色木地板，院子是白色尖角木栅栏，男孩女孩不论衣服何种颜色，胸前一律过腰白围裙。这在我心里始终有种秩序感。而那两幅画，则好像从哪里冲了进来，一切全不对劲了。我羞得躲着走路，只觉得小朋友都知晓了走廊里挂着我爸爸的画。小学时，他又带我出去写生，身后围着男孩女孩观看，我把头埋进画板，就准备一辈子也不抬起来，不给谁看到我。我的脸皮薄和胆怯，终于使我一生都留在了绘画的门外。三年级时，我开始反抗，拒绝画画。我爸爸暴跳如雷，就差没打上一顿了。在伤心中来回拉锯，最终他放弃了，目标开始对准我弟弟。直到很久以后，他才说出松手的理由。一个女孩子，如果身上没有珂勒惠支的那股男人气质，即便画画，也成不了一个伟大的画家。他觉得我太女孩子气。看看他期待的吧，且不说我得走多远的路，就是从我自身中站起来，还得具有怎样的角力才行。我偷偷难过许久，却开始关注珂勒惠支，我在鲁迅的文字里读她，尽一切可能看她的画，前些年还在买她的画册。爱她的硬朗、悲苦、母性，超过爱世上所有的文字。

  爸爸在我这儿唯一的成功是训练我写字。钢笔字。中学时两个月时间，每天练字不辍，耳提面命，我玩似的出徒，之后是给他服务，抄写一厚本的《安格尔论艺术》。他心满意得，骄傲难捺，逢家里来人便开口夸耀，叫我恨不得一头钻进地板缝里。写作初期，我硬朗老到的钢笔字一直带给我麻烦，稿子投出去，编辑常常以为这是男写手，却用女性化的名字来罩着，大概想发稿想疯了吧。于是退稿。《上海文学》退稿后，编辑突然间又来信，索要稿子，坦承当时没细看，以为他遇到个骗子。后来读过些文坛掌故，才明白人心机有多巧，取个女里女气的名字骗男编辑，早已有之。

　　直到爸爸老了，我才发现他原来像个小孩。每次出门，他都不是直奔要去的方向。出了楼门，十几步之外是条小马路，路两侧尽是各种店铺，形形色色，五花八门。他就像从笼里一下子放了出来，雀跃着走完那十几步，然后站在路边上，东张张，西望望，再想上一阵。街上全是熟悉老套的情景，在他眼里却很新鲜，似乎第一次见到。要有好一阵子，他才踅身向左或向右走。有两次恰好我在路边，我坐在车里，偷偷看他，看他终于人已经迈步了，目光还在路对面恋着，头跟身体拧成九十度，就是不看脚下的路。一次我说他，你好奇心太重。他也承认。他说他去美国，一个名叫作盖的美国人陪他四处转，之后盖跟我弟弟说，你爸爸就像个没头苍蝇，这一头那一头，什么都要看。我爸爸一边学一边笑。我说你把人烦死了吧，至少你让人很操心。其实我知道正是这个好奇心拽着他往无尽的世界里去看，去探究。我高考时，他给我讲地理，一张世界地图不用看他全能填出，各大洲，各国家，首都。大学暑期回家，他问我学业，我说在学《楚辞》，他便张口吟诵："帝高阳之苗裔兮，朕皇考曰伯庸。摄提贞于孟陬兮，惟庚寅吾以降。皇览揆余初度兮，肇锡余以嘉名。名余曰正则兮，字余曰灵均。纷吾既有此内美兮，又重之以修能。扈江离与辟芷兮，纫秋兰以为佩。"当时一家人正围在一处包饺子，"纫秋兰以为佩"，他在这里停下来，重复一遍，感慨道："多好。"他是个有诗人气质的手艺人。年轻时他喜欢马雅可夫斯基,总是读《穿裤子的云》。至今我手里还有一本诗集,是爸爸年轻时所钟爱的,在扉页上,爸爸用俄文写一遍马雅可夫斯基的名字;"作者像"一页,他在下边用小字写:1893年7月7日生于格鲁吉亚。他喜欢他新颖的诗歌形式。他五十岁时捡起日语重修,六十岁自学英语。

还有几天是我爸爸78周岁生日。在这之前,他再版的《视觉形式美学》出厂。这本专著,和一大本画册,以及在国外的两次个展,他说,他可以给自己画个句号了。这个句号能不能画得上,我心有疑虑。他往外寄《视觉形式美学》,打个包裹都似在向我证明:禀性难移。小时候清早醒来,我总是看到他右手手指在空中画着,他在想象中写毛笔字。天色尚早,他不便起床,怕惊扰我们,又舍不得时光,不愿它白白过去。他一生都这么过来的,勤奋刻苦,一丝不苟。我但愿他放过自己,过个轻松愉快的晚年。我爸爸老了。我爸爸养了个一直很乖又很是让他操心的女儿。我不敢顶撞他,大事上默默反抗他。他反对我写作,长篇累牍地给我写信,奋力阻止我。他不想我以文字为生。我呢,半辈子过来了,要么读字,要么写字。他一直叫我书虫子,后边的"子"咬得很重。他写作出版和再版《视觉形式美学》,最初书稿全靠我打字,一遍遍校对修改,同时还要给他挑毛病,这时就觉得我对他还有点用。他较真,要完美,不到最后定稿就永无尽头,弄得我天昏地暗,最终一定是我发场高烧,他才放手。他越老,对文字就越谨慎小心,仿佛是一个个陷阱,他把它们写出来,又怕自己掉下去。就是写首诗,他也要我看过,哪怕是我根本不擅长的古诗。这时我觉得人一生的积累都快靠不住了,一瞬间我很颓唐。不过他还是那样,写字,画大写意,出门腰里别个小相机,走到哪儿拍到哪儿,有一次给我看他拍的片子,他说你看这张,色彩多么丰富。他喜欢秋天,我想多半因其色彩斑斓绚丽。还拍有一张照片,一个小小的十字路口,红绿灯在路右侧,一个女人侧面朝左走,一个男人的背影,往远处去,分崩离析几个方向。他说:这只要画下来,就是张好画,现代人的疏离感。只是我画不动了。

在 海 湾

一

热浪袭击了海湾。燠热持续三周不散,牢牢封锁住了海面,潮涨潮落不再那么饱满有力,它声音喑哑,昏昏沉沉。立秋一周后,迟迟来一场暴雨,从早至晚雨脚未歇,人一夜安睡,清早醒来天空又是夏天里的那个太阳,热辣灼人。还在伏中,高温已降至30度,蝉鸣仍旧各种声线交织一片,飞短流长,聒噪喧天。

这场雨盼得辛苦。徐连君说:"昨天手机上的天气预报就不断预报着什么时候有雨,到点了雨没下,预报的下雨时间又往后推迟了几个小时,到时候了还是没有雨……一而再再而三的,说是半夜时分有雨,到了凌晨我起床后,老天只是阴沉着脸,雨还是没下。"

若是南风向北,刮过海湾,南风的尽头是大黑山,徐连君住在山脚下。他每日晨起泡茶,然后早课行文千字,天蒙蒙亮就推文到朋友圈里去,"以飨各位"。这次暴雨中雨连带小雨,他都一一盼过了,极度渴望的背后是要水洗天地,生养万物,随后一番清秋。上午未及十点钟,暴雨终于践约而来,再三懒惰,来就铺天盖地,一时间海湾三面轮廓顿消,唯有近处长长一线白浪在拍打海岸,涌上来又退回去,放宽又收窄。我喘口长气,风雨交加时,人终于从热浪里爬了出来。

偶尔雨生白花,隔着玻璃窗,能看到它们被风扬起,又急速地斜落,在空中划出各种短促的白线。海天一色,一阵阵迷雾变幻,时明时晦。风停住脚步。风急速行走时,东海岸那片山岭就会显露出来,山脚几抹暗绿在灰蒙蒙中飘浮,半山腰往上去直至山顶,是一根根直线性建筑物,天色晴朗时可以看清它们像纸牌,一张张竖立,直刺向天空。西海岸和尚岛始终模糊一片,我却能在意识深处辨认出,那一尾隐约的灰色动物,其实是客货运码头。

夏天并没有走远,暴雨过后,一丝风没有,仍是又闷又潮。纪文君却在电话里说,气温并不是很高,今天才30度。她对温度很满意。不管怎么说它总算降下来了,热浪滚滚、旷日持久的35度太让人绝望,眼下它终将远去,比起来,30度气温真是根救命的稻草。可是没有风,喘不上来气。她的声音传来,我却觉得电话的那头,有个细小的人,正在用力打捞着自己。最终生命所需要的,大约就是那一口气,她使我领会到,人知道自己是脆弱的,才奋力保全自己,就算一寸寸退让,也仍是种不屈。

到底,雨不撒谎,夜终究有了凉意,好过起来。尤其夜深人静,枕畔的海浪声驱走了燠热,似乎只在一瞬间,我感到海湾挣脱了热浪的囚禁,在微风中回到往昔。我几乎忘记了那些清凉的夜晚,我住十七楼,早晚听惯了有节奏的海浪喧哗,和潮水耐心冲刷海岸的阵阵"唰唰"声,它们缓慢低沉从窗外遥遥传过来,有一种从不松懈的节律感——这本身有多甜美,可惜很少有人知道。

二

无论从哪个方向看,我都觉得这海湾是一只侧面看的苹果。与乔布斯的苹果不同的,是它缺少被咬去的那一口,没有那一小块美妙的暗影,相反,在它的西侧,反倒多出个一滴眼泪形状的小海湾,但由于我在窗前,视域受限,那一滴泪直接被建筑物抹去了,没法看到,收不进眼底,也常被忘记,于是这只苹果就非常完整,它的边缘——那些海岸线,流畅而圆润,要是去掉后来修建的那些码头,那多出来的人工冗余物,它浑身上下就没有一笔直线,左右弧线对称,苹果上方有限度地敞开,形成出海口,直接通向外面一个更大的海湾——海湾中的海湾,说的就是我们这里;在底端,若真是一只苹果,底端就会有一小丛黑褐色丝梗,那是花柱和萼片的残留,类似于这块地方的地方——我大概就住在这儿,住在苹果或是海湾的底端,一整片海在我眼前翻涌,而身后是寂静的东山。

我常想,乔布斯的苹果具有的动感,就存在于它被咬过一口,又随手被放下了,永远处于未完成时,这或许就是它的状态,它是种打开,也许同时就是伤口。比起来,我们这里,海湾这只苹果,没有被随手搁置的那一瞬间,它古老苍凉,像是在说地老天荒,能被拿起和能被放下,这些都没有。它是一个柔软的固定物,嵌在大陆里。它也是敞开的,有时连岸边的礁石都是软的,有着木性,可以被修补,或被砍伐。

经历告诉我,海湾上空是条固定航线,每次从外面飞回大连,飞机都要载着我沿海湾斜斜兜大半圈,我在空中先回一次海湾,看到我住的那幢高楼,与另外的两幢比肩而立,灰色而突兀,我像蝉从薄壳里爬出来,又回头反观身后,从另外的角度去看自己的蜕去物,那里有可想念的气息,却丝毫嗅不到。肉体的余温尚存,在那一刻却是凉的,我只是在心底里知道它,知道那是家。随后那滴如泪的小海湾也出现了,它正好挂在苹果身外,一小半躺在桥下,一大半淌进了建筑群。它有它的世界,有它自己的人群,他们在那里睡觉,在那里唱歌。苹果两侧都建有码头,透过舷窗看到的灰色码头,一律直线条,唯有伸进海里时才会有转弯,大钝角像臂肘,使直线向海湾内紧扣,黄昏使海面黑沉,直线们凝固不动,隐隐发出铅灰色微光,飞机即便仅仅掠过,从空中也可看出,它们一根根有多像鞭毛虫。

  我先生总说,至今为止,人类只有三个苹果,伊甸园的,牛顿的,和乔布斯的。三个苹果。我偏偏独自多出一个苹果。我刚遇到它的时候,它的内外充满了风,和赶也赶不走的咸腥味。一开始我受不了那股咸腥,空气里全都是,就差没捏着鼻子走路,小时候我很少吃鱼,突然间空气里全都是鱼。前年领命做一部专题片,我去附近另一个海湾采访,海滩上,妇女们围坐着剖海蛎子,她们脚下铺满厚厚的蛎壳,和一层层白贝壳,踩上去咔咔作响,是空气里的咸腥突然唤醒我,我开始大口喘气,让空气反复深入肺腑,是想起差不多二十多年前了——而今海湾只用清新和不清新来衡量,用雾霾和不雾霾来衡量——我忘记了那气味,那些鱼。海湾里少一样什么东西,我就少动用一样器官,相反,多一样什么东西,我则不能生出更多的器官,总之,身体在做减法,也在偷懒,忽略。我知道那滴泪海湾是被挤出来的,是不断地填海之后的塑形。傍晚在那里散步,夏夜习习的海风、静谧的海水仍叫我深深感动,但我还是长久地在忘记它,把它当作不存在。尽管它没法擦拭。

在它上边,是客货两运码头。那是和尚岛码头,在家里与它斜对,遥遥相望,很长时间里,我一直很难把岛看清楚,只知道那里有码头。然后有一天醒来,突然发现码头伸过了海面,向这边海岸弯过来,离我竟如此之近,就像在鼻子底下。我常忍不住惊讶问我先生,那码头在扩建时,我怎么从没见到,从来不知道,我在哪儿,干什么去了?他一律回答不了。有时候他也会站在我身后,与我一同隔窗观看。码头贴近只是因为它扩大了一倍,它几乎填出与半岛同等的面积,半岛获得了另一半身躯。可以看到,朝向我们的这一侧,在那些刀切过似的低矮深灰立面,货船缓慢朝它们靠上去,贴紧,泊牢,然后卸料臂开始工作。巨大的黄色铁臂在空中举起又放下,看上去大而笨拙,却有着难以想象的力气和灵活,庞大的货运船在它身边小小的,变得像只乐高玩具。卸料臂并不总是在工作,很多时候它们中的三四只长臂张开,高举进半空中停住,似乎在考虑下一步向上还是向下,永远就那样考虑着;而其余那些多半是收缩起外臂,像一个人怕冷似的紧紧抱住自己。几年看下来,我对它们已极其熟悉,那些分作上下两节的黄色手臂,有力或迟疑不决的样子,无论远近在哪儿都可以看到,开车路过或在家里,我习惯了去看或凝视它们。

晴空万里,和尚岛码头近在眼前,像是我的一个邻居,日渐熟悉。一个又一个长方盒子依次排列,那是库场建筑物,大都是白色,也有的被漆成天蓝。那天蓝色是那么新鲜,明亮,比周围所有自然的色彩都耀眼,它们身后露出的山丘,每逢秋季变色,从墨绿转入明黄赭红,到冬季就变全部光秃秃的,露出一副更加诚实的面孔,到那时蓝色就是海湾唯一的色彩。奇怪的是,长方盒子蓝与周边所有的蓝又都不是一回事,既不在海的色域,也不在天空的色域,在它一块块凝固的蓝色里,没有空气性,没有流动感,然而它会老去,生出幽暗——蓝的丰富性带给我的总是惊讶,一方面也总是失落。也许真是这样,习惯了就好了,习惯是一种驯化。

晴空万里时海湾美得惊心,有时我在忙碌中,或在屋里走动,一抬眼无心地望到窗外,海面上一望无垠波光粼粼,我顿时立住,这种相遇经历过无数次,而每一次永远都有如第一次,瞬间地被击中,死死地被钉在原地,凝固不动,甚至连一个字也说不出,只是久久看着它:如此静谧,如此虚空。

三

那些炎热,里面没有风,只有火。热空气凝固,草木纹丝不动,海湾败下阵来,神情倦怠不起一丝波澜,日间如果不是海面上波光闪耀,就会以为那是一块巨大的铁板,深深嵌进了陆地。唯蝉鸣有力量冲破密不透风的热浪,天还没开始放亮,蝉鸣便摸黑响起来,在黎明前四下里横冲直撞,夜幕被打成一张筛子网,像接连中了无数密集的子弹,然后退到地球的另一面。太阳落山后,男女老少一齐涌向海湾,海湾周围的道路——附近大街小巷全部被车塞满,开始车还被贴罚单,很快违停胜出,车继而抢占上了人行道。人们都不敢在家,下班后带上吃喝直奔海上,海湾整晚上人声鼎沸,一直闹到深夜,才安静下来。

暴热第一天,父母就来电话,要求我们不要过去。等两天后,终于忍不住去了,他们在家只能穿件薄内裤,这就是不叫人去的原因。隔过两天再去,门从里面反锁上了,钥匙拧不开。我站在门外,拨通屋里电话,父亲开门接下食物,随即又把门关上。我跑下楼坐进车里,看到三楼上,母亲站在厨房阳台上,正隔窗看着我,我朝她挥挥手,她也举起右手,向我轻轻摇晃。车驶上了大道,眼泪飞迸出来,我转过脸朝向窗外,不给我先生看到。

两场雨后,终于可以去看他们了。妈妈说,我还算是熬过来了。她几乎不吃什么,体重掉了两公斤。父亲也掉两公斤,我也同样,我先生似乎掉秤更多。她不要人去送吃的,也不要人过去给烧吃的,怕我们热,受煎熬。父亲右手手指按在桌沿上说,我就是感到很颓唐。他刻一辈子木刻的手,指节一直粗大,现在看也瘦了下去,并且苍白。八十多岁,真是都老了,可无论怎样老态,他们看着都是知识分子的样子,清癯瘦弱,安详儒雅。

看到父母能从这个夏天走过来,毕竟还有份安慰。下一步就进入秋天了,每年10月开始,退休老人要到所住社区做身份认证。前些年曾经这样:A4纸大本,每人一栏,填写姓名、家庭住址、电话号码,纵项有一栏,只需填写一个字"生"。不填"生"就意味着死,相当于被一笔勾销,养老金过月即刻停发。认证一年两次,一次管半年。证明生原来如此简单,不过,半年又似乎没谱,这场酷夏中,我知道就有几个人离世,他们叫我看到,倒地而亡是分分钟的事,分分钟都是无常。

父母随我迁居海湾,以其高龄回老家去,做一次认证没有可能。有几年电话认证,父母工作过的学校分别打电话过来,父母各说几句,自报家门,姓名、年龄,还有声音,都可以证明你还在,还在你的名字背后呼吸。比起英国电影《我是布莱克》还好很多,失业者、曾是木匠的布莱克的所有经历,都是数据时代的绝望表达。我,是布莱克。父母还不需如此,不必站在街头上大声宣告自己是谁。近两年可以拍照、视频,然后微信传过去就证明了自己,银行一再更换,退休金如期打入卡里,这全都是活着的证明。无论方便还是不方便,不管怎么折腾,父母始终是人淡如菊,让我想起本质上完全可以视为相通的两句话,一句是"如得其情,则哀矜而勿喜",另一句是张爱玲的,"因为懂得,所以慈悲"。2016年是给父母拍照,2017年改拍视频,我母亲手捧一张当日的《大连晚报》,把它抵在下巴颏,在手机视频里笑着大声说:"我还活着……"

四

有一只鸡,好长一段时日里,去年以至于前两年,每到黎明时分,它便开始打鸣。我在黑暗中醒来,知道该是卯时了,再看看墙上的钟表,果然时针正指向五点。窗外海湾灰蒙蒙一片,看不清什么,那鸡好像藏在黑暗的深处,隔一阵打一次鸣,直至把日头叫出来,天下大白。第一次听到鸡鸣,正是我生病后出院刚刚回家,离开病床,躺回到自己的床上,从短暂的睡眠中醒来,我想起忘却了的病痛,感到一阵痊愈后的舒适。这时鸡鸣响起,从楼下院里的什么地方传来,我几乎没有力量去惊异,只躺着不动,就这么静静地接受了它。

就在十七楼。很久我都没法相信,这鸡鸣响起的地方,既不是在一个村庄里,也不在我儿时楼院邻家的矮木栅内。尤其在冬日,整夜呼啸的北风在晨曦前停住脚步,第一声鸡鸣随即响起,我蜷在被里,还不需要起身,也不睁开双眼,心中贪恋那一刻,蒙眬中觉得自己是身处往昔。同样,更不跟我先生提起,我偷偷保留着黎明中这段隐蔽的时分,像藏起一小块孤单的糖,根本无法与人分享。偶尔我会克制不住好奇,想在小区里挨个楼找找,弄清楚鸡养在哪幢楼,高楼大厦又如何养,可是一到白天,就全忙忘了。去物业取快递时,有过一两次很想问问,话到嘴边又咽回去,觉得鸡鸣这事太复杂,尤其发展到了我这儿,根本就难以说清。

有时在莫名的忧惧中睡去又醒来,鸡鸣在不知名处响起后,又沉入黑暗,又重新响起,"风雨如晦,鸡鸣不已"这句老话就会随之到来,我体会到那种古老的不安,原来从未停歇,尽管仍是孤身一人的感觉,但血液里积蓄起的,似乎已不仅仅是力量。

天长日久,我就想那养鸡者,该是个特别怀旧的男人,否则他在鸡鸣里还能得到什么呢?他喂养它,每天要给它剁食料,他站在砧板前,扎着帆布围裙,一天三遍。第一年如此,第二年如此,第三年还是如此。他在过旧日子。是不是像诗人柏桦早年写过的那样,唯有旧日子带给我们幸福?

不知为什么,在最后半年时光里,那只鸡身体里的晨钟突然紊乱了,它开始不分时辰,从早鸣到晚,唯独夜间的几小时,还被留出来,置留于寂静中。天已经大亮了,它还在唱。上午八点钟打鸣,九点钟又打,然后是十点十一点。

起初我惊疑不定，放下手中在做的一切侧身谛听，直至相信耳朵千真万确没有出错。接下来鸡鸣进入午后，一天天过去，两次鸡鸣之间越挨越近，间歇越来越短，越不分光景，四十分钟，或者半小时。我由一次次反复确定中转入了忧惧，手头在做的任何事都开始漂浮，或是在水面的漩涡中打着转不肯沉落。意识深处始终处于等待之中，好像一只鞋子落下了，永远还有另外一只，随时准备它落下。每打一次鸣，我不觉就要去看一下灰绿墙上那只静静转动的挂钟。明知道大概是几点，根本不用看，但还要去看，确认是几点。秒针无声地划过，永无停歇地围绕着一个圆心转动，细小的针尖是一只小黑蚂蚁，急遽地吞噬自己脚下的金色刻度。我在跟着它走。没办法忘记，更没法拽住。时间大张旗鼓地流逝，生活这块布被切割成碎片，寸寸露出它的线头。坐立不安堆积日久，慢慢会成为一种习惯，习惯这枚钉子钉进身体里，就会成为身体的一部分。它与周围到底是什么关系，这只动物？它把我拽进放大的时间里，我没法走出来。我没法对抗，终日顺从。永远是三个音符，每个音符长短变化不一，头一个音符通常是嘹亮的，时常也会暗哑，像没有清理好嗓子，最后一个音符永远拖得最长，有时几近于呜咽，一直沉下去，像锁在大地的喉咙里。我立在屋里听着，最终似乎能听出其中所有的情绪，每一道鸡鸣，高兴还是不高兴。

　　去岁除夕前，鸡鸣莫名消失。海浪声又一次不再作为背景响彻窗外。大概那鸡不想进入戊戌年。

五

烈焰当头,我去见姜振庆。他远远朝我走过来时,我心里想跟他开个玩笑,告诉他这天出来会朋友的,一般都是生死之交。拿句现成的段子当开场白,跟热辣天气很吻合。可是并没有。彼此只是笑笑。十年未见,二十年未见,似乎都不要紧,饮过半壶茶,他拿出苹果笔记本,退居山里后他拍大海少了,拍海岸少了,他要给我看他拍的那些农民,最后的农民,全部存在苹果里。

他彻头彻尾地像个山民,自己盖房挖水塘,植树种菜,所有的集市他赶去拍照片,附近的农民都认识这个摄影师,却不知道他有多著名,他们站在他的镜头前,眼看着他的镜头拍下自己。他很少回海湾,五月份时回来过一次,要找一幢曾经熟悉的小楼,就在五彩城A区,他开车转来转去,前后半个多小时,不大一块地儿,就是找不到,最后只好把车停在一家海鲜酒楼前,等人前去接他。越野车很壮阔,人依然瘦而有力量感,山高水长,在海湾他曾几乎踏遍了每一寸土地,拍下每一寸土地,最后竟然都找不到他想要找到的。似乎是说,消失是件很奇怪的事,消失不是人可以完全掌握的。它不在人手中。

过去在海湾时,他永远比别人更瘦。美能达800相机挎在肩头,他右手扣住它,左臂甩动幅度很大,前后自由得似乎时刻要挣脱身体。像很多大连男人一样,或者说像足球运动员,他走路脚尖向内扣,每一步都很有力,都很坚毅,有一种特别矫健的东西在运动着他,也使他走路时身体有些左右摇晃。摇晃中有股子坚毅,这也许更叫人感到吃惊,但姜振庆他自己不知道,他神情里都是坚毅不可被打败的样子。他沉默寡言,嘴巴不善于表达。一旦笑起来有些不知所措,眼睛不去看任何人,但笑容会久久不散,会叫人觉出那是真的,他是真的在开心,发自内心。

入伏后海湾全是人。我们这儿不叫游泳而是叫洗海澡,那时姜振庆天天傍晚去洗海澡,一路上他把自行车骑得飞快,那是精神上的大撒把。他爱海吗?特别爱。所以他后来用二十多年时间去拍海,拍海岸,拍岸上的人。他甚至是心疼海,所以才拍海,拍海岸,拍岸上的人。那时海湾沿岸还有些荒凉,没码头也没建筑物,没建筑物表面上的蓝色,东西两侧远处的海岬向内环抱,西海岬则更突出,更长更向内弯曲,缓缓伸进大海,岬角几乎与天际线相交。海滩有一块开阔地,礁石稀少,傍晚过后,经过日晒的海水温暖而平缓,岸上经年累月泊一两只旧渔船,男人们躲在船后换上泳裤,然后踩着扎脚的礁石,趔趄着跑过纵身扑进大海。

人不能了解大海,特别是海底深处隐藏着什么,永远也无法预知。但人会信任大海,不知这是不是出自祖先的记忆,或是某种遗传密码。姜振庆总是向海湾深处游去,然后折返游回岸边。渔船泊在海里,有如生根一样。他会一口气游向它们,用手把住船帮,再爬上去,随后再跳回海。有一天在船上,在他往海里跳的那一瞬间,他习惯性地把身体拉成一个弧线向海底穿击,突然有种什么东西被拽断了的感觉,他想也许是泳裤,他迅速浮出海面,看到了血。巨大的铁锚沉在海底,它是船咬住锚地的牙齿,而渔民们不需要再出海捕鱼,它差不多已被忘记了,深埋在海底。海那么深,几乎看不见它。想不到锚的铁爪如此锋利,几乎一瞬间它就撕开了他,泳裤断了,大腿腹部全是血,他立刻明白发生了什么,巨大的疼痛来袭,几乎使他昏倒,但他立刻抓住清醒,让自己奋力向岸上游去。几百米距离变得漫长,海水终于变浅,他站立起来走向海滩,天色还没完全黑透,不断地有人迎面而来,准备投入大海,在剧烈的疼痛中,姜振庆还能认出熟人,他对每一个走过来的点头招呼,竭力让脸上挂出微笑,双手捂着下身。他是不想给人看出他受伤,伤得有多惨烈,疼痛压在意志底下,稍一放松,疼痛就会翻身把他击倒,如果时间再早一点,天色再亮一些,走过的人会看到他下身已是鲜血淋漓,但那些急切向前跑的人眼睛里只有大海。

海岸变得漫长,每迈一步都是剧痛。他找到自行车,一路骑回机关二层红砖楼。一路摸到娱乐室,他跟顶头上司说想要一辆车,他轻描淡写地说肚子不舒服得去医院看看。他带车就近去县医院,可伤势太恐怖了,下身已是血葫芦,值班医生束手无策,根本无力救治,要他即刻去市内医院,姜振庆带车又往市内医院跑。伤口又深又长,缝合用了多少个小时,就连他自己也说不清,最后麻药药劲儿过去,伤口缝合还没结束。已是下半夜,手术不能中止,麻药也没法再打。只有硬缝,就得硬挺。最可怕的是,生殖器几乎全断了,除了细细的尿管还完好无损。男人的致命处,命根子。要说疼,是会疼死人,还有什么比这种缝合更痛不欲生?姜振庆让医生缝下去,在长夜,他救了他自己一命。这样惊涛骇浪的事,始终没几个人知晓,知道的人神情痛楚咬牙切齿地说:姜振庆真是条汉子。那是1987年。

六

人在火炉中,海湾也同样。唯独不变的是潮汐循环,初一、十五涨大潮,而后延两日才是最大潮。白天我们看不到月亮,但海水在走向月亮。海水像是盛在盘中的水银,从自己的身体内部开始鼓胀,表面上则微微凸起,在日光下隐约涌动;边缘尤其光圆饱满,几乎就要四下滚淌了——以最大的力量,只要能够,海水似乎要把陆地整个提起来的样子,涌向天空。美得惊人,人永远是不免要倒吸口长气。像画在一张粗糙的水彩纸上,蓝色由远及近由浅入深,由于用笔迅速,纸上一片片留白,其实那是太阳撒下的世间最轻的物质,一把把的光,又碎银似的拼命拥挤,争抢水面上最明亮的色带。

暗蓝堆到窗前,那是海面的低音部。但它不稳定。它迅速地喑哑,转身后退。潮涨之后必是潮落,它直接退到几十米以外,丢下杯盘狼藉的一片滩涂,仿佛盛宴之后的醉汉,一个个起身便扬长而去了。海水远去,裸露开始,海水覆盖下的黑色礁石、大小砾石纷纷呈现,蓝色突然成为一道背景,被推到滩涂身后,这就是退潮后的景象。其实在景象里,我们能得到什么呢?荒瘠?我不能这样断言,如果这样说了,就是站在我这一边,站在我自己的窗前。海湾是种实在,甚至是一些人曾经的食粮和记忆。火烧火燎的夏天里,这些人并没有如常出现,即便退大潮,也不见她们的身影。我们说大潮,她们说老潮。我也试着跟她们一样,说老潮,但远不是那么回事。我没法像她们那样理解风,理解风的力量和速度。她们是赶海的女人,从小就熟悉自己的出生地,这个海湾。她们站在海边新修的木栈道上,俯卧栏杆,等待潮水退得更彻底,退到水中矗立的一块大礁石以外,还要再远一些,要全部是黑的沙泥和黑的砾石。她们不急,总之是老潮。潮水退得慢,是风不够大。尤其昨夜,如果风大,老潮一阵工夫就退尽了。

好多年前冬天,我跟她们站在一起,等待退潮。她们是三伙人偶然遇到的,于是就开始彼此询问,过去住在哪里,现在住哪儿,是哪个屯的,说起来不远,却也不认识。方围巾对折成三角形,满满系在头上,遮住大半张脸,看不出模样;脚上一律是白雨靴,肥厚的裤脚塞进靴口,浑身上下的线条都是圆的或直的,像足了毕加索画笔下的一类女人,粗壮结实,有种飞奔的力量。塑料桶里的耙子各有不同,长齿的短齿的,两齿的多齿的,后来她们认定,两齿耙子最好,在这里最好用。还有大蚬子,遇到了蚬子窝,一下可挖到几十斤。几十斤,要么一桶,要么两桶。几十斤可不容易。但是能遇到。叫人跺脚痛心的是,那种黑边白肚子的大蚬子,竟没有了,早见不到了。是啊,海蛎子也不行,都是绿的那种鸭屄屄色的。她们要挖的该是牛奶色的那种吧?年龄最大的有七十三岁,老伴儿陪她来的。老伴儿帮她说赶海也累呀,累得没抗没抗的,但就是想来,也不要多,有十个大蚬子就够,好回去包包子。一个五十岁上下的女人,指着路对岸一幢矮红楼,说我家原来的房子就在那儿,原先我就住那儿,后来扒了他们就建这楼了。

越是大潮,海水越有大的退让。捧出蚬子、蛏子、海蛎子。随后就又是海水的覆盖,风不大的话,覆盖力仍然很慢,是渐渐的,一寸寸的。一阵阵涌向岸边,又一阵阵退回去,又涌上来。若是下午潮,若冬日傍晚,天将将擦黑,还剩有最后的沙泥和砾石,在等待海水的覆盖和养育。几盏灯点燃了,一团团亮着,但为数不多。不多的女人还在沙泥砾石里,还在赶海。然后,夜才在海湾里深下来。

过去我曾写过海湾的夏夜。"我的印象里,夏夜一直是个幽深寂静的潭。夜空蓝得发紫,星星清晰沉静,闪闪发光,看它们看得久了,星星的颜色就不再是那种耀眼的白,而是点染了明黄色。我想这都是空气造成的,星光闪烁,色泽变化,都是因为空气的颤动。"但是今年,我笔下没有这样的夏夜。是没有了那种心境,还是夏夜真就在消失,的确并不好说。海湾斜对面仍旧亮起一排灯光,过去,我同样写过这排灯光,它似乎还没有变:

"灯光的倒影使那片海面波光粼粼,如果一艘货船破海而出,灯光碎裂,但很快又重新融为一片,归于静谧。灰暗的海面上,十几盏红灯绿灯交替着一闪一灭,我想那就是航标灯吧,船驶离码头,在红绿灯之间缓慢穿过,绿灯一会儿被船身遮住,一会儿又显露出来,而红灯一直到把船送出了海湾,始终立在那里,很诡秘的样子,一下下闪烁。"

深夜,或者黎明,时常会响起沉闷的汽笛声,我不知道船是在出港,还是准备驶进港口。那些船身体笨拙,行动缓慢,无论酷暑严寒地出发,或者归来。

冬居笔记

一

我曾连续半个月没开口说过一句话,怎么掉进这沉默中,自己一点也不知道,突然有一天发现这屋子太静了,连窗外野鸭在草坪上扇翅都听得一清二楚,才意识到有多久没说话了,话语好像早已消逝,无影无踪,找不到了。我在屋里开始走动,墙壁、门窗、桌和椅子,围在四周静默无声地望着我,经过试衣镜时,偶然看到自己的脸,我停了下来,与镜子中的自己对望着。全部都静悄悄的,借冬日射进的余晖,我看着自己,许是沉默得太久,我嘴唇的线条清晰如刻,嘴角深深陷进两丛暗影中,透着倔强。我还不那么伤心,在我心里,没有实质意义的声音压根就不存在。按下 CD 机 PLAY 键,肖邦的钢琴曲《夜曲》倾泻而出,纯净缓慢淹没各个角落。

这屋子南北各有一扇门,北门临街是主门,客厅落地窗和卧室窗,也一同临街。打开南门,是一大片草坪,草坪上有晾衣架,和飞来栖息晒太阳的野鸭、灰鸽子。夜里我睡了一小觉,突然又醒来,黑暗中我迷蒙着想,已是深夜了吧。一个醉汉从窗下缓慢走过,他哼哼叽叽地唱,歌声清冷、飘移,像夜的喉咙发出的喘息。

我像猫一样尖起耳朵,还是听不清他唱的是什么,每一个词都是水中晃动的绿藻,模糊不清,只有他的脚步声深深浅浅,拖沓着一步步渐行渐远。窗外重新一片死寂,静静听了一阵,我张开嘴试着轻轻唱了两声,马上就唱不下去了,喉咙哽住了。

二

我说过这里的七月正是冬季。冬季来了,假期无声地打开书页。在学校里,说英语似乎说累了,累得人都从校园里跑光了,野兔似的四下逃散。我深居简出,捡起中文写字,写小说,或胡乱写点什么。字写得越来越不成样子,而且提笔忘字。不顺手或心烦起来,我偶尔跑到街上去,沿着小镇中心唯一的一条街道走走。这里的冬天温暖而湿润,天像海水一样蔚蓝澄澈,阳光穿过毫无杂质的空气照射下来,灿烂的街道和灿烂的树,带给我对故乡冬天的回忆。

我知道,此时被热风包围的故乡正草长莺飞,我听到雨滴打落在草叶上的声音,四下飞溅的水星让人眼花缭乱,我看到了小时候家楼下那个院子,酷热的太阳底下它被晒得昏昏欲睡。上午女人们凑在一起,择刚买回来的菜,叙生活里的鸡零狗碎;下午,站在二楼往下一看,院子像只空无一人的沉船,三棵老杨树、水泥井盖、低矮的仓房、仓房四周的木栅,七零八落地躺在光海里,没有声息,白花花一片。等到了冬天,地就上冻了,硬邦邦的,像是一面鼓,孩子们跑过去,震得它咚咚响;北风刮起,老杨树枝杈嘎吱作响,似乎就要折断。孩子们新换了厚棉裤,最初的几天个个都像小偶人,行动起来笨手笨脚,绊绊磕磕,棉花被妈妈们絮得太厚了,棉裤往地上一竖,似乎自己都能站住。不过是新棉花的虚张声势,很快地就压扁了,身体又轻盈如燕,依旧自如地跳上跳下。

那是一幢五十年代苏式建筑,L形三层楼,红砖灰瓦,五个门洞,院子大人小,好像怎么跑也跑不到头。在出国之前,我曾特地回到那里,竟惊讶得倒抽口长气:院子这么小,这么破烂。几乎无法相信自己的眼睛,无法相信记忆。那时也是在冬天,北风凶猛,一片昏天黑地,灰沉沉混沌沌的,我知道要等到晚饭前,这风才会停下来,才会响起孩子们尖锐的喊叫声。院子里有口压水井,我四岁时刚搬来的那年夏天,还压得出水来,哗哗的水柱又疾又有力,打得手心又痒又红。不知为啥,何时起,铁井井把就不见了,又不知不觉中,井肚里土就满了。冬季院子里的寂寥比沙土还多还稠密,下午学校不上课,我四处闲转无所事事,想尽法子打发漫长的时光。我七八岁时人长得小,净想着往高爬,爬树杈上去,在茂密的树叶里寻突然喑哑的秋蝉,冬天就喜欢爬铁井,找那些不见踪迹的清水。井似乎比我高,只记得在地上怎么跳脚,也看不到井口里面,要爬到井上,又没处落脚安身,望一眼井口就不得不跳下来,始终盘旋的困惑还留在心底,那些汹涌的水到底流去了哪里。有两次爬井上,因脸跟井贴太近,嘴唇粘在井口上,当即慌得不知所措,用力挣脱,下嘴唇揭去一片皮,一瞬间血殷红了衣袖。那是我第一次尝到了生铁和鲜血的味道,它们又咸又腥,又冰冷,就好像冬天本身固有的味道。后来再遇到嘴唇被铁粘住,就没了慌张,从容多了,轻轻呵出几口热气,嘴唇安然无恙,再没受伤。

三

沿着布满卵石的海岸线行走不是件容易的事，从木栈道码头开始向东走，一直走到一条河溪的入海口，一路上人趔趔趄趄像在风中飘零，也像在跳舞。在大海边生活是我童年起就怀有的梦想，现在我置身在一个四周被大海包围的岛国，却觉得一切都是那么飘忽，没有把握。木栈道码头很长，从岸上一直伸进海水中，风平浪静时，我走过长长的栈道，在码头边挨钓鱼人的身旁坐一会儿，温软的海风把包着心的坚硬贝壳一点点打开，我进入了松弛的状态。衬衫之外我只套了件薄棉上衣，阳光洒在身上、脸上，和煦温暖。我闭上眼睛，听着轻微细碎的海浪声，几乎昏昏欲睡。阳光下的眼皮薄得透明，变成了粉红色，一股清凉细小的甜意从上面轻轻压下来，我好像又看到了我在摘豆角花，白色、粉红色、紫丁香色，所有颜色的花瓣都不打开，都轻轻拢抱在一起，我摘下花朵，把花的根部放在嘴里吸吮，或伸出舌尖来舔，就吃到了那很清凉很细小的甜。四季如春的气候尽管缺乏变化，但总是很温馨，如果没有生活的压力，人该是什么样子的呢？是不是总也长不大？我总是在读书，潜意识里，多少有种逃避生活的意味，逃避着承受。而回忆有时候很沉重，有时候又很甜美，成为一间心灵的避难所。看着自己在阳光下白得耀眼的双手，我多少有些难过，我才三十多岁，却像头老牛不断地反刍着记忆。

在这条海岸线上，经常地和一个中年男人相遇。总是一条狗远远地从对面跑来，跑得全身一颠一颠的，尾巴卷翘着，随后他就出现了。他大踏步地走,步伐稳重,海风掀起他短风衣的一角,金色的头发在风中舞动。海滩上有很多光秃秃没有皮的枯树枝,白得像在牛奶里泡过,他捡起一根,将它朝海里抛去,抛得又直又远,狗像士兵接到了命令,立刻跳进海里,朝枯树枝游去,一直到用嘴叼住猎物,又反回身游到岸上,交还给主人。尾巴快乐地摇动着,它一边继续朝前跑,一边晃动着身体抖落皮毛上的水珠。这里的狗比人还精,还爱管闲事。放假前老师带我们去露营区游玩,两个老师打羽毛球,不知哪里来的狗跑进了球场,对面发球时,它就蹲在这边场地等着,等球落过来,它就跑去接球,球又打回去,它也跟着从网下一箭飞过去,一场球赛下来,它忙得不亦乐乎。很少听到这些性情温和的狗发出叫声,它们总是睁着大大的圆眼睛注视着你,不像我在国内时养过的那条狗,我给它起名叫耳朵,耳朵看着你时,大眼睛湿漉漉的,里面充满了悲伤,我女儿说,它这样看着你,多么好吃的东西你也不忍心往自己嘴里放。耳朵是土狗,身体像青草一样疯长,马上大得就没法养在楼房里了,就只有将它送人。收养耳朵的人家有一幢三层小楼,正好面朝大海,我去看耳朵,它呆呆地看了我一阵后,就扭过头去不再理我,接着它伸长脖子,冲着大海开始嗷嗷地嚎叫。新主人一脸不解,连声问我它是怎么了,说它平时从不这样。人如果是读懂了动物眼里的悲伤,就会像多雨时节的植物一样忧郁,我希望别人都不要像我这样被忧郁所包裹,无法睡眠,也无法生活。

如果生计能给我一块落脚之地,我打算在这个小镇永远住下去,过简朴宁静的生活。其实生活的全部,也不过是一箪食,一瓢饮,一本书。这就是我的"三一"主义。

四

前些天 K 山上飘起雪花,很多人开车跑去看。我大约有两年时间没有见到雪,看过 K 山坡上的那层薄雪后,回家的路上开始想念雪,想念大雪封门的旧日子。落雪的时候,老天最为安静,好像它需要一边静心思考,一边才能慢慢将雪花撒向尘寰。鹅毛大雪纷飞跌落着,常常一下就是一整夜,早晨扒着窗子往外看,好一片白茫茫的世界,房屋、矮小的松树、几块大青石,甚至连晾衣服的绳子,都缩进了厚厚的白色花冠下,不喘息,也不出声,像住进了童话中的暖巢,不睁开眼睛永远地睡下去。雪后第一日总是大好晴天,无一丝风,空气清新、沉静,还有一丝丝浸透肺腑的凛冽。太阳温和而明朗,如果在雪地里飞跑,雪上就满是针尖大小的七棱水钻,在阳光下不住地转动、闪烁,生出宝石般的光泽。人在上面走,发出的声音都大不一样,是嘎吱嘎吱雪在甜梦里磨牙齿的声音,放慢脚步一步步走,心里就会涌起一股甜蜜而孤苦的悲伤。我小时候对外界有着异乎寻常的敏感,身边没人时,我时常会觉得自己很脆弱,很微小,很容易迷失,好像最轻微的寂静落下来,也会淹没我。河面上结了层比砖头还厚的冰,一直走到河中心,用铁钎捣出脸盆大小的窟窿,男人们站成一圈开始钓鱼。爸爸喜欢在冰上给我和弟弟拍照,在我手里放上一个大冰块,让我捧着,头上系着三角围巾,被拉得挡住额头,像扇屋檐,遮着刘海儿,大概是为了让脸部的光线更柔和一些吧,而我却很生气,觉得被装扮得像个老太婆,所以照片上我所有的表情都不快乐,都愁眉苦脸的。

　　我和小霞拖一个冰车到南关拾粪，没有一次能拾满一筐。小学生们跟在马车骡车后边跑，期待着粪落下来就像期待黄金。教科书上早就教导我们，粪是庄稼宝，农田少不了。所以冬假一到小学生们全都得上街去捡"宝"，按照学校给定下的任务，最多时我需要在一个冬天拾粪500斤。冰雪刚刚开始消融，离春暖花开还有段日子，小学生们又将操场上堆积成山的冻粪送往农场，农场在高尔山，运粪的路上要穿过南关。南关老城是明太祖朱元璋在东北建的一个城池，我家那片小区挨着它发展起来，红砖楼一栋挨一栋，单单它被甩在一边。南关只有一条大街，是泥土道，南北走向，晴天暴土扬尘，雨天就泥泞不堪。道边有两排小平房，平房身后又是一窝平房，南关就是城区的一个土坳，长大后我经常在睡梦里梦到南关，我梦到自己很小，总是晕头转向地在那儿的一个小菜市场里走，走得我喘不过气来，又永远也走不出去。平房像是被雨给浇塌了，矮趴趴地陷进土道两旁，小孩子在街上累了，一屁股坐到窗台上，窗台矮得可以当成板凳，它距地面不过半米高吧，屋檐斜斜地耷下来，大人伸长手臂，一把就薅下屋檐上的枯草。我一个女同学就住在南关街上，我去她家时，刚迈过门槛，脚一下子就踏空了，像掉进了个深沟，屋里光线暗淡，要过很久才能看清人的脸。冬天，拖着冰车在南关走更是寸步难行，一路是骡马车，还有慢悠悠的牛车，路面上的雪很快被车轮碾进泥土里，雪和冻土上留下坑坑洼洼的车辙印，冰车在硬疙瘩的路面上一跳一跳的。雪后三四天，气温准会降到最低点，差不多要到零下三十度，北风顺着大道嗖嗖刮来，像刀片一样割在脸上，我和小霞捡粪不过一个小时,手背就冻裂了,上面是些细口子,又小又红,针尖一下下划出来似的。老话常说这里三大怪,其中一怪,是窗户纸糊在外。纸若糊在里边,北风一溜,纸就从窗棂上挣开在屋里四处翻飞了。当然我那时不懂窗户纸是怎么回事,但是寒冷深,好像一冬甚于一冬。有两次小霞被冻哭了。她模样好,声音甜美,唱歌如夜莺,哭起来却像只可怜的小猫。她把后背抵进一家杂货店的墙角,一步也不肯走。我的心也冻得僵作一团,手脚早就没了知觉,还是一口气跑回家,叫她哥哥骑车赶到南关,连人带车带筐一遭拖回了家。

小霞家每到冬天都买很多豆腐渣。豆腐渣一团团做成大馒头,冻硬后再装满一袋子,在厨房窗外吊起来,每天早起取出一个,晚上掺进玉米面里做窝窝头。这是小霞一家冬天的口粮。我家那幢楼大多是两家合用一个厨房,我父母和小霞父母在同一张灶台上烧了好多年的饭,彼此没红过脸。她家四个孩子,上顿下顿窝窝头咸菜,只在正月的头几天才换点新样。有一年雪下得疯了,小霞爸爸早起做饭,突然发现,一袋刚冻好的豆腐渣被偷了,小霞两个哥哥听说后,从床上爬起来,跑到楼下去找。刚落过一场新雪,天色尚早,街上不见一个行人,只有一排脚印清晰地留在雪地上。哥哥们从厨房窗下开始,寻着脚印追,一直追到一条杂乱无章的大街上,脚印多了乱了,两个跑丢线索的少年垂头丧气地空手而归。马上就除夕了,再穷人们也会提早割些猪肉,挂在窗外冻着,预备过年,小偷准以为他发了笔大财,偷的是一袋子猪肉。那是七十年代里一个让人难过的春节。那年夏天我爸爸曾给我和院子里的女孩子们拍过照,照片上,我们每一个都是四肢纤细瘦长,眼睛大大地睁着,有些笑意,也有些惊恐掺在里边。

都是工人或司机的孩子。楼院里几个知识分子屈指可数,我父母也在其中,他们给了我一个相对优渥的生活,特别是精神上的,《大卫》《伊凡大帝杀子》、木刻、诗歌,这些都多多少少地在我身上留下了烙印。我能一整天猫在家里看书,一动不动,也能像个野孩子在外边疯跑,没有人知道我内心里藏着的苦痛和软弱怎样地一点点形成,没人知道只要我一出家门,不超过十步,最底层的生活情景就会连锅带碗地兜在我的眼前:窝窝头、咸菜和大葱大酱,日复一日喂养四个孩子,喂他们长大;善良、迟疑、馋嘴、懒惰,进监狱,在街头摆摊卖菜。在那幢楼很多的厨房里,我体味过贫穷和困苦对人的伤害。我知道自身的疼痛,也知道自身以外的疼痛。我在外边跑,跟着这些孩子一道爬山蹚河,我知道,我是生长在贫穷和寒冷中的一颗蜜糖,又早已被包裹着我的那层不幸融化成水。从一开始,我就是苦涩的。所有的甜都星星点点,散落在我的生命里。

出国前,我特地返回家乡去看小霞家。我跨进门洞,第一脚就踏空了,震得我头皮发麻,毫无防备人就掉进了一个大坑,其实却是一楼的楼道。我在昏暗中慢慢摸着上了楼梯,到了二楼,大门锁着,静静无声,我的童年和大半个少年时光就是在这里度过的。快乐、贫困、饥饿、孤独,甚至是屈辱,现在全部被挡在门的那一边,我的眼前,只有一扇似曾相识的旧门。我用手指轻轻碰了碰那把锁,眼里突然涌出了泪水。

五

如果看到达利的软表
比面团还软,你会惊讶
我们灯光下的手臂
是否真的有过珍珠般的光泽
时针嘀嗒着晃动
青灰色的夜雾
只剩下声音

六

如果真的让我挑出一本书,我会无从下手的。又在重温普鲁斯特,这个细致敏感的男人有时叫我感到喘不过气来:童年时,他上床前对于母亲那一吻的渴望,病态得使人发疯,然而我知道,那是爱恋的,是令人痛苦的。我能够理解这一点,是源自我对母亲曾有过的类似的依恋,后来我用了相当长的时间从这种状态中走出来。小时候,每当见到黄昏来临我便开始愁眉不展:母亲如果不能准时下班回家,简直会要了我的命。在房间里,我坐卧不安,血液倒流,脸色苍白。普鲁斯特借斯万的口说那就是爱情的准备——而我想,那是爱情的预演。等到我落入爱情陷阱时,我的情感戏果真如出一辙,更多的时候,甚至比预演还要糟糕。当然,普鲁斯特总是带给我巨大的震惊。他对教堂的描写笔力精确,还有对塔楼上暮鸦的描写和理解，他对于时间和回忆的追寻，使我无数次嗅到精神世界里隐藏的又脆弱又顽固的芬芳。

我坐在海滨的长椅上看书，没有一丝风，连书页都变得安静，一声不响，尽情享受着阳光的抚照。阳光在书页上不为觉察地变幻着，我特别注意到，在66页和67页版心之间，66页形成了一道优美的弧形，这个弧形又带来一道阴影，投到67页上，变成黑白分明的一条直线。其实说黑白不够准确，那黑只是纯粹的暗影；而白，则是阳光温暖的黄色，但是两者泾渭分明。我看了很久，惊讶于那一时刻那光影的严谨和锐利。然而很快，这条直线模糊了，明暗之间像拆除了堤坝的两条河渐渐地互相渗透，融在一起。书页上温暖的黄色消失了，让位于更庄严的暗影。朦胧的灰色让每个字看上去更为沉静，我从书上抬起头，看到太阳落山了，它落到了西边的山脚下。天空依然有着明亮的光彩，灰蓝色，而且透明，越靠近天海之交的那一线，云的色彩越显得浓重，灰黄里透出蓝黑，好像那是一窝孕育着黑暗的暖巢，黑暗即将从那里升起。就是在这黑暗酝酿升起的灰蓝色天空上，月亮竟露出了大半个脸。

两只小船在海面上突突突地爬行，像笨重的虫子。相比起来，乔伊斯更是我心目中的诗人，读他的句子如同诗篇："以前我就像他：肩膀也这么瘦削，也这么不起眼。我的童年在我旁边弯着腰。遥远得我甚至无从用手去摸一下，即便是轻轻地。我的太遥远了，而他的呢，就像我们的眼睛那样深邃。"多么悲伤的人生。

隐喻是一把利器。在大学读书时，砖头厚的一本小说，一夜读完，常常一抬眼，东方既白。这样的日子过去得是不是太久，简直不敢清算。一天晚上，闲翻福楼拜的《包法利夫人》，年轻时，它常年是我的枕边书,这些年来,却更多时间地站在书柜里,偶尔心血来潮,我把它抽出来,在灯下读上一段。福楼拜真有一股冷峻之气,不费吹灰之力就把人带到绝望的地步。他通过包法利夫人的眼睛和耳朵,来叙述包法利的粗俗相,一个浪漫敏感再加上挑剔的女人,要是读过这样的包法利,她以后的日子准不会好过,她会随时随地在餐桌上、大街上,遇到喝汤时嗓子眼里咕嘟咕嘟直响、发胖且小眼睛的包法利。生活就这样一拳将你击倒在地。福楼拜将嘲讽毫不保留地倾注到包法利夫人的身上去,他写她读乡下父亲的来信:

"她把这张粗糙的信纸拿在手里,那上面充满了错误,但是她追踪着他的慈祥的思想,它在整封信中咯咯地叫着,犹如一只藏在蒺藜栅栏里的母鸡。"

一封信,给我们带来了温暖而具体的诗歌感受。一个乡下农人,他的思想像一只母鸡,在整封信里咯咯叫着。这种隐喻,正开始被许多诗歌写作者所拒绝,母鸡,咯咯叫,栅栏,这些生活中我们所熟悉的事物,多么朴素,感人。如果没有这个隐喻的存在,福楼拜不知将损失多少,我们也不知将损失多少,要完成对包法利夫人的认识,要走进她的情感,是不是还会像眼下这么容易?读过这一段,有谁会拒绝包法利夫人的感受,走进她对她父亲的感情,甚至走进不在场的父亲的那份慈祥呢。只要能更好更迅速更有效地打开铁封的宝盒,我想,我不会拒绝利器。

七

这个冬天我读书写字。有一天累了,我在家里云游,突然想到**在这里**这三个字。**在这里**,是很重要的。因为我们不曾**在这里**,所以对事物的认知也受到了限制。没有**在这里**,就是生命的不在场,生命的缺失。好比一个远离家乡准备打仗的士兵,当他还在对一个戈壁晕头转向的时候,无论如何他也不会赢得这场胜利。只有当他谙熟了一场风暴将从哪里刮起,才会稳操胜券。他会说:对,现在我开始向西走。或者说:不,那里没有河,我会渴死。等他能够这样说话时,他就实现了**在这里**。这小镇的街上,我一天天走过,但我仍然缺少这种能力,我常常有种不辨东西的飘忽感,我想这就是加缪所说的,是人和生活的分离,是演员和背景的分离。的确,我是一滴油,这里是一盆水,我生命的根一生中只能扎下一次,我不会**在这里**。我知道,人要做到**在这里**,需要很多,其中很重要的一点是需要时间。时间会带给我们体验,知性。而等到有一天这个小镇真的成为一份记忆开始暗中接近我,到那时,我还能有多少个冬天?

道　　路

　　我在年轻的时候被派去修公路,天气和煦,我会走出办公室,随几个总工到工地去。白色本田越野车底盘很高,男人们总说它有劲有气力,却还是不能穿越所有的旷野,杂草掩盖了地表的坑洼和石头,只有一些老房舍零星散落,在它们已拆了半截围墙的院门前,有隐约可见的荒径,车子放心大胆地开过去停下来,剩下的大部分路需要徒步。有时前夜的雨淤积,踩下去的烂泥巴翻卷上来,拍到鞋面上,总工们不管,脚上是部队的那种中勒帆布黄胶鞋,新旧泥巴累积,鞋子滞重邋遢,看不清本色,而且穿着日久,鞋变成了脚的形状,经年行走的脚异常宽阔、壮实。以各自行走的速度阔步走着,那一个与这一个时而拉开距离,种过高粱玉米的田垄像波涛,反复翻滚,没有谁择路而行,眼睛不看脚下,我怎么走也跟不上,鞋陷在泥巴里,脚从鞋窠里拔出来过又拔出来。最老的总工终于回过头来提出警告,下次不能再穿这鞋。个子矮脸又黑又臭的小老头,像一生都在野外风餐露宿过来的,走路说话都是凌厉的。白色的,浅帮球鞋,的确没法下工地,我走不下去了,站住眼看着他们越走越远。

　　道桥专业,从进了筑路办公室我才知道世上还有这样一门专业,还有这样一群人,整天为了道路而走路,整天烟不离手,抽完一支又一支,到处烟熏火燎,用粗糙的手划过大幅设计图纸,太阳晒出的图纸呈瓦蓝灰色,有时他们怀疑那上面的某一根细线的力量,或者它的弯曲度,或者它的走向是否经济又理想,一句话遭到否决,论战便起,获胜心切,纵声争辩,我停住笔,会议记录一段空白。总是那个好脾气的从中缓和气氛,道坝结合当然不如海湾上建一座桥更好看,但是钱呢,资金呢,扯进这话题,就有人脸带遗憾自嘲地笑一笑,纷纷放下人间浪漫,老实回到道坝结合的设计方案上。老总工敲桌子:就设计说设计。转入更多更复杂的细节里去,关于潮汐,关于水流的计算,关于各种形状的水泥人工块体,还谈论起石头,填海巨石和碎石,我还从来没听说过数以千万吨计的大小石头,要投入海里做基础,连接起海湾的这一头和另外一头,成为道路,将来有一天,我要在海上走过。

海湾藏在旷野的臂肘间。站在山腰很容易就能望到海湾,但要走到那里却要翻过更多低矮的山丘,越过裸露在外的漫漫红土,旷野开发了出来,高粱玉米日渐遗忘,春草掩不过大地,准备好了迎接另一种丰饶。一路走过,开始眼前除了红色还是红色,朝西南走一直走到尽头,蓝色突然闪现,阳光银片似的跳跃在初春的海面上,人几乎要微微闭合双眼,然后才再度睁眼去看整个的海湾,看向海湾对面,那里隆起的堤岸有着深沉的红,也是我们脚下泥土的颜色。走过一段长路,先要到达的,就是这海湾里的海湾。第一座道坝就要从这海湾穿过,上岸后一段里程,又一座道坝将穿过下一个海湾,海湾里的又一个海湾,然后继续向西南直至通往老市区,这就是我们的道路,全长 11.49 公里。

这个是红土堆子海湾。好脾气的总工匆忙告诉我,似乎在帮助我确认设计图纸上见过无数遍的海湾,瓦蓝灰色均匀敷过一整张设计图纸,上面既没有更奇异的红,也没有更纯粹的蓝,海湾和大地看起来都是平的,手可以一遍遍反复触摸,再三抵达。终于,像是一步跨越,我接近了更为切实的事物,可以立足的现实。总工们忙得一路小跑,往往顾不上我的存在,时间沙沙有声,从不停歇。旷野中立着的一棵树有着稳定的力量,远远望到它,四周一片清晰,道路就在它的左边。

红土堆子海湾,然后是甜水套子海湾。两海湾之间夹一道瘦峭的海岬,到甜水套子海湾,本田越野车要再多跑出一小时的路程,自红土堆子海湾相反的方向去,沿乡村公路兜上一个大弯,途中擦过一座古城浑厚的边缘,随后一路向西向南再折返向东,再至甜水套子海湾,打通两个海湾线路上取直,道路差不多减省一半。奔波停顿,人人困乏,赶上天色向晚,就近找家小店进去,杯酒暖肠,眼里有柔和的光,暮春暖风,沿海岸线信步走上一阵,都是好酒量,却不喧哗,是醉意微醺的山神跌宕自喜,我滴酒未沾,也沉醉于那一刻,咏而归,天子呼来不上船。

我坐谁都不爱坐的面包车,老总工就揭老底说,越破的车越好,四处漏风最好,省得晕车,显得像个过来人。其实是他一眼看透了我。原来曾经他也同我一样,他也怕坐车,下车就直奔路边呕吐,差不多要吐出胆汁了。他也曾经年轻。那时他宁愿走路不要坐车,宁愿最破的车不要好车,而其实也没什么好车,不坐车又不行,筑路不论城乡,大山里进去出不来,暴风雨困住几天几夜,诸多艰辛,他怎么过来的呢?他不细讲。讲了,会更使我显得单薄。在他眼前,我的病最好只是晕车的病,由他随意开药方。"我这泥腿子,天生就该走路。不过晕车,跑上个大半年就好了,好像脑子里发育完全了,有一天就强劲了,不在乎颠簸不颠簸。"

并非他说的那样容易。拥挤坑洼的乡村公路常把车堵在途中,路程加倍漫长,等赶到甜水套子海湾,一大堆工程事务堆积如山,乙方早等得心急火燎。我则在走向海湾的一大片寥廓的北方原野中慢慢恢复自己,血液随着我的大步疾走,重新流向失血冰凉的脸和手臂。有风在吹,苍白的内心重新强壮起来,无止境地走下去。细小的草茎会使脚步停下,它们迎风而立,一股子强韧,不用弯身细看,知道那是车前子抽出的细长花茎,它准备好开花了。贴地而生,还跟小时候见到的一样,不过我不再伸手去拔它,不撕开它筋脉柔韧的叶片,每个时节它每一种形态,早熟悉得不能再熟悉。还像小时候那样,叫它车轱辘菜。那些车辙深刻在脑海里,无法消失也无法泯灭、干涸、板结,固若金汤,碾于其间的车轱辘菜身体缓慢升起。

在一次返回途中,老总工问起我,这样对你是不是很辛苦。我说不会,小时候跑惯了。他说那还是不一样。自然不一样,泥裹鞋子像铁砣,腿抬起来千斤重,我还从来没见过这样的泥,又红又黏,漫山遍野,干硬起来不比砖头弱。这话没脱口说出,其实是羞于启齿。我问他,您一辈子都修路,一辈子都这么匆匆一地,又匆匆一地?他大概想开个玩笑,木着脸不见笑容,仅声音里能听出少有的快意:我不修路,还能干些啥?我忍住笑,同时想到自己会不会也一辈子修路的问题。我不懂路,迷茫和彷徨随时袭来,道路不是我的专业,可我走上了这条路,什么都不懂。

道　路

　　那一年多走在路上,在旷野和工地走过。一生从未有过的时光,简单而布满粗糙,有如石头,粗糙坚硬,缓慢地或瞬间造成对人的磨砺,或如同星星那类耀眼的星体,看一眼就在心底落下烙印,再难抹去,不存在遗忘。跟在总工们身后,阳光照亮他们的脊背,他们看起来也像是石头或星体。你得知道这路。喊我下工地时,匆匆走出办公室,老总工琐碎地叮嘱,许是怕我叫苦,或根本就不想惯着我,他说,不知道路,年度工作报告你怎么写,就算写个季度工程进度小结,脑子里也得有数,路修成什么样了,知道了再写,再报告,不要给我那些漂亮的话,这是纪律。

　　沿着工程线路旷日行走,从那时起养成了我两个习惯,热爱走长路,不敢碰漂亮话。接近过这样一个人,相当于把手放到过砂石路基上,按到过粗砺朴素再无法抽回。道路,在道路没有成为道路之前,他们一步步先把它走了出来,一步步把荒野走成为路。总工只有几个,却是一条道路的灵魂。老灵魂。石头一样在道路的深处,专注、朴素、平凡、执着,很少被看到,什么也击打不碎。路走久了就走向自己,我能感到内心日渐踏实坚韧,再细想修路,其实一切都不是什么意外,人是其本来的样子,根本改变不了自身与泥土甚至与旷野的骨血关系。在大学四年,修习文学,有如一场短暂的外出,现在是生命归来再次踏入同一条河流。

　　路修好的那一天,临时性质的公路办撤销解散,总工们到了退休的年龄,告老还乡,结束了筑路奔波。他们家在老市区,住在路的那一头,我留在路的这一头,三十年过去,久远不见。

海是真正的世界

我从年轻起就在海边生活,始终住得离海近。在山还紧紧衔接海的时候,需要绕过山脚去海边消夏,游泳或者搭帐篷过夜;渐渐有些山被削平了,或仅仅削去山脚,我与海住得就更近了,只要下楼,越过马路和木栈道,就可以下到海滩。接近海,是件很容易的事,甚至就是种日常,是日常的生活和日常的所见,是日常呼吸。这种近不单是空间上的,更是包括时间向度的,是日日夜夜,在推开窗或关窗的那一刻,海都会涌来,有时我最小的动作,都是对潮汐的本质回馈,是生命对它的应答,海带着它的冷暖湿热,带着南风靠近或者离开,四季交替,在无限的循环中甚至在时间中构成了无时间性。海的这种无所不在无时间性,对人是种绝对的包裹,是你常常意识不到的生命陪伴。

在大连,从不叫游泳,而是洗海澡,这个词宽大有包容性,许多喜欢海又不擅游泳的女人孩子统统被囊括了进来,任何人不排除在外。这就像大海。大连人自觉不自觉地身体里就有了这种海的气质,或者就是海味。海蛎子味,不经意间化为语言,也化为大连夏日的生活。夏季没有不去洗海澡的,进入七月,尤其是傍晚,经过日晒的海水温暖而平静,人们下班后纷纷赶往海滨,泳衣、三角帐篷、牛津布野餐垫、餐篮子、啤酒、西瓜,统统装进车后备箱里，全家老少的一天随黄昏落到海滩，在几杯啤酒中开始了，一家挨一家，看上去拥挤，但海滩永远有足够的地方。小孩子踩过沙滩跑进大海。这里大多数孩子人生的游泳课是从与海水的嬉戏中开始的，是一次次对大海的投入，在海水中起伏，成年男女会留在他们身边，扶好他们身上套着的救生圈，搏击和救助，就这样发生。

一直到九月，人们会说海水凉了，下不得海了。但这只是针对大多数人而言，大连有常年洗海澡的，尤其对坚持冬泳的人，九月的海远远算不上凉。冬日海滩上，每天都有人在北风中脱衣下水。严寒刺骨，他们甚至知道每日潮汐，海水温度多少，游进海水几十下，游回来几十下，一下下计数，都是身体对抗冷水的极限测试。这都不是日常，是超越日常的自我坚持，甚至探索。但是九月十月的海往往更加澄澈，那是秋天的大海。无论距离多远，海水都透明见底，色泽湛蓝或碧绿，似乎随着炎热和高繁殖期的消散，海水中的微生物终于结束漂浮和漫游。海水归根结底也在泥土，也有沉落，有生于泥土和归于泥土。海水在上，清净如神明，洗涤万物，同样洗涤人的眼睛和心灵，人在这个时候，忘却自己也获得自己。

这个季节或者深冬，人离海远了，退开一步，更有时机看海。因为常年住在海边，所看到海的美往往是在一瞬间。有时在家里看书，或者做家务，有时单纯就是走动，往往就在偶尔抬头间，内心毫无准备，大海从窗外远远扑面而来，顿时令你停止所有的动作，放下手中的一切，你被大海吸引住了，瞬间惊呆，说不出话来。那时最先打动心灵的，永远是海面的平静和广阔。没有风，海浪失去力量，不再像往常那样拍打海岸，退去之后又拍打上来，因为没有风，海平坦如镜面，阳光使海面一片片波光粼粼，像是碎银片微微翻涌不住闪耀。海湾银波万顷，一直往远处延伸，直至海天相接。

我曾多次写下这片海。最多是它瞬间带给我的美和静谧。还有夜晚的海湾，轮渡深沉的鸣笛，和航道线明灭变换的灯盏，在星光清晰的夏夜，海浪声响至枕畔。在那样的时刻，实际上内心真正拥有的是人生的寥廓，甚至也是幸福。有时是琐碎的认识，看穿自己生命的局限，譬如每次退潮，常遇到女人们结伴赶海，她们坐公交车，手拎红色塑料桶，桶里装着齿耙，在潮水退尽的滩涂上翻海蛤、海螺蛳，有时天色灰暗，还能够看到她们蹲着的身影，长时间停留在海滩上，手电筒微弱的光亮萤火虫一样游动。这些渔家女子自幼靠海吃海，现在她们住得离海远了，却永远比我这样的写作者更深入地爱海，懂得海。看海或者与海嬉戏，都是人天性的存在，看海可能有些庄严和感动，嬉戏就是人差不多回到了生命里的童年和自然，而这些女人赶海，又是什么呢？或许是生命的不舍和难以忘怀。

我还看到了海湾形状的不断改变，甚至听到它改变过程中的喧嚣，曾一度常年彻夜回响。在填海，码头在向水域入侵，大机械作业和铁索绞动，一夜夜打破海的宁静，从西海岸远远传来。那是陌生的声音，我无数遍猜想着，有一天清晨醒来，可能就会忽然发现距离很近的码头在身边出现了，货船和白色轮渡更多更频繁地出现在海湾。海域面积小了，陆地扩大然而是坚硬的，是磐石水泥。海会因为人的存在而生出变化，这是一定的，人的心思稍稍一动，海就有可能再不是它原来的模样。

但大连的海仍旧是吸引人的，夏日仍旧有对海充满渴望的人不断跑向大海，那种热情和力量，是我羡慕的，也是我现在身体里所缺少的。我在海边生活，至今已过三十年，人老海不老。我也知道，如果匆匆而过，很难真正体会海，体会海真正的美，即便一时体会，美也会是单薄的。风暴和阴郁都是海，黑礁石和悬崖也都是海，在这样的背景下，在某一瞬间，突然看到海的宁静，那时的那份体会就不单单是美，也许是种征服，从内心服膺于海，以生命服膺于海。

如此，推荐两本老书，歌德的《浮士德》、康拉德的《阴影线》。《浮士德》我年轻时反复读过，眼下一时不在手，我只能努力通过回想去追忆一个场景——年老的浮士德听到远处填海造田的声音，至今我仍以为，那是人类最初对大海的入侵，或者是资本的入侵。也许通过对它的阅读，会更加清晰地理解我们人类自身的行为。《阴影线》是写青春与成熟间的跨越，人需要越过"阴影线"完善生命，其实整个人类也是如此。"海是真正的世界。"人就需要付出很多，其中就包括勇气、忠诚和爱。

老布拉格

到布拉格那天,已傍晚五点钟,跳下有轨电车后,拉杆箱还没稳当落地,就看到一只小甲虫,它伏在地上,通体漆黑。我到它跟前蹲下身察看,黑鞘翅反射出的钢蓝色光泽,是我再熟悉不过的了,指尖在它小圆鼓样的黑背上轻轻一划,不见丝毫反应,动也不动。把它放在手心里,疾步撵上我先生,我们一起去找要入住的那条街。它卵圆形,只有指甲般大小。走过一小段路,可以感到它终于开始蠕蠕而动,细足先是轻轻一颤,然后开始划动,几乎试探性的,等感觉不到什么凶险,几对细足开始一起划动,用力推开我,随后又停住,谛听四周的动静。

落进有陌生气味的洞穴,它小心翼翼。我放弃了把它带回到住所的想法,张开了左手。还没来得及看仔细,就由它飞走了,它长得什么样,到底叫什么,都还没弄清。我是想到了卡夫卡,想到《变形记》里的格里高尔,就把它当作布拉格最小的隐秘入口,活动着的洞口。《变形记》单行本出版前,卡夫卡反对出版社封面设计出甲虫,"别画那个,千万别画那个!……这个甲虫本身是不可画的。即使作为远景也不行"。我一边走一边左手纸片似的插向空中,笑这缘木求鱼。

老布拉格

一

从梅瑟洛维街角穿过马路,来到一块空地,两三家露天咖啡馆酒吧聚作一处,方桌圆桌错落排满。我们从旧新犹太教堂走下来,途经那儿时间还不到中午,拣张方桌坐下来,啤酒和肉排当作了一场午餐。刚入九月,没一点初秋的味道,阳光在身上停留久了,仍会有一点灼痛,不过又很舒服。脚下砾石细密排列,砾石表面坑洼不平,清一色的铁灰或蓝灰,粗砺深沉,又平滑圆润,旁边几条路交会,人来车往全在身边,这是布拉格的一部分,也可说是布拉格的许多部分,我坐着不动,被包裹住似的不想离开,头一天小甲虫留在我手心里的感觉还在,它似乎并没有飞走,没有离开。

在这样一块小空地,坐着不动,几条路的街景一起堆到眼前,差不多一律是新巴洛克风格建筑。建筑先是从两条路形成的夹角间开始,然后一幢幢向远处斜排开去,建筑物彼此肩膀紧贴肩膀,像是追求声势浩大的兄弟们,谁也不要离开谁,只把一条条街巷留在中间,像这样的街巷在布拉格比比皆是。这些蜘蛛网似的,这些血管,人在其间走动着,自然是小的。好在外墙立面多半是米黄色或浅灰色,这些没压迫感的色彩,暗中减去了建筑密集带来的重量感,人也松了口气似的。还不到正午,墙将自己的一道阴影投到马路对面的墙上去,不过阴影已很矮了,仅一层楼之高,而且还将继续矮下去,上面二、三、四、五层楼起义军似的全部站立在阳光里,阴影成了穿在下边的矮靴子,于是窗楣上方的草叶浮雕不甘心,又细致优雅地结出许多细长弯曲的阴影来。这些微妙的此消彼长并不陌生,石头表面的坑坑洼洼,让我有些不知如何碰触。当然我总是想到卡夫卡,这里距老城广场很近,走几分钟即是,一百多年过去了,卡夫卡从未老,他永远会从这里走过,就像他的一生,差不多都围绕着老城广场度过。

　　对面一幢土黄色新巴洛克建筑几乎看不到门脸,几大块铅灰色金属围挡板将它圈住,脚手架直接爬到五楼,白色砂浆搅拌罐立在一旁,不出声,也不工作。另一街角是幢现代风格的建筑,平面几何直线组成灰色外立面,无任何装饰,仅一处楼角凹陷进去,让出一块狭窄空地,一组巨石矗立其间,与大楼风格吻合,又似乎独处于自己的神思当中,是某种事物的遥远回声。共有十块石,全立方体,一块落在一块上,越往上石块越小,整个造型按我的理解是一座尖塔,落在地上的尖塔,上面小方石便是塔尖,直有两层楼高,像布拉格站立的姿态,极原生态的,又纪念碑似的。裸露的布拉格,复杂的布拉格。石块彼此压迫,又彼此支撑,石头颜色各异,浅灰、深灰、铁灰、土黄、赭黄、深褐,石块巨大沉重,边角参差错落朝着各自的方向,一块石会给下边一块石打下一角阴影,倒置的直角三角形,边缘线清晰果断,印在静止的光河上;即便一块石自身,最亮面与最暗面的交界线也似刀切下来的,笔直而锋利,瞬间唤醒我画立方体石膏素描的儿时记忆,我只是因为弱小,始终无法画好那道明暗交界线,那道使明亮更明亮黑暗更黑暗的线条尖锐地存在,冷冰冰纹丝不动,曾叫我长时间发呆,越看它就越加神秘,直至我觉得那不再是实物,我完全迷失,丧失了真实感。

　　石头。会想到千年大火,石面烙有烟痕,之后岁月柔化,每一块石都有着温和而忍耐的表情。石头擦着石头,身体压着身体,恐惧连着恐惧,花朵细嗅花朵。看得越久,越会为设计出这杰作的艺术家所深深吸引。每一块石的摆放,位置、角度和朝向,都是心灵所至,有的石块眼看着摇摇欲倾,不安稳,又像是从天空跌落下来,自然地就那么摞在了一起,再没有动过。没有一块石重复另一块石,但自下而上,有一种无法被打碎的音乐节奏,最初被我理解为地上的尖塔更加完整了起来,不复是一块块孤零零的存在。

后来,在准备离开布拉格前一天,我们再次见到这组巨石。刚刚落过雨,晦暗的天色里石头颜色深下去,把手按上去,就像摸进潮湿苍凉的内脏。因为找卡夫卡故居,我们也不知怎样,又折返到这里,一个天大的偶然。按导览图上给出的这块空地,无论如何也找不到卡夫卡故居,连问几个路人都摇头,最终有个中年男人指给我们说:那楼早不在了,这儿只是出生地,卡夫卡出生地,大概在那儿,那楼周围一带。我有些崩溃,怎么也想不到,他所说所指的,就是在露天咖啡馆午餐时,我正好面对着的那幢楼,土黄色的,被几大块铅灰色金属遮挡在了后边,只露出上半张脸。那一刻我才明白,自己刚好是站在卡夫卡广场。布拉格第一顿午餐,在这儿坐那么久,竟是卡夫卡出生地。1883年,就在这儿,一座意为"塔楼"的公寓楼里,卡夫卡出生,不过两岁后他随父母亲搬离,这一带十九世纪末城区改造,所有建筑连同塔楼一起被夷为平地,而塔楼石头大门被保留了下来,成为土黄色大楼身体的一部分。

白色砂浆搅拌罐已经不在,换作一辆施工车停在那里,车厢伸出下半截红上半截黑的长吊臂,孔武有力地伸向五楼。楼角挂着的著名的卡夫卡胸像也因避施工而暂时被钉进木板盒里保护起来,所以才看不到也找不到。我向后退,直至可以看到石头门楣上的额头,看清额头上四组浅浮雕,有一点可以肯定的是,大门当初能保留下来并非因卡夫卡,即便普通布拉格人,知道卡夫卡也仅在这几十年间。一次出生和一次静坐,似乎都是无意的,风偶然吹落的种子,而我能够重回这里则不能不说是幸运轮回。细雨飘落,那宽阔巨大的额头渐渐磨灭的花纹颜色更深一层,远隔着金属板栅,无法走近,我被遮挡在外,差点与之失之交臂。

二

在布拉格时,我们常去查理大桥,捷克作家伊凡·克里玛把它叫作石头大桥,因为距离住所近,又是去河对岸城堡的必经之路,一天至少会两次往返。桥身很长,横跨伏尔塔瓦河,再贪看两侧石栏上圣人塑像和桥下河水,往往不等走到对面桥头塔楼,天色就开始昏暗。伏尔塔瓦河宽阔平缓,一路向北,余下的几座圣像隐入暮色中,天空依旧高远湛蓝,圣像低垂的面孔因逆光而神情模糊。我们辨认一座座圣像,零碎断续地翻阅布拉格古老的历史。越是傍晚前后,桥上越挤满游客,乞丐跪在游人的脚步间,上身俯伏在地,一旁卧着的狗伸直嘴巴疲惫地把它搭在前爪上,在错杂凌乱的脚步中动也不动。如果不是双目紧闭,它会看到"黑乎乎的鞋底"从自己头顶上掠过——卡夫卡一句孩子视角的描写,突然就冒出来,让人喘不过气来。人要把视线放到怎样低,或者人得多弱小,眼里才会有头上的鞋底出现。不过他笔下常常出现狗,在小说《诉讼》结尾,K 最终被一把刀刺进心脏,死前他说自己,"真像是一条狗"。

深夜人群散尽,查理大桥返回它古老的居所,隐匿进黑暗里;次日晨曦,石桥再次从被窝里起身,慢慢地爬向天空,桥面终于被迎面而来的晨光全部覆盖住,一块块砾石老银片似的,耀眼夺目,鸽子踩着碎步急速走过,又扑喇喇飞起,擦过圣像旋即在空气中消失,近七百年岁月的查理大桥阒寂无声,两侧低矮敦实的石栏露出沙砾色,一只幼鸽停在上面,歪着小脑袋沉思起什么,片刻又向另外一边,把脑袋歪过去继续沉思。圣像伫立在蓝灰色曦光里,高大而沉郁,或肃穆或悲戚的面容从浮影中显现,看上去沉静如湖泊。十字架上的受难耶稣侧脸低垂、双目紧闭,牺牲肉身拯救人类,他被认作是从光而来的光。九世纪基督教教士进入捷克地区,这座耶稣像竖起则是在十四世纪,为石桥上第一座圣像;十七世纪开始,圣像群逐座添加,纪念民族历史上的圣徒和英雄,一座圣像脚下刻着《诗篇》:"他的天使将会在你生命的小径上保护你。"古老的余晖,在黄昏里四下弥漫。1919年6月19日,卡夫卡在日记中写道:"和奥特拉一起。她的英文老师领着她。过码头,石桥,马拉·斯特拉那新桥,回家。查理桥上的那令人激动的塑像。桥在夜里空旷时奇特的夏夜之光。"

桥头塔楼石洞内,"死神"手持镰刀立在一只旧木箱上,从头到脚一袭黑衣,黑色连帽大袍直拖到脚面,帽檐下露出一块苍白,石膏脸冷漠无情,黑眼罩遮住两眼,上下嘴唇几根竖墨线,一道术后缝合了还没拆线的伤疤似的。他极瘦长,一动不动,天色大亮行人开始来来往往,什么都没看见,像穿过空气似的从他身边走过。傍晚我们从城堡回来,他还立在那里,黑袍子返出一道道锈斑，细看像张废旧铁皮子，后脑勺黑帽尖在空中挑起，像多出的又一把镰刀。他脚下有只小木箱，木箱露出红衬里子，看不出里边多少钱。

入夜，石桥再次隐身于黑暗，一个男人来到一尊圣像前，圣像基座上一座烛台挑在空中，他用长杆打开玻璃门，送上红蜡烛，又用长杆引火点燃蜡烛，再关上门，烛台高挑，做这一切都很吃力，最后他脱下外套，连同背包用具一起靠桥栏放好，他郑重地立定，两手交叉，抬头仰望着圣母及她怀中的基督耶稣，开始用古怪难懂的语言低声祈祷。那是一组悲伤的雕像，圣母马利亚、圣·约翰、抹达拉的马利亚，烛光微弱，却照亮他们脸上的无尽悲伤，而耶稣早已停止呼吸。男人祈祷着，语调急促低沉，伏尔塔瓦河在桥下缓缓流淌，静无声息。男人身材粗壮结实，装束简朴，黑T恤、黑长裤，他的背影似乎隐没在古老的气息里。几步远，我在他身后，想起卡夫卡写的"法的门前"，我曾一度想过，得以进入法门还是不得以，进得去还是进不去，那些互相纠缠又彼此消解离散的逻辑争辩，其实是在自我解构，其根本上就是一场空旷。空旷如野，哪个人不是颠沛流离的呢，哪个人遭受的不是抛弃。也许那男人想回去，他想照亮道路，也许他看到了救度，就像这石头大桥不改此岸彼岸。

数世纪过去，"石桥经受住了经常淹没布拉格的洪水"。伊凡·克里玛说道。两百年前，洪水曾使两座桥拱坍塌，但很快就修复了。在伊凡·克里玛心里，这座桥"代表了布拉格的不受伤害性，从灾难中恢复的能力"。从伏尔塔瓦河岸边任何角度，都会看到石桥被蚀黑又褐色斑驳的粗壮桥墩，桥墩外又附加石墩，像额外多出的坚固碉堡,却看不出哪两座桥拱是1890年重修过的,也就是伊凡·克里玛所说的伤害,在眼前未留任何痕迹。岸上极目远眺,桥拱一座座不断重复着自己,像复写,也像执拗的音符,留在一首乐曲中反复被唱起。桥洞拱顶住满浓重的阴影,河面波光粼粼,可以想象阴影怎样为之微微颤动,生命这条船不住颠簸。

三

每天给父母写短信,报告行踪。"老爸,昨天傍晚搭火车到布拉格。住在老城区,我们选了家民宿,又沉又高的门,好不容易推开,进门后经过廊道,尽头有个小天井,天井里长着几簇通天高的绿竹子,和一小棵红枫。朝天井走别出门,右边是螺旋楼梯,上二楼左手第一个门,就是我们的住处。从外边出去再回来,就像回家,是回到欧洲小说里描述的那种家——那就像回到了小说里。布拉格,我一直最向往的,是伏尔塔瓦河,是卡夫卡。当然也有赫拉巴尔、伊凡·克里玛这些作家。我忘记了带欧洲充电转换器,恐怕会买不到,今天试试。买不到的话,手机没电怕联络不上您,那样也请不要担心。"

公寓离查理大桥不远,照例夹在一长溜建筑中。房东是个胖女孩,在读大学。其实房主是个老人,胖女孩原是房客,后来搬去跟男友住,老人年迈无力经营,她就转身成了二房东。临去布拉格前,怕我们人生地不熟,她提早在英文信里说:你就找大绿门。那条斜街很长,的确只有一扇大绿门,沉重似铁,每次使出全身力气才拉得开,然后又好一阵它才貌似极度忧郁地缓慢闭合。

街道不宽,驶得过一辆车,从老城区广场往查理大桥,它该是条捷径,但行人不多,似乎游客罕至。两排墙黄色系,各种黄深浅不一,偶尔有几笔涂鸦在上面,不那么浓重,那样剑拔弩张。傍晚我们往回走,一路经过小酒馆和一家意大利露天餐馆,空气中弥漫着各种食物混合的味道,临近公寓有一堵斜墙,墙上一行清秀的英文小字:艺术就是生活。我像条件反射似的,每次都在心里读一遍。加缪说布拉格空气里都是酸黄瓜味,我一点也嗅不到,尿味倒可以肯定的,几处墙脚或石桩固定有着尿渍,让我想到男人和定时出来遛弯的狗。略去教堂尖顶和塔楼,从城堡往下望,层层叠叠的屋瓦明艳艳的,掉进去就是滚滚红尘,而在街巷里走显然又并非如此,像老年人的身体早已石化,但他还有干涸的血管供你通行;红屋瓦不再能看到,街巷狭窄限制了视线,街巷向前又能向后折返,是迂回曲折的迷宫,走着走着人就走丢了。

卧室和客厅折向另一面,窗子临街又瘦又高,我们只留一条缝通风,掌灯时窗帘全部拉上。窗对面就是窗,隔着条窄巷,又近得吓人,似乎一伸手就够得到。窗再开大点,街上的喧哗就涌入屋子里来,行人说话的吵嚷声,啤酒瓶落地的碎裂声,醉酒后迷迷糊糊的歌唱……远处大马路上汽车隆隆驶过,风暴一样来去迅疾,就觉得二楼都是矮的,像升降舞台一样在声浪里降落到地面,跟砾石路面取平,街巷所有的一切都涌入屋内。我如同站在巷角,晚上十点钟后,另外一条街上的说话声也都涌进来,两个女孩互相凝视、亲吻,凝视,之后一个女孩抬起手,抚摸另一个女孩的脸庞。街灯微冷,灯畔蜘蛛网一丝丝银光,两个女孩长得都那么美,美得令人心碎。

接连有三个晚上,隔壁年轻人聚会喝酒,开门关门吵吵嚷嚷一直闹到深夜,我一度误以为是周末了,查看手机日历又不是。对面几扇窗彻夜黑着,没亮过灯。秋夜没一丝凉意,房间极热时,熄了灯便拉开窗帘,深夜我睡不着,对面的窗就像两只黑眼睛,在暗中注视过来。老城区这些深巷,直至后半夜才会一头沉入阒静,听到自己的脚步声响起,夜行者也会感到惊讶,布拉格日间的热闹欢腾还在脑海里轰响,突然间一道大闸门就落下了,所有的喧嚣都被关闭到另一个世界里去,完全像是在梦境。砾石磨得光滑,经过的脚步不仅有流水的力量,还得有流水的久远,千百年不停息。两道墙把石子路夹在中间,似乎墙就是专门为路而修砌的,并非为了两侧的建筑物本身。

　　清早醒来,我发现自己并没有变成一只甲虫。随着黎明升起,从黑暗的遗忘中打捞回自己,这是人最伟大的归途。奥维德笔下的那些变形,是人没法逃脱神的魔杖。格里高尔变成甲虫,则完全是在他身上自动发生的,完全不知道为什么,经过一夜不安的睡梦,一觉醒来,他就不再是他自己了,人这样容易就失去自己,简直令人难以置信。人就这么处于不安中,凌乱恐惧。"那时的人都不快乐。"有一次看完电影后,我对我先生说。他说是啊,第一次世界大战刚刚结束。是部德国电影,我仔细看那场景中的人,表情和装束,走路的姿态甚至家具、壁纸、窗帘以及床、床上拉到下巴颏下的薄毯,和翻出薄毯外的洁白被单,无不是古老世纪的余韵和剧烈震荡后的痛楚,无不是裂缝间的白色花朵。

　　躺在床上,才发现我们住的公寓有多高,放张二层床,人站起身,头顶上天花板还有空余。吊着一盏灯的水泥天空。格里高尔后来养成了爬天花板或倒挂在天花板上的习惯,完全是低等生物了,心里怀着的却是见母亲一面的强烈渴望,然而母亲,及妹妹、父亲都已转过身去,他死于亲人的遗弃中。甲虫若很小,我们会有喜爱的,把它拿在手里,若是特别大,我们会害怕甚至忍不住生理上的嫌恶,但同时在它身上发现了与我们同样的情感。同样的爱与悲伤,我们又会怎样?

那天清早细雨霏霏,我们留在公寓里。人失去自己的痛楚,人不自由,全部写在了《变形记》里,于是小说《地洞》里才有了"站在我自己的面前"。《变形记》与《地洞》绝对是有关联性的,我一直这样认为,卡夫卡在格里高尔变形中的恐惧,无法磨灭,不能像什么都没发生,他恐惧那种发生,"一切障碍都在摧毁我",要紧紧抓住自己,保留自己,确保安全,这种种努力,就发生在了地洞里,发生在那个不知名的小动物身上。"我搭好了地洞,它似乎很不错。"这句开头写于1923年,离卡夫卡生命的终点一步之遥,那小动物就从这里开始了固守,它没完没了地奔波劳作,出口、入口、广场、城郭、迷津、暗道,甚至地洞以外,这些工程带来的恐惧、迷失和欢愉,自我折磨以至于自我疏离,都使得他没法停止下来。修复建筑,巡逻,储备食物,击溃敌手,恐惧不消除,便不能不东奔西跑,便惶惶不可终日。太多危险,太多的不安全。

这是人精神上的自我警惕,是自我修补,生命是件必须时刻抓紧的衣裳。然而修补是可能的吗?卡夫卡头脑里有庞大的世界,他只能不停息地写作,"写出我里面的全部焦虑不安",甚至将"写下的东西再度拖入我里面",甚至于清醒着做梦,"觉得自己既能一边熟睡,一边机警地守护自己,这未尝不是一种幸福"。卡夫卡不睡觉,他醒着,看住自己。

四

到布拉格那天傍晚,远远望到了城堡。是时红霞满天,河边露台上挤满拍照的人群,层层火烧云,边扫过天空边向后退,退过横卧河面的查理大桥,直退到城堡身后,红彤彤缀满天边,城堡黑色屋顶及几根铁锥一样高耸的尖塔,像过了场大火又瞬间冷却,异常地深沉凝重。余晖散尽,天色不是一下子就黑下来,而是袒露出更深邃的湛蓝,固执地留在布拉格的上空。这与卡夫卡《城堡》著名的开篇迥然不同:

> K到村子的时候,已经是后半夜了。村子深深地陷在雪地里。城堡所在的那个山岗笼罩在雾霭和夜色里看不见了,连一星儿显示出有一座城堡屹立在那儿的亮光也看不见。K站在一座从大路通向村子的木桥上,对着他头上的那一片空洞虚无的幻景,凝视了好一会儿。

当然是另一座城堡。山岗,雪地,木桥,乡村,黑暗,那时卡夫卡40岁了,正在病中,不过精神世界冰雪般澄明,他把一生中所遇见的大小城堡一把塞进了虚幻的口袋里,我体会到他"凝视"的心境,该是多么宁静。

不可征服的。佩特拉,岩石之意。城堡就在紧挨着佩特拉的山岗上,布拉格经年累月卧在它眼皮底下,连绵不绝的红屋瓦像城堡波浪起伏的裙边,又反抗般地艳丽。整天在城堡各处转,傍晚时从巨人门出城堡,大门石垛上立着的雕塑当然是复制品,《巨人与神的战斗》,神被打倒在巨人膝下,一边是波希米亚的雄狮,一边是哈布斯堡的鹰,只是巨人手中的短剑在斜阳下白光闪耀,异常古怪,好像在风蚀中它永不老去。穿过赫拉德恰尼广场,就是下山路。城堡在我们身后,像是执拗的目光,无论我们走出多远,它都紧追不舍。

沉重的目光,几乎有上千年了。城堡开建,王宫、教堂、塔楼逐世纪堆加,大如城池,装在一个长方形的大石头匣子里,被山岗高高举起。波希米亚、查理四世、哈布斯堡王朝,不是隐身于城堡的地下,就是藏在浮雕暗影的黑洞里。而教堂,果真如《城堡》里K异乡的回忆一样,"屹然矗立,由下而上越来越细,越来越尖,均整有致"。我想找个角落像蜘蛛那样躲进去,然后慢慢吐出肚子里的丝,再用一张混乱如麻的网把城堡裹进去,把整个布拉格裹进去。城堡的圣·乔治圆形教堂,与查理大桥圣·乔治圣像,山上山下,会碰撞到一起,完全是脑海里不肯熄灭的花火,那时我就是吊在另一根丝线的蜘蛛了,不知道自己是怎样,从一点爬到另一点。

看到一眼水井,在城堡第二中庭。井口被铁围栏围住,像个大鸟笼子扣下来。城堡巴洛克风格宫殿密集,它在其中太不起眼了。经过科尔喷泉时,导游们顺带介绍一下,知道它长期供应城堡用水,游人又纷纷挤上去拍照。也许是亲水,人躲不过天性。笼子铁做骨架,网眼细密,圆肩头以下,足有两人高,等游人散去,我围着它左转右转,水在笼子里。"到处都是笼子,我身上始终背着铁栅栏。"在卡夫卡那里，一只笼子在寻找一只鸟，不自由的生命注定了无法逃脱。去世前两年，在病榻上，他写饥饿艺术家在笼中表演饥饿艺术，艺术家刚死，一头年轻的美洲豹就进了笼子。也许没这么精致，没这么多花纹装饰，有别于眼前的大鸟笼，卡夫卡的铁笼子，艺术家能把手臂从栅栏里伸出来，让人亲手摸摸他有多瘦。笼子周围是一圈琳琅满目的广告，和挤着去看马戏团野兽的热闹观众。有人说，饥饿艺术家就是卡夫卡自己，是在用生命换取他的表演的可能性，眼前的大鸟笼子空荡荡的，连句话也没有。

不过城堡确实留有卡夫卡的身影。在城堡区北边，紧贴城墙搭建一排火柴盒似的小房子，十六世纪住进了炼金术士，也有说是金箔工匠，总之那里被称为黄金巷。几百年后，卡夫卡的小妹妹奥特拉租下一间矮房子，继而卡夫卡用来当作了写作间。他每天傍晚上山，奥特拉已经为他在炉子里添上煤炭，生好了火取暖。"我把晚饭带到那儿，然后一直待到午夜，从这里走回到自己的公寓里，……我能够在回家的路上让头脑冷静下来。……踏出房门就直接能够踩到宁静的小路上铺得满满的雪。"

让他感到美好的冬天，可以潜心写作。四下安静，墙壁很薄，隔壁邻居没有任何的声响。1916年12月至1917年4月，卡夫卡从长期停滞的创作状态中破茧而出，在黄金巷22号埋头写作，四本八开大笔记本写得满满，且好像都是在膝盖上写成的，"我谨慎而冷漠，我是一座桥"，类似的长句短句，还有很多短篇，都在这段时间里完成。

浅蓝色墙面老绿门窗，我们走进去，再多个人就转不过身来，大约六平方米的面积,屋顶几乎伸手可及,房门更加低矮,我先生走进去不觉低一下头,卡夫卡身长六英尺(约1.83米),又瘦又高,很难想象他怎样进进出出。城墙那面开有小窗,从中望出去,树木郁郁葱葱,陡峭地蔓延到山脚下,很难说这是秋色,但肯定与当年卡夫卡眼里的景色全然不同。就在他准备进驻小屋写作前不久,1916年11月21日奥匈帝国皇帝弗兰茨·约瑟夫去世,古老的帝国风雨飘摇,饥饿已经来到了布拉格。"整个国家没有食物,没有燃料,没有希望了。"有个美国人曾这样写道。而卡夫卡活在他的内在世界,很多事件不过是身边的漂浮物,譬如说,1914年4月2日,他在日记中写下:"德国向俄国宣战。下午游泳。"

在22号我们停留时间最长,一茬茬游客来过又走,我在门前反反复复,不舍离去。卡夫卡生前无数次搬家,唯独黄金巷小屋确切到我们得以进入,得以感受他存在的气息。想到读《乡村医生》,每次我都惊异无比,不自觉中睁大双眼,越来越喘不过气来,我进入到他的梦境里,觉得一切都合情合理,一切都是透明可见的,连人的思想都像冰一样,你能清晰看到对方脑子里想的是什么,热气和马的气味带有尘世的味道又绝不属于尘世,以马为梦,以人世间为梦,在梦里流浪,人愈加老去,而我身处的这间小屋,就是他深夜里的造梦空间,在游客纷纷退潮后,可以感受到虚无、孤寂,还有他静静的呼吸,呼吸很近,慢慢地又布满苍凉。

其实除黄金巷小房子外,一处处寻找卡夫卡故居并不容易,事先我先生做好功课,每晚临睡前,在地图上把明天要走的街道先走过一遍。布拉格门牌号钉有两块,一块红一块蓝,在街巷寻找一幢楼或一扇房门时,不知哪块颜色说了算,它本是引导,对我们来说却是看门人拧向一旁的脸,捷克文也让人不安,我们目不识丁。在布拉格,不会讲捷克语,不讲德语,日常生活仅靠英语过得去,但文字会拒人于千里之外。布拉格街道在一个世纪内又无数次更名,我曾在书中读到的那些街名,常常很少对得上号,这更使我们抓了满把下下签,我们跟外乡人K几乎一样,借《城堡》桥头客栈老板娘的话说,您在这里是最无知的人。

五

我们不止一次经过那些教堂。旧新犹太教堂,平卡斯教堂,还有几座犹太教堂,彼此都不远,聚集在约瑟夫区。它们外表朴素,墙面近乎砂土色,似乎可以抓着闻一闻,干燥缓慢,有一种乡间的味道,让我记起陶斯泥土屋,远在美国新墨西哥州,那些泥土屋在戈壁间反倒特别稠软,细腻感人。

砂土色,但是很老旧了,像旧新犹太教堂,墙面一缕缕烟痕,又似乎是雨水不断打湿过的印迹,红屋瓦檐下生有薄苔,苔色青浅,断续有致,就像垂下的窗幔贴在墙上。窗户都很小,无论形状如何,全部黑色网格,看不见玻璃,而整个布拉格,回想起无数教堂留给我的印象,最小一块彩色玻璃也璀璨斑斓、耀眼夺目,旧新犹太教堂画风就变了,只有朝向街道的一面山形墙突出醒目,深褐色造型像锯齿,也像火焰,像张开的手指,指尖纷纷向天。一次卡夫卡散步途中截断话头突然对朋友说:"您看见老犹太教堂了?周围的建筑都比它高。在这些现代房屋中间,它完全是个老式的外来异体,显得格格不入。"肯定是那块深褐色的形状,里边隐藏着某种不安，也许它使他更加不安，使他感到可怕。

有一天我们进到教堂里边，到处一片安静，游客默默，一些导游的麦克风也关掉了，声音消失了；墙面砂土色调，每面墙上方有希伯来文铭文。《圣经》诗篇和训言，有的铭文和训言极短，缩略为四个字母，或三个字母，像是一种忍耐，一种抽象，以至于符码化的感觉，"记住……""是的……"，这类肯定的句式，如铁如戒律，似乎摩西在大漠中的声音。到处有希伯来文，但没有偶像。没有偶像就没有面容，没有面容就没有表情，人脱离了皮相，进入到完全的肃穆中，在肃穆中清洗自己。我曾听过犹太人的歌唱，曲调弥长又平稳，没有起伏，一条河平缓流淌低声呜咽。而眼下这肃穆更为纯粹，没有情绪，也没有河水。深穹顶，十二扇狭长的尖角窗子，其实是有着很好看的玻璃，淡蓝色、淡紫色，不耀眼，淡淡的色彩，透进淡淡的光，连同灯和蜡烛，照亮欧洲这座最古老的犹太教堂，旧新犹太教堂。

老犹太墓地在一圈围墙里，平卡斯教堂占去围墙一角。人家说墓地有篮球场大，或许不差，沿小道绕行，一圈很快走下来，但近两万座墓碑层层叠叠，似乎无论如何都走不出去。墓碑如乱石交错，横七竖八，直立斜靠倒塌，或孤零零自处，希伯来文和纹饰大多模糊不清。我找到最老的碑石，时间是1439年，碑身深埋，地面只露出碑额，与普通石头区别不大。最后一块墓碑是1787年，黑色残碑，碑首剥蚀，造型和图案无从辨认。走到哪儿，都觉墓地是潮湿的，眼前灰暗，树干笔直却全部漆黑，碑石间杂草萋萋，黄色的藤蔓花朵攀上碑顶，但仍满目苍苍，处处充满忧愁。无法想象，墓碑下有不下十万死者，约瑟夫区旧名犹太区，犹太人聚集在指定给他们的混乱街区内,甚至早期以墙壁围起,人们只能通过小门出入,渐渐人口增多,土地严重不足,到十八世纪,犹太人已占布拉格人口四分之一,墓地仍被限制,不许随意扩大,只能葬在祖先墓上,白骨之上再添白骨,代代白骨层层新土,甚至有多达十二层的,几个世纪下来新旧碑石林立,苍老凄迷,不晓得怎样辨认谁是谁的祖先。

好像也不重要了。平卡斯教堂的墓碑是平面的,完全敞开的,甚至是铺开的,是几面墙。墙上密密麻麻,全是"二战"时犹太受难者名单,我一次次转身,无论朝向哪一边,它们都扑面而来。也许它记录的死亡密度更大,78000个犹太人,在捷克这块土地上惨遭屠杀,最后聚集在这些墙壁上。十六世纪建筑,墙壁古老,姓名第一次这样独立地活着,又如淹没在大海中。家人写在一起,一家一家之间黄星隔开,名字拥挤,辨认起来十分费劲,但我还是看到一家三人死于同年同日,1942年7月12日,一面面墙上,所有生命的时间钟摆都停止在1942年,1943年,1944年,可以嗅出这时间段血腥味有多浓,希特勒下令要"最后解决"犹太人问题,死亡越勒越紧,没人逃得出这被魔鬼掌握的时间之手。受难者名单以字母顺序四壁排列,佛家的苦海无边,可以用在这里了。无论男女老幼,都不被放过,在布拉格不远处的特里津集中营,15000个犹太儿童被从各地送到那里,最后仅100多个存活下来。上教堂二楼侧廊,玻璃窗里是特里津集中营儿童画展。几十幅儿童画,梦、花园、学校、水下世界、窗外风景、特里津淋浴,放逐特里津之前的生活……年幼下笔用力,五瓣花朵平面规整,而日落景象又多复杂,玫瑰色余晖掩隐在乌云里,我感到冷,可又不想给人看到。这一场生命之火,火还在燃烧,生命却早已熄灭。纸张粗糙发黄,色彩线条稚气笨拙,男孩女孩早不在了。几个布娃娃仰脸躺在玻璃柜里,好像还活着,还在等待。布娃娃就这样,被抱过了就活了,就有了生命似的,以后无论丢在哪里,它们都一脸面对未来充满期待的样子。

出老犹太墓地时正好落雨,我们站在门口躲雨,挤在静默的人群中,我一时间心中恓惶,没着没落的,不知往哪里去。先看平卡斯教堂再看墓地,就像时光倒流无始无终,死亡也有时光,走走停停,特别遥远的死和近在眼前的死排着队,一些死亡平息下来,一些死亡还带着伤痛,漂漂浮浮着,还有一段路要走。卡夫卡妹妹们的名字,在那些墙上应该能找到,先从哪儿开始呢?小妹妹奥特拉曾在特里津,照顾过那里的孩子们,最后死于另一个集中营。过去,读卡夫卡病中书信,我常会落泪,痛惜他生年不满半百,后来想,他在那时死,是深得其所。在平卡斯教堂转身间,想到卡夫卡灰蓝色的眼睛,心头生疼,幸亏卡夫卡早不在了,这也许是他一生中得到过的上帝唯一的垂怜。

雨后街上行人稀少,云过日出,我们挨着一排栅栏走,漫无目的,栅栏内一小块平坦墓地绿草如茵,几片红黄褐色落叶挤作一团,大半晒在阳光下,几片藏进阴影里。1893年至1913年,即卡夫卡青少年时期,布拉格大规模城市改造,犹太人聚集区拥挤破旧的老房子被拆除。这块土地的犹太人,从中世纪起就不断面对驱逐令,驱逐解除令,再下驱逐令,周而复始,直到约瑟夫二世时宽容令之后,下令推倒了原来的隔离墙,重新布局犹太区,也就有了约瑟夫区。1848年犹太人获得公民权,但驱逐和大屠杀并未终止,用卡夫卡的话说,"隔离墙移到了内心",犹太人继续生活在恐惧中。

平卡斯教堂二楼侧廊的一小幅铅笔画还在眼前晃动,它就是恐惧。我想画画的该是女孩,又没法确认。Raja Englanderova 25.8.1929—30.1.1942。这是唯一详细的信息。画面是黑暗中的女孩,题为《恐惧》。铅笔线条涂黑了纸,一扇拱形窗涂得更黑,仅留个月亮,又小又白;窗下的女孩长发惊飞,齐刷刷悚然拉在脑后,好像她就要被头发拖出画面;她是侧脸,瞪大圆眼睛,嘴巴大张,惊恐地喊叫着,又发不出声。两只她自己的手,被画得又大又黑,惊恐地朝向自己的脸。在一间黑屋子里,她独自一人,想站也站不住,抓不到任何要抓住的东西,似乎裹在狂风中,她是向后的,被风向后拉去,她抓不住自己。

六

午后的老城广场浮在光海里。烤肉的炭火升起青烟,木和肉的气味混合在一起,沾在人的鼻尖上,Trdelnik(塔塔蜜)是用箱中暗火烤,双手捧着热乎乎地吃,芯里巧克力一下子融化了,泉涌似的往外淌,连甜酒也是热的,但属于女人,男人们立在那里,一大杯啤酒慢慢慢慢见杯底了。

他是金属人,立在老城广场。他是银灰发亮的金属,像是从银灰粉桶里捞出的,帽子手套鞋到鞋下板凳都镀了银,脖子脸连鼻孔也镀了银,银灰眼皮下,埋着红眼睛,他立在那里,不会腐烂了。他把身体重心压在右腿,左腿微微弯曲,这姿态也不会腐烂了,他一动也不动。但没人往纸盒子里投钱,老城广场游客川流不息,有时有人聚上来,想去摸他又小心翼翼缩回手去,有时他四周空荡荡的,像是广场中的广场。游客们的时间永远不够用的,又因为是用钱买来的,时间就更贵,但进了广场,四下游荡也就开始了。周围是一大圈建筑,建筑的前脸一律冲着广场。广场东北角,哥特式柱廊静静地浸进白色的日光里,日光先是洒落在地,然后渐渐逼退阴影,白喇喇地爬到柱廊内的墙壁上。柱廊这种形式把什么都做成一半一半的,阴影压左肩,光线在右肩头上颤动,里侧封闭,外侧开放,头上肋纹圆顶敷有神性的晖光,露天咖啡座就在廊外,沿着柱廊慢慢往前走,俗世性、日常性的气味和声音在侧畔飘过。

扬·胡斯青铜纪念碑已变为孔雀绿色,上百年时光侵蚀,没有抹去胡斯脸部清晰细致的线条,他的脸迎向前方,瘦削坚毅。这个欧洲宗教改革运动的先驱,在布拉格用捷克文布道著书,宣讲宗教平等,反对罗马天主教皇兜售赎罪券,1415年,他被天主教会以异端邪说罪名处火刑。胡斯的死激起了捷克人的愤慨,引发了胡斯革命战争,直至后来1620年"白山战役"失败,捷克民族遭受了灭顶之灾,战败的贵族包括知识分子被处决被放逐,或逃亡国外,捷克本土的上流社会和中产阶级丧失殆尽,只剩下低层贫民和农民。日耳曼文化层层渗透,捷克文化急遽衰落,天主教被宣布为唯一合法宗教,德语作为官方语言,捷克语只有城市贫民和农民还在使用,大量捷克文学书籍被烧毁,只有胡斯精神不死,在古老的波希米亚子民心中存活下来。

站在旧市政厅塔楼往下看,老城广场在日光下炽烈发白,红屋瓦密集,泰恩教堂双塔尖及更远处的火药塔,露出两抹苍老的暗灰色。各时代风格相异的建筑围着广场向外铺开,外来的天主教徒进入布拉格,带来的是巴洛克式教堂、修道院和贵族官邸,眼下的巴洛克式建筑富丽堂皇,层层叠叠的黑暗消失了。广场像一只松开的手掌,手指一根根伸出去,插入建筑群中。也不对,建筑群间的街道更像裂缝,一道道细窄幽深,人们从裂缝中走出来,带着纤弱的影子,像小面条鱼,游弋着进入广场,缓慢迟疑,向南或者向西,看着没有任何目的,随意地游进池林。

很多建筑在地面看脸孔狭长,到了高处才发现,脸孔后卧着的身体更长,屋脊瘦硬,又像斯芬克斯神秘的脊背,里面藏着深沉的暗河。也许要到夜梦时分,老城广场才露出它沉重的历史面容,一座座建筑从日间的热闹艳丽中走出来,尼古拉斯教堂、金斯基宫、圣雅克教堂、火药塔,重新与过去融为一体,这才可以摸到那原生的野兽,它们在黑夜里活过来,及至清晨,老城广场一角的售货亭又有了声响,又开始售卖起热甜酒、香肠和面包,野兽才在黎明中悄悄隐去身影,老城广场又迎来烟熏火燎的一天,布拉格的心脏继续怦怦跳动。

透过旧市政厅三楼玻璃窗看到的,正好是"分钟屋"。墙上希腊神话的灰泥刻画近在眼前,盾牌神箭,战神竖琴,全是文艺复兴时期回望过去的人文气息。"分钟屋",一幢窄小的建筑,卡夫卡从六岁起住在那里,他的三个妹妹在那里出生,每天清早,厨娘陪着他到肉市街的德国少年学校去读书。朝下俯瞰,他上学的路线不难勾画,一路穿过广场,进入采莱特纳大街,之后是肉市街,这小小的少年终日心怀恐惧,在忐忑不安中等待夜晚的到来,厨娘很有可能会在那时向父母告发他的不是。直至临近不惑之年,这恐惧还落纸上,在写给情人的书信中沙沙作响。

他写下来,什么也不被死亡带走。我人到中年时才读到卡夫卡,第一部小说《变形记》还没读完就开始落泪,"格里高尔几乎什么也不吃了",起先格里高尔还以为,是房间里的状态使他感到悲痛才没胃口的,其实是他看到自己心中对家人怀有的爱被撕成了碎片。临死前他问自己:"现在怎么办?"这一深渊,跌进去我就再也没爬出来过。是的,可以确认张爱玲所说过的,生命是件爬满了虱子的袍子。生命的不体面全在内里,很少有人把它翻出来晾晒,于是我们都十分体面的样子,在世上来来往往。读《地洞》我几乎被吓坏了,也明白了天下竟还有人跟我一样,这样惶惶不可终日,这样不安。读他所有的文字,追踪他血液里的恐惧,不知道他写的是不是人类,但晓得他写的就是我。有一天经过金斯基宫门前时,听到一个英语导游大声说,德国人称卡夫卡是德国作家,犹太人称其是犹太作家,捷克人称其为捷克作家,导游问大家的看法,大家纷纷摇头。我站在一旁,心中悲凉,卡夫卡是犹太人,在捷克土生土长,用德语写作,他复杂,就像布拉格,他难解,就像布拉格,然而直到死后,也还没从困扰他的身份认同中解脱出来。

重新回到老城广场,斜阳里一张张兴高采烈的面孔。小丑不知用什么法子把自己和童车连为一体,他头戴软尖便帽,身穿彩色条纹绒衣,车座上舞动着幼孩似的四肢,却是成人的脸,扑满白粉,打着两团红脸蛋,亚洲人的小眼睛、短眉毛。他似乎笑着,但有点倒八字眉,一笑就显着很忧愁。他因为高兴而跳起来,手舞足蹈,嘴巴动着,咧着笑着,偶尔东张西望,似乎在寻找着什么。

他是老人呢,还是孩子?那张脸是真的,是成人的脸藏在后边,而且是深眼窝,描画成小眼睛,表现出的感情就特别少,真正的喜乐藏在眼窝里,时时露出来,在少和多之间流转,就似悲似喜的,这复杂的表情不属于一个孩子,但欢呼雀跃的肢体都在表明他是个孩子。我害怕深看又无法挪开双眼,突然间我就想到了悖谬性。

用之以飞行

我住在彦根市城町二丁目。最初外出归来，下火车后无论夜有多深，都要步行，从车站一路走回住处。那时还是秋天，金桂花的香气比白天浓郁。巴士早就收了车，四五辆出租车在平静的夜晚亮着顶灯，候在路边，我从一旁经过，没胆量问津。连住所都不会说，就只能赖之以双脚，在语言的断桥面前，静默退却。后来我问老师，城町二丁目怎么说。我试着读，并一下子就记住了。实实在在的一个名词，几个音节却轻盈，像绸子，或其他的什么，总之我凭空想起了"读夏《归藏》，用之以飞行也"，然后我就很实际地用之以坐出租车飞行了，上车后不等落座先报上地名，途中遇司机反问路，也能左转右转地应声指路了。

一幢二层楼的公寓，上楼左手便是。住进寓所的那天，只觉得什么都简陋，心里早有了准备，真见到时还一脚踏空的感觉，随后就笑自己有点痴，是太想住知堂老人笔下描述过的日式房子，另一层的原因，是幼时在家乡也曾经住过，大致差不多的房，木拉门，前后门幽暗的玄关，可以睡进小孩子的壁橱，这些都是记忆，自己有点重温旧梦的意思。公寓里外屋转转，其实南北两室，地方不小，连书柜都有了，立在卧室的门后，桌上还有一盏台灯，拧开它亮了，随后跳着一闪，不知怎么又灭去。浮生羁旅，在一地住上一年半载更不过是须臾之间，况身无长物，依古诗戏谑，"大树大皮裹，小树小皮缠"。洒脱自在，也不可谓不风雅。不出两月，书将柜子第一格填满了，赶上京都游旧书肆，书无论厚薄，一律五百日元三本，价低得心都长草，当时千挑万选，拿起放下，乱草堆中唯有两难，一是爱恋不舍，二是又怕日文终无长进，书搬回去日后读不动。最后还是连拖带抱，两大捆书跟着我们走过了京都伏见奈良几地，一路书队伍里又小有添加，最后回到了彦根。日子过起来了，还没那么洒脱。

有一只平底锅，不厌其精地清煎正是时令的秋刀鱼。秋刀鱼内脏清苦，装盘前微撒细盐，吃起来别有风味。学会了食酒粕后，整个冬天的晚桌，都有酒粕酱汤。牌子不同，每家包装袋的背后，都简单印有食用说明，但大都是片假名。片假名呢，就是汉字丢掉的盔卸下的甲，我一个个收拾了读下来，拼凑起弄明白意思，做到大致了然，其体味还在于个人。几块酒粕放在小碗里温水泡软，细细研磨调好，然后倒入滚沸的汤锅里，浓醇的酒香立刻飘出，满屋子都闻得到。在厨房准备晚饭时，准是六时整，彦根古城的晚钟响起，悠长的钟声穿过暮色远远地传来，汤锅在炉灶上咕咕沸腾，加了酒粕的鲕鱼汤变成乳白色，里边正在煮大块大根（日语音译，萝卜）、蒟蒻，和一截刚丢进不久的郁绿葱段。我停住了忙乱，捕捉那钟声的一波波余韵，天地清远起来，尘世在鼻息下仍旧热气腾腾。

厨房和客厅的窗子朝南。卧室朝北，彦根城天守阁也同样在北，两者相距很远，中间隔了两重堀两层郭。堀为壕，也为护城河，四百多年前江户初期，彦根城建天守阁，城下开三重堀，内堀、中堀、外堀，内堀的内侧为第一郭，内堀和中堀间为第二郭，中堀和外堀间为第三郭，我住的城町正位于此郭，此外还有第四郭。我很奇怪，始终迷惑为什么房间面南，钟声反倒更有回荡感，更加清越，而在北边卧室就不这样。卧室极其安静，床靠在窗下，晚上躺在被窝里，黑夜之长和寂静，漫漫没有尽头。有时候会突然醒来，尤其是深秋一过，在冬季清寒湿漉的空气中，慢慢弄清了自己身处异国，便下意识地屏住呼吸，仿佛夜半钟声随时都有可能到来。其实不会，白昼撞钟，一日五回，早六点至晚六点，在我子夜神游时，恐怕打钟人早在梦乡深处了。

那中年男子，我曾见过他缓步从听钟庵走出来，是敲钟的时刻了，他迈上石阶，沉稳地击响了报时钟。那是刚到日本，去学校报到那天国际部赠了几张游览券，有截止日期，仅剩有一天了，先生放下手头的一堆杂事，我俩和学生一同匆忙上了彦根城。看过天守阁下来，转出太鼓门橹，行不远就是听钟庵。那是申时三刻，一声、两声、三声，虽不是晚钟，但悠长的震颤声中有些苍茫气。透过钟架望出去，远处城下町青瓦成袂，钟声一波波盖过去，久久不散，该不该说是"声闻数十里"？

钟声总是无意中响起，我也从未有过惊异。走在街上听了，觉得有古意，尤其午间十二声击打，一声衔着一声，脚步缓下来，大概觉得自己在续命，"但是，"清少纳言借和歌写道，"你这是多么长久的逗留啊。"在北京，我住在大钟寺后身，去看过那里的明代永乐大钟，钟有两层楼那么高，又大又古老又精美，钟体内外铸满汉梵经文，据说击打时字字皆声，很可惜我一次也没听到过。北京高楼林立，风沙不过，盛夏午后，暑热使万物昏昏欲睡，我在厨房借流水洗着青菜,绿窗子半掩着,谁家的收音机在唱戏,传来了"海岛冰轮初转腾",梅兰芳的《贵妃醉酒》,听得人一时恍惚,大有不知今夕何夕之感。这凡俗,也可贪恋,偷活了片刻,还计较些什么呢。弘一法师每次落座之前,总是先把椅子拍打拍打,以将藏在木缝间的小虫子抖落出来,免得压死这些小生命。有时我就有种被抖落出来的感觉,活着活着,却在不被人注意的角落间逃生了,侥幸和庆幸的心就都有了,再远远地对世间慈悲回身一拜。冈仓天心曾借别人的话说起过,茶道的精髓中最大的快乐就是暗中行善。彦根人生地疏,我觉得钟声给我的也是这样,有幸遇到,那异乡便也不是异乡了。有时候觉得离彦根城很远了,还是会被钟声时常包围,或者说被击中,不管走出多远,它都会超过我,并且折返着兜转回来,好像专门跑来跟我算笔浮生账。

深夜不眠回想着这些,暗念这钟声的物性,是可物之物,又是不可物之物,几近一种大清虚。但落在我这样的小人物身上,这钟声一半为故乡,一半入客船,还有一些些俄尔来俄尔去,无袂可执,可这于我来说,在我这里,也并非什么异物。反倒在实际现状中,该把自己算作一个异物,他者,像本雅明说的,是一块地方的"直立闯入者",这才是一向渺小过活的我不能不挂虑的。不过是换了把椅子。哪一把木椅子都有它的间缝,悲欣交集的是,在日本,我是人群中的旁观者,又是某些事物的知己甚至同类,其实这个我,做减法后已被砍去了一大半,剩下来的只是更小。寒夜生湿气,醒来伸出手在窗台摸到一把细水珠,在手机屏上摸到一把细水珠,在后半夜,有时在自己的手背上也会蓦然摸出一把来,便急忙地收回手放进被子里。试着弯曲下,指节里都是胀痛,一根根捻按手指，特别是左手无名指，它是最被冷落的，所以容易受病，平日里用不着它，忽略它，丢在被子外，等于是被放弃了，哪里还管受不受冻。右手的无名指同样也无名，但却是拿笔写字时的支撑，本能地就懂得保护起它，藏进厚被子里。他者也会受伤，直立很可能不过是种姿态，很容易倒下，失去闯入的力量。小至指节受寒生痛，就会特别想念中国北方床单的干爽、温暖，以及阳光的味道。故乡只有身不在那儿时才是故乡，故乡是离开之地，是种回望，而我早已经决定收回回望，不再想故乡了，但疼痛将你打回原形。

初到彦根时，有时出门上街，就单纯看房子，江户时代老宅屋，在城町就有两处，也不用跑出很远去。旧区域的格局还没变，下鱼屋町在我居所的斜后身，桶屋町更近，出门向东不出几百米。鱼屋町、桶屋町、绀屋町，简单说即是同业者集聚区，所有做鱼类生意的都住鱼屋町，做桶、修桶的在桶屋町，染坊都在绀屋町，至于另外还有的连着町、四十九町，也在城町二丁目内，我却是怎么也不懂到底是做什么的。所有这些町名如今都成了古董，烙在铁皮牌子上，白底黑字，那也是彦根城的历史记忆呢。在城町，我时常走过的一段路上，也就是在下鱼屋町，有间二层木结构老屋，墙壁文字板上写着"旧广田家（纳屋七）住宅"，在过去是间鱼铺，"纳屋七"是屋号，江户时代的旧事了，其间不知几经更迭，也不知现在的屋主是何人，从所贴小广告纸上看，已经用来做私家教室了，同时还有特别提示，其间有 Wi-Fi。但每次经过里边都是静悄悄的，屋檐上的文字瓦，木窗壁苍古沉着的褐色，也一律是静悄悄的,我也静悄悄的,当街而立,眼前整整一条街望出去都是混合了阳光的深褐色。

纳屋七的隔壁是同样的一间老宅,我进去过一次,坐在长案前喝抹茶,一只暗绿瓷碟,盛块深栗色羊羹。有多久没吃过,差不多都要忘记了。羊羹圆美精妙的边缘,是我小时候最看不够的,觉得深邃神秘莫测。我总是小心地,先去咬那糖化了的一端,有些发白,被锡纸挤压出带褶皱的薄边,在齿间细咬,沙沙的感觉。屋内是幽暗的,大概是因为做了设计师的工坊,没有居家的味道,只觉得四周高大、空荡,不是我想象中的那样。知堂老人将他喜欢的日本旧式住宅描述下来,我读了也跟着喜欢,体会它是这样的一种:小当中有风雅,"四席半一室面积才八十一方尺,比维摩斗室还小十分之二,四壁萧然,下宿只供给一副茶具,自己买一张小几放在窗下,再有两三个坐褥,便可安住。坐在几前读书写字,前后左右皆有空地,都可安放书卷纸张,等于一大书桌……"后边还有"清疏有致""凭窗看山""要一壶清茶来吃",云云。总之是人与物相宜,心里边有一种特别深的如意。至于所说的那种一张小几放在窗下,在奈良时,我在志贺直哉的旧居也有体会到。旧居倒是不小,但二楼的书斋六个席子,总不算大吧,志贺直哉最终在那里完成了《暗夜行路》的写作。书几矮,窗台也矮,坐下来,越过窗户看到庭院草木扶疏,心中就感到非常安宁。

彦根市民会馆有常年日语班,周三晚间开课,一节九十分钟,由留学生居间介绍,我半道插班进去上了六节课,十一月中旬教室依旧例关门,因为大雪来了,我也借此机会在家烤炉火取暖猫冬。炉火是我想象的啦,我还想象到了炉火里的妖怪。日语班专门指派给我的老师叫木村,我第一次见到她时,桌角上放个新摘下来的红柿子,她把它推给我,并且说:かき(柿子)。另一堂课,木村老师带一本幼儿读物来给我,我不知深浅地很高兴,把"你想去哪里""我打算去车站"甩在一边,开始了我有生以来的第一次日文彩色绘本阅读。绊绊磕磕地读不成句子,木村也不怎么加以纠正,而我不等翻过两页,后背衬衫已被汗透了。有个词一下子就将我绊倒在地,那就是"妖怪",我就是不能明白平假名ようかい是什么意思,无论当时木村怎么说。"很久以前,有对老爷爷和老奶奶",这我能明白;到了夜晚他们熄了灯睡觉,院子里的碾子、石头就开始活动了,厨房的矮锅、勺子、水壶也活动起来,这些我就是半明白半糊涂了,全部平假名,或者说,全部是声音,我一进去就迷路不辨所以的声音,每个声音里都住着个妖怪,他们在夜里跑出来,打算做什么呢?然后我就停住,是下课的时间到了,不下课我也是紧张沮丧难以为继。绘本画风很朴素,语言也是,这朴素是要把妖怪视为寻常,完全除去了把自己的脑袋砍掉又托着它到处乱跑的那股惊悚,所以面对妖怪,我心里边倒十分地平和,没什么惊异。语言使成年人退回到了幼儿,这事儿想想也应该有几分生气,可是我没有,至少一半是没有。我不能在所有的世界里都做大人,不做大人就有可能继续生长。一想到那些碾子、石头、勺子、水壶、屋瓦和地炉,这些东西每个都实实在在,可见可触,每个里边都住着个妖怪,半夜里乱跑,就觉得要笑出来,只是当时太紧张了,故事的情节几乎没留下太深的印象。有时候我也幻想,应该是油灯里也有个妖怪,被熄灭了还能从玻璃灯罩里跑出来,在暗夜里飞行。而后也一直后悔不迭,当时没把绘本名字抄下来,匆忙地下课了,鞠躬辞别表达谢意,然后就又一次出了远门。

大原寂光

京都我最喜欢大原。大原里,有古刹寂光院。

路途有些远,从京都站乘巴士,要行一个多小时到终点站,之后还有段山路要走。不过出了鸭川继续北上,喧嚣远去,人车稀少,景色更加迷人,北山群峰连绵,沿途是高野川的朴素清静,就好像是在看故乡的旧河,清且涟漪,岸边荻花轻垂,刻骨的伤感突然袭来,几乎不忍再看,却还是贪婪地看了一路。要是能够打开车窗,放岁暮清风吹在脸上,那就是回到了少年。车还在路上,我提前就在想,大原可真美啊。偶尔见狭长石渚,大小石子露出水面,但是苍鹭往往单独一只,立在水中,在辽南乡间,这鸟被叫作穷等子,鱼儿来到脚下,它下嘴叼住,若是不来,它就那么一动不动地等着。印象中也有一种水鸟,同样是那么等,不过似乎更有诡计,它是张开双翅,在波光粼粼的水流中布下阴影,诱使鱼儿游过来。一时想不起,这是否就是苍鹭,如果是的话,叫它穷等子又有些不对。

其实沿鸭川往高野川行进,是逆流而上。鸭川北端尽头左右分出两汊,一边贺茂川,另一边高野川。据说古代建造平安城,使贺茂川改道,与高野川合流,千百余年流转下来,才有了今日鸭川的样貌。沿高野川进入大原,遇到清凉湍急的草生川和吕川,寂光院也就不算远了。大原远离都市，寂光院更在山里，在今天也是人迹罕至。

往寂光院去，一路田舍山村，山不算是深山，混杂了冬日、乡野、枯寂以及日本特有的清润这样一些元素，深远且又及身，彻底地放松又不知哪里隐隐作痛。天空碧蓝如洗，一座石板桥就在脚下，不出几步便见竹落木栅，围着一个枯疏的小后院。山坡平缓，村落静谧，远处丛山翠柏，山坳里房屋散落，不见人影。一路慢行，古木青松直入晴空，左侧路边则有田圃，收割后的稻梗快要被绿草覆没。日本的萝卜似乎一年四季都在生长，绿缨子前翻后卷，东一小块西一小块，泽气充沛。使劲吸上一大口气，只觉身心清澈如洗。

木芙蓉花叶落尽，过去我只看过它们鲜花粉艳，眼下第一次见这蒴果，如其花朵那样硕大，一团团遍布枝头，样态夸张地裂开五瓣，各自上下俯仰，一动不动，好像被施过了魔法，停留在了蒴果炸裂开的那一瞬间，果壳里还留有很多粒黑色种子。风蚀日晒使果壳变得极薄，细脉如丝，清晰可辨；每瓣果壳上淡黄色的细毛，有刚有柔，一根根全部张开，冬季日光稀薄，但每根细毛都在光芒里，退开几步看，一团团光闪闪的，像包裹着一层神秘的气息。草生川水流湍急，不待走近远远先闻其声，吉田兼好所谓"水声泠泠可闻，此外便寂然无声"，说的就是这番情形。川水清澈见底，流至一块岩崖便摔落下去，雪崩似的坠入一池碧潭。

寂光院在草生川的源头处。两块木牌简朴，挂在灰寂的门上，一块为"天台宗清香山玉泉寺寂光院"，另一块为"平家物语建礼门院の御寺"，字间印有圆形花叶家徽，与木门上镂空的两图形相同，由此可解御寺之缘由，即寂光院古刹，曾是建礼门院隐居之寺。《平家物语》第一卷中说："一个女儿是立为王后，生有王子，立为皇太子，后来即位，母后加了院号，称建礼门院。"建礼门院，身份如此显赫，有相国平清盛为父，又嫁高仓天皇生安德天皇。至于平家，当时有话说是："凡非此一门的人，皆非为人。"可见其何等威名何等荣华。坛浦之战平家大败，一族老少包括八岁的安德天皇，纵身跳海，唯建礼门院被捞起获救。平家灭亡，世事平静。建礼门院怀丧子之痛出家遁世，1185年移入寂光院，昼夜诵经祈祷一门菩提，正好30岁。《平家物语》末卷主写建礼门院，其中有句话说："大原深山中有一座寂光院，十分幽静。"虽是小说家者言，但寂光院因建礼门院而闻名，这也是事实。日本古典文学中，我喜欢《平家物语》不在《源氏物语》之下，后者是朵哀花的话，前者在我心里就是泣血的花，哀花开在盛世的风中，泣血之花则是由盛及衰最终倒在了空寂里。我念念难忘的，是其有着痛彻的生离死别，而诸行无常荣枯转瞬倒在其次。《平家物语》，周作人译本下笔浅近，口气里时有淡淡的嘲讽，读来倒格外有层苦涩，惜译至1966年7月即告中断，所能读到的也只至七卷。建礼门院在末卷，即"灌顶卷"，这要在王新禧译本中才读得到。

有人说寂光院寺之小，堪用可怜来形容。本殿小，庭园小，书院小，两个池子小，在我看却是极美。通往寂光院的参道石阶同样不长，在大门入口处，石阶空地上插块小木牌，上面写"六十六段红叶坂"，该是实写而不是修辞。拾阶而上，我却没注意去数数，到底是不是石阶六十六级，要说红叶，时节已过，古枫立石阶两侧，红枫早已落尽，树身却粗壮高大，枝杈横斜交错。若早一个月来,这斜坡高低上下,该会有怎样壮丽又凄美的红艳。石阶通往正殿,江户时代小山门,山门右侧竖书"寂光院",因长檐遮挡,两大块阴影分别罩住木门一角和另一边土墙。墙为土黄色,衬着阴影更黑更浓重,中间"寂光院"三字,则是白色的,在阳光下越发闪亮,只是字字沉静,笔画舒雅,带一种女性的柔弱,细看"寂""院"两字,宝盖右肩几乎没有勒回,仅软软落墨,有笔无锋,这就是让我隐隐感到有些伤心的地方,那种容易遭受侵蚀,那种无力抵抗、退让,可说是十分可哀。我已是一脚踏进门里,因看它一眼,又退了回来,用手机拍下两面黑影间的三个大字。后来把它贴到微博上,有个女孩看了,转帖写道:寂光。我回帖说:是的。

建于桃山时代的正殿,三间四面柿葺,2000年5月因遭一场大火化为灰烬。而今的正殿为五年后重建,还没算彻底归于沉寂。日本木构房屋,火是天敌,多少宫殿寺院几度被烧,再建之后看到的也多是它的样式,是劫后余生,又一轮开始。只可惜时光留下的痕迹也在火中消逝,再也无法复原了。但世事本就如此变迁,于是也更加偏爱某些事物,如敦煌壁画留下来的美,千百年时光而下,带来斑驳残缺和不复鲜艳的色彩,而洞窟内光线幽微,让万里迢迢热切的心宁静下来,一时安歇。从这一点看,金阁寺似乎是个例外,我看到的它,已是烧毁后再建的,在日光稀薄的天空下金碧辉煌,似乎昔日如何,今日仍如何,或者用一句话说是,历历如昨。几乎是在时间之外了。但还是飞檐布下的阴影最美,光芒收敛,金碧隐约,我喜欢它,有如往日的黄昏。吴承恩也曾说过,金光二字不好,不是久住之物,金乃流动之物,光乃闪灼之气。此话借那么顽劣的石猴之口说出,信不得,也信得。也不完全在于是不是久住之物,才退入阴翳之美,只是时光的遗留和馈赠,是那么幽微,又那么舒心。

正殿门前,一棵千年姬小松亦没能躲过那场火灾,四年后枯萎而死,只余半截枯木立在庭院。《平家物语》有记,建礼门院入寺,翌年春夏之交,后白河法皇往寂光院前去探望,此行名曰"御幸大原",其描述为:"小岛上松枝藤蔓,藤上开出薄紫之花。"据说就是指这株姬小松。如今花不知何处,唯半截残木立于绿苑之间,上面的苔藓在阳光下如绿色丝绒。枯木膝下一株椿树,该是植于大火之后,生机勃勃的,树叶又厚又绿得发亮。枯荣之间,不过几步。说惊心,也不惊心。《平家物语》由琵琶师说唱流传民间,其后文人僧侣以书面语翻写,十二卷道尽平家兴衰起落,"灌顶卷"单独压轴,仅"御幸大原"一节,借后白河法皇之眼,几笔道尽庭院枯荣。后白河法皇进寂光院时,建礼门院不在,山上摘花,法皇大人四下巡视,庭中夏草青柳,绿叶晚樱,池上浮萍,岸上鲜花,美景当前,忍不住"御制"和歌一首;同时另一边又是草深露重,篱倒垣颓——这些也是笔笔真切,又因为味苦,读过便难以忘怀。

建礼门院庵室也只剩有遗迹,距正殿不远。一块石碑矗立,四周空地苔藓密布,三面由竹栅围住,背面山坡古木参天。同样这一块地方,当年后白河法皇看到的,是柴扉草庵,杂草丛生,"屋顶用杉皮覆盖,残破简陋,雨露寒霜,与月光一起泄入屋中,难以分辨。如此模样实在难御风雨。庵后是山,庵前田野,风吹矮竹,竹叶沙沙"。再入寝室,"竹竿上挂着麻衣,床上铺着粗布衾枕"。在近处看,绫罗锦绣已成为泡影,退至今天,连庵也不见了。

后白河法皇与女院的会面，也是经典桥段。女院肘挽花篮，手持羊踯躅（即杜鹃花），于山间艰难行走，以及两人于庵室廊下悟谈六道，后人画作多有描述，尤其纸本金箔，青山绿水间女院一身简素，美到极致，哀也极致。

离开庵室遗迹，经过高悬的"诸行无常钟"。木牌上警示说："严禁擅自打钟。"打，还是不打，这是个问题。《平家物语》开篇即是："祇园精舍的钟声，有诸行无常的声响，娑罗双树的花色，显盛者必衰的道理。"其后以"灌顶"压卷，实在是把人淘空。建礼门院居山里，晚秋各种声音做伴，寒风扫木声、引水管流水音、鹿鸣虫语，声声入耳，皆是苦涩哀戚。"寂光院钟声响起，时辰已至日暮。"这一笔真好。建礼门院余生所做的，就是泣拜祷告："先帝圣灵，一门亡魂，成等正觉，顿证菩提。"

自京都建都以来，大原一带便设有"大原牧"，为朝廷饲养牛马。大原柴薪优质，曾一度以炭产地闻名，"秋の日に都をいそぐしずの女の帰るほどなき大原の里"（秋日里，没有像大原女这样急着赶回去京都的了），这首和歌所咏诵的，就是大原女负柴薪炭运往京都途中的风姿，歌者藤原定家，也是《日本古典和歌百人一首》的编集者。在现在的京都时代祭中，常有扮作大原女的，都是白帕覆发掩颜，头顶柴薪。大原更是公卿僧侣遁世隐居修行之地，据说丹后守藤原为忠三个儿子均陆续出家居于大原，分别名为寂念、寂超、寂然，被称作"大原三寂"。出寂光院下山途中曾遇一僧人，缁衣白袜，相互颔首致意而过，走出很远，我还两次回身看他，心中想到了大原三寂。

不到中午就出山往外走。途中有一处泉池，极小，藏在岩石下，只露少半；草叶和低矮的灌木叶纷纷探向清泉，极绿，油光发亮；椿树花瓣粉红，一片片落在泉上、叶上、石上、青苔上，入冬以来还不曾落雪，由此也延长了花期，否则是连这落红也不得见。木牌上说这是"朦胧之清泉"，三春月影入泉池，朦胧寂光。与谢芜村写道："春雨之中朦胧的清泉啊！"或许他也曾到过这里，才有如此的慨叹。流连泉池，有位老者走来，也俯首看了又看，交谈起来竟是台湾人，不是乡音，也倍觉亲切。听说他就住在大原，心中好生羡慕。

回途中也见人字形大屋顶的农居，样子很接近白川乡的合掌造，不过屋顶瓦葺，而不是茅葺。这种江户晚期风格的乡间农居，古朴雅寂，远远看着，似乎可以回到亘古不变的往昔。有两幢房建在高台，下边是石垣，那么沉寂好看的石垣，只有在韩国济州岛我才见过，全部是由炭黑色圆石垒筑。在石垣脚下，有两个男人不知在烧什么，是不是在烧炭。白烟绕着他们缓缓升起，飘浮不散，一大段石垣、房屋以及屋后山峦，在烟雾中变得幽蓝，缥缈迷离，那一块天地，忽然暮色降临。万籁寂静，所有的声音都在耳边消失了。只有伐薪烧炭山中。

因为路途不远，又去了三千院，比起寂光院，三千院规模实在宏大。转过大殿出来，突然一阵横斜细雨，阳光径直照射过来，雨线一丝丝发亮。不过片刻，雨停住了。小小的石造地藏菩萨，卧在苔丛，薄布青苔的圆脸笑笑的，两眼眯成一线，憨态可爱。

一块山形石上刻有四字："一日一生"。

归国后不出两月,家族中又一位老人走了。在殡仪馆见最后一面,我学会了告别的学问。一向丰腴的笑呵呵的那张脸,变得小又蜡黄,不曾认得。工人薄施胭脂,还是不曾认得。我也一直以为从炉中出来的是骨灰,其实是白骨。那个我认得的人不见了。小时候我在她身边玩,把铅字含在嘴里,含着含着铅字滑进肚,我犹豫着,终于还是坦白出来,她吓一大跳,抱起我就往医院跑,她是医生,晓得那时人横着抱,铅字不会往下走。长大后说起来,她总是朗声大笑,说亏得是那时,你还在幼儿园,要是现在我可怎么也抱不动你了。

　　从殡仪馆回到家,独自吃午饭,想起告别时经历过的阵阵锥痛。每个工人动她时,我都想喊他轻点,别弄痛了她,别那么振动,随即又醒悟过来。端起饭碗,我就想我这个人将来一定是死于心碎。下楼取快递时同时在想,以后所有的路都可以慢慢走了。

　　快递来一本日文书,小小的口袋书那种,拆开包装,坐到院中的长椅上,慢慢地读,还担心读不懂。是个短篇小说,永井路子的《寂光院残照》。身后有槐树,树叶的碎影投到书页上,起劲地跳跃。

行　　脚

行脚是从奈良开始的。差不多是住在了奈良的乡下,离药师寺、唐招提寺都不算远,但仍有一段田间路要走。有天清早出门便遇小雨,舍不得时间,仍旧上路往市区赶。行不多久,遥遥看见刚下电车的高中生正沿一条小道往学校去,三五成群,断断续续,一簇簇地连成长线,在秋雨中移动。没有撑伞的少年,裹着草绿色雨衣,书包在后背隆起,鼓作一团,远看像是驼着背的老人。两大块稻田左右分开,带着收割过后的寥廓,人就很小,跋涉在一丝丝又疾又斜的雨线中。心说这是歌川广重的一幅画啊。不过色调没那么蓝,而是那种仿佛日晒充足几乎发白的麦秸黄,旅人呀乡愁呀自然就减淡许多。

一周后返回彦根,两只短靴都裂开了口,在玄关的角落里,软塌塌地趴着,伤势惨重的样子。没过几天,就又穿着上路了。踩出来的鞋好穿,不伤脚。后来我大都是乘JR琵琶湖线的慢车快车,以彦根为中心下行或者上行,一边是京都方向,相反是米原和长滨。沿途在某一站下车,有时也没特别明确的目的,只是临时动意。京都是大站,最初听不懂播报站名,坐卧不安,一路生怕错过。山科、大津、安土、草津、石山、濑田、近江八幡、能登川,这些站名,很快就没有听懂听不懂的问题了。汉字立在月台站牌上,看着感到亲切,是他乡遇故旧,不过是换了个腔调,开个玩笑。小车站简便,下了车直接出检票口,检了票一步就立在了站外,稻田从脚下向远处铺开,收割过的田垄一排排泛着葱绿,房舍和青山则在更远处。现代意义的行脚已经不能把火车刨除在外,有时下了车,转身看火车渐渐远去,会有股追赶上去的冲动,好像最后的一点依赖也没有了,最后的一点可靠,很想把它抓在手里。每到陌生一站,这种冲动都会发生,会找上来,像另一人胸腔里的嘲笑,逮到机会就放出笑声,我生怕被抓缚,总是尽快转身,逃得越远越好。

近江八幡有我先生陪伴,自然安心不少。那天恰好他没课,俩人结伴出了车站西口,半圆形的小广场晒在日光下,穿过去横过马路再直行左转,有一家滋贺银行。出站口时在各类广告纸堆中翻出一页市区导览图,是最简单的示意图,几道黑线横竖几笔,就代表了街道,这家银行霍然标出,我们唯独开户的银行,身处异地时偶然遇到,虽不是找到家的感觉,却好似一个熟悉的事物,摆在那里,完全可以放心地投奔过去。我先生取钱之际,我四下转悠,在窗前摆放整齐的一堆广告纸中,翻到一张当地旅游图,略微详细,查看一下名胜,出了银行玻璃门,决定去八幡堀。

小镇行人稀少,所见多半是房屋。大路上车辆稀稀落落,空旷乏味又吓人,大方向定妥,就开始钻小巷。日式老屋的虫笼窗大都深褐色,逐一而过,我们都不敢高声喧哗。初到彦根时,遇到一个有名气的建筑师,有一次在他的设计工房里谈天,片刻的停顿当中,突然听到窗外两个女人边走边说话,话音并不高,清晰得却如同耳语,吓了我一跳,从未料想虫笼窗是这样的情形,从外边看,一直以为它风雨不透,一根根木条细密排列,光线好像都照射不进。不想是人在屋里,看窗下行人,那种明了竟会生出高大、俯瞰下界的感觉。

八幡堀在城边,过了堀就是八幡山。丰臣秀次石像立在山脚下的公园空地上。此公为战国时代武将丰臣秀吉外甥养子,当时人称"杀生关白",后为丰臣秀吉所逼自杀身亡,时二十八岁。1585年丰臣秀次在八幡山顶筑城,整备八幡堀,开通商务水运,才有了其后江户时期蜚声内外的近江商人。"堀"简单说就是护城河。我所住的彦根城在江户时有内堀、中堀、外堀三道护城河,至今外堀只剩一小截干涸沟渠,作为遗迹保留下来。近江八幡没这么复杂,护城河仅仅一道,绕在八幡山脚下,独护一座山城。八幡堀外是城下町,不像彦根城那样,中堀外堀层层加护,连城下町也围进来。彦根外堀"二战"时期才被填平,为的是保证战时道路畅通无阻。这就是现代国家,城已经失去原本意义,堀又将焉附。走到八幡堀已是太阳西斜,渠水宽阔,两只木舟横在岸边。一个男人坐在灰石阶上读书,花白头埋在厚书本上。绕到另一处,下了石阶入步行石道,一直走到明治桥,再不见任何人影。想起很多年前在南京秦淮河,也是下午时分,人山人海,朱雀桥水泄不通,想去看乌衣巷口,半天挤不过去,更别说风物。八幡堀堀内住武士,堀外住町人,两岸石垣不见尽头,青苍灰黄各色巨石大小间杂,蕨草在石缝里伸出长枝条,沧桑岁月几百年一时间堆在眼前。对岸几棵枫树夹杂在绿色丛中,红如野火,倒映水面上,还在炯炯燃烧。

与八幡堀周边一样,新町是江户时期商家住宅建筑群,一路走过，家家大门紧掩。一律是二层木造建筑，虫笼窗，白墙壁，小青瓦，屋顶样式是最简单又古朴的切妻造，民间说法就是坡屋顶，侧面山墙看就是个"人"字，自中国传入日本绵延未绝。不过一些大户商家，外表普通看不出什么，进去则别有洞天。前店后屋，桁梁交错，庭院古松立石，甚至白砂满园，上面耙出涡旋纹或线条规律的波浪纹，坐在廊下看，一份枯淡，不知它是枯山水的，还是自己的。几户门前立有木牌，逐一看看说明文字。八幡町志记载，天保十三年、十四年是八幡商町昌盛期，即1842年、1843年，町内资产五千两以上富豪48户。不知这"五千两"所指，是真金还是白银，不过可以说是豪商辈出。食盐、砂糖、扇子、烟草、吴服、棉麻织物、榻榻米草席，经营内容各有侧重，但很显然，做大做强的，都是幕府的御用商家。历史追溯至更早的是西村太郎右卫门家，经营蚊帐、木棉，屋号称"棉屋"。这家二代次子，1603年出生于老宅，20岁时乘船从长崎起程去越南，在异国他乡25年过后，返至长崎，然而那时闭关锁国已是多年，根本不得登陆，便只好重返越南，最后客死他乡。思乡心切，游子托画师绘匾额名为"安南渡海船额"，献于近江八幡日牟里八幡宫。一小段文字，读下来有些心酸。细看翻拍的匾额图片，颜色剥落，模糊不清，只见一叶木舟泊在海上，舟中几个身影，不知哪个游子是他。

多半是独自出行，有时我下车后，要使很大劲离开火车站，把天生的胆怯和一时间离群的仓皇抛在身后。石山站近石山寺，因为有紫式部曾在石山寺构思《源氏物语》一说，一直心向往之。出检票口后跟蓝制服员工问路，石山寺怎么走。她翻出了一张复印纸片，巴掌大小，上面印着巴士时刻表，车行几分钟，步行几分钟，一目了然，心绪即刻安宁。巴士站下车，眼前便是濑田川，蓝莹莹的一大片扑面而来。因为惦记着古刹，扫两眼便急往山门而去。参道过后，一路石阶，没有风，只有特别暖的阳光静静地普照着，好像这个世界从来都是这个样子，是另外的一个天地。断续三段石阶，石阶尽处，就是石山寺正殿。迎头正对正殿入口，两面通透的大堂简直像要把人一口吸进去。堂上粗壮巍峨的圆木柱，每根柱上都贴着白纸，一两张或三四张，纸上写着"福扇""开运""禁止摄影""源氏物语"，有告诫有招福；顺着柱子再往上看，更是纸片斑斑，密密麻麻的全是人名，河内、山本、早川、清司，撕不彻底的纸片也有，还残留着一个字，若是供奉的人有朝一日重登此殿，看到自己名字剩了半个，不知会作何感想。

堂上四下寻遍，问过一个僧人后，复出门返回廊下，才在大殿的东侧找到了所谓的"源氏之间"。很小的屋子，正面外墙是木壁，中间开了个唐式花头窗，不过窗台低矮，跟屋内地板等齐。地板上立着一块木牌，上面写着"源氏之间"。这里就是传说中的紫式部写作《源氏物语》"须磨"卷之处了，也是供奉源氏之间。屋内左侧拉门为壁，看似暗褐色，其实有画面有内容，不过难以细辨，因隔得远光线又暗，画的是什么，鹤还是身拖长衣的古人，就丝毫不清了。紫式部人形迎面而坐，右手执笔，身着十二单衣，裙裾层层叠叠，长长拖在一块红地毯上。腮是圆鼓鼓的，鼻子、嘴和下巴一律地显得精巧，眉毛也是平安朝的，与眼睛拉开了距离，画到了额顶。微微颔首，眼神又是若有所思，向右前方出神地凝望。身后还有个人形，精神头饱满，木牌上写着"侍女"，照我的理解是补充说明，意在点出紫式部的身份地位。不断地有人来看了又去，结伴而至的女人也出奇地安静,窃窃私语议论几句,其间夹杂几声长长的惊叹。我在一旁几乎听不清,也听不懂,有时又觉得人家那声长叹就是我自己的。

顺石阶而下,上对面山顶就是月见亭。每遇下山,左脚踝便开始叫苦连天,不愿吃颠簸之痛。有时就得停下来歇歇。不知那痼疾藏在哪里,每次早晨出门都要发作好一阵,然后才遁进更深处,放我赶路。月见亭临崖而立,被一排木栏围挡着,不得登临。走出几步绕至另一边,山脚下的濑田川湛蓝清澄,豁然地出现在眼前。石山寺自奈良时代起供奉观音菩萨,迁都平安城后,天皇贵族间兴起了"石山诣",女官们亦跟风流行在观音堂过夜读经。那时《源氏物语》的写作已经开始,紫式部到石山寺祈愿闭居七日。据说引发她创作灵感的,是八月十五之夜,月光映在琵琶湖水面上,另有一说是映在濑田川上——仅就月见亭四周而言,是怎么也看不到琵琶湖的,总之紫式部感触深切,提笔写下"须磨"卷中的一句:"此时,一轮明月升上天空,源氏想起,今天是十五之月,便有无穷往事涌上心头,遥想清凉殿上,正在饮酒作乐。"相对于源氏而言,须磨远离京都,须磨是流放地,须磨是荒寂的,是眼见便会生哀的。也就是从那以后,因《源氏物语》,须磨便以秋天寂寥闻名,以至于松尾芭蕉行至种滨时,痛彻肺腑地说种滨"凄凉胜须磨"。

月见亭一角,是芭蕉庵。一间长屋。松尾芭蕉又一次西行时的歇脚处。它不同于千利休的那种草庵,而是屋顶敷青瓦。正面看半壁褐色木条,半壁四扇拉门,不过向后缩进一尺,入口处低下一个踏步,是迎客送客的式台,在我看是天下最小的门廊。

我在式台坐上一会儿,风和日丽,月见亭芭蕉庵人去楼空,一片寂静。松尾芭蕉说,日月为百代之过客,去来年年岁岁又是旅人也。想自己平生最想做的事,就是沿奥之细道走过一回。也知道是痴人说梦,何况时月不待,马辔难牵。沿琵琶湖北线上下出行,心中一直暗自称其为近江线,也是因为在松尾芭蕉四下行脚的年月,这一带叫作近江国。不知这芭蕉庵芭蕉是否淹留?是否临月见亭伤濑田川明月?

濑田川湛蓝如染,那才是我真正目睹过的"广重蓝"。浮世绘画家歌川广重,他的风景版画《东海道五十三次》,描绘了江户末期东海道五十三个驿站,每一站都是旅人,而他独特寂静的靛蓝,被认定是旅愁的同义语。早在《枕草子》中,清少纳言就曾说:"寺是,壶坂寺。笠置寺。法轮寺。高野是弘法大师所住过的地方,所以觉得有意思。石山寺。粉河寺。志贺寺。"紫式部"须磨"一卷,随手翻开,便是"一轮明月升上天空"之哀,开篇一句:"须磨浦上,萧瑟的秋风吹来了。"代代而下,真是一条慈悲细道。想自己每到一地,都是去而复返,往来匆匆不见明月,这残缺的行脚,少了好大一块,说羁旅至少得退回二三百年。

那一天下山后,沿濑田川而行,一路走到唐桥,途经一段旧东海道,最后才到火车站。

过草津宿

早先知道草津,还是在歌川广重的一幅版画《草津:名物立场》上。那已是江户晚期的草津了,从中却嗅不出没落的气息,宽敞通透的茶屋,店家在灶间忙碌,旅人们在席上歇息饮茶,吃蜚声江户的糕饼,而前边街道上,仍有驾笼在飞跑,拼命地赶路。静也好动也好,全都有着热闹的气氛。那时日本有五条交通要道,横贯东西的主干线是中山道和东海道,至草津,两道会合,跋涉也就此停歇,旅人歇宿,以备余下的一段路途,直上京都,这是当时大概的一个情形,总之东海道沿途设有五十三个驿站,草津居其一,也是个规模较大的旧宿场町。所谓宿场町,驿站市镇矣。

没想到后来在日本,我时常搭火车往返于彦根、京都,车无论快慢,必停草津站。仍可看出草津站之地位,很多在京都甚至大阪工作的人,家安在了草津,每日朝夕通勤,尤其傍晚以后,车进草津站,人群蜂拥而下,涌向站台,车厢里立时空了一半,那样的情形入眼,脑海里浮现的就是个万家灯火的璀璨草津了,越往后的车站,倒越显得寂寥。

也几次去草津,都是事出偶然,说去就去,说回就回,匆忙短暂地路过,反倒没空去多想什么。可在我这儿,心里还存着个草津,寻思找机会慢慢转转,去看看歌川广重画过的草津,看旧东海道。进入冬天很久了,还没落过一场雪,反倒是多雨,到处湿漉漉的,蚀着骨头。临到转草津的那一天,事情全变了,断续一昼夜的雨停住,太阳早早露出脸来,真是令人感激,脚踝骨却因疼痛而不想走远路。没有想到出草津火车站后,还没进入小广场,远远看见入口处立一块石道标,迎面三个字:草津宿。字很大且笔笔有力,如刀刻进花岗石身体内。江户时的草津川早已干涸,成为旧迹,由一座桥而越过,下一段平缓的石板台阶,道路两边竹栅栏脚下,到处生满结缕草,绿茸茸一簇簇的,越是近在眼前越不敢相信,这还是不是冬天。

后来我发现草津似乎最钟情石道标,是对旅人的挂念吧,我沿着东海道走了半天,常遇各种石道标,大小高矮,形状近似,头上有顶石灯的,也有光秃秃的,每一路名都是种指引,只是旧刻——字的边缘统统颓倒了,以手指可摸到它的模糊、断续和风蚀后的沙砾,远不是"草津宿"的那种锋利完整和坚硬。有一块特别老旧的花岗岩道标,第一眼见到时心中不免有些小激动。是它的两面大字突然提醒了我,告诉我到了,歌川广重,茶屋,旅人,草津宿。我左回右转,两面大字分别读"左　中仙道美のじ,右　东海道いせみち",也就是说,往左通中山道,往右通东海道伊势路,两条古道在这里打了个绳结,是会合,也是分岔,这里是岔路口。岔路日文写作"追分",这道标就叫追分道标。鲍耀明老先生译《东海道徒步旅行记》,就直接写作追分,很是好看。有座褐色路灯,小木屋造型,镶在追分道标头顶上,夜间若是亮起,看着一定温暖,迷路的旅人也会松口气吧。道标底部两层石座,上一层刻有小字,但字迹多数隐约模糊,难以辨认。有一次晚饭,席间我向松野周治教授请教，东海道是否经过彦根，他说不经过，是中山道过彦根，我才恍然大悟。是的，在彦根银座町，我的确遇到过中山道旧道标，也差不多是同样的花岗石，同样磨损的字迹。中山道、东海道两条旧路，中山道蜿蜒在腹地，东海道码着海岸线一路弯曲，从江户到京都，旅途漫长，歌川广重西国之行走下来后，创作了他那套浮世绘版画《东海道五十三次》。

依旧生有结缕草，绿茸茸欺上追分道标底座。歌川广重描绘了五十三个驿站宿场，笔墨用到了草津，却是最少风景的，就像电影镜头推得很近，去除了周围的日月山川，仅用了个中景，大开间的茶屋几乎占去画面的一半，屋瓦线细致排列，明暗布置得当；也有道标，细高顶部如锥，紧挨茶屋右侧的廊柱而立，转过弯是两棵松树，随松树深入进去，那淡墨幽暗之处就是道路了，一个灰色的旅人径直走进去，没作停留，他走得那么孤单，只留下个背影。这幅画，《草津：名物立场》，没有歌川广重所特有的蓝色调，被世人称作广重蓝的，包含着惆怅和旅愁的那种靛蓝，在这里没有体现。这幅画是一个写生的宿场，有可品尝的特产，有风俗味，是典型的名胜写生。唯那个灰色旅人突显出来，在我记忆中印象很深。父亲告诉过我，从褐色中减去朱红，就是灰色。广重这幅画是茶屋顶灰褐色，其余是大面积的黄，色调柔和的道路。也许那时他感到了温暖，有着旅途后的休憩，且已是十分地接近京都了，旅愁即将结束。

也许事实确实如此，也许又并非完全如此，我还看过时隔五年后广重创作的另一幅草津，已是天保十一年，即1840年，借助回忆呈现的画面，大块的黄减少了，茶屋换作另外的一间，屋前的道路几乎是白色,路边添一抹水蓝,为暗影。色调大变,没那么暖。这幅画中广重还加进了一首狂歌,大意该是这样的吧:欢乐的日子/层层叠叠/想必有春雨中的气息吧/草津之旅的路边草。找不到合适的人翻译,我就按自己的理解来走路了,只给自己,即便错了,也不觉得有多坏。温暖和欢乐可以重叠,柔和可以突然闪亮,回忆当然要变形的,前一幅画,后一幅画,之前的草津,之后的草津,这些物事之间只要是断裂的,就会有丢失和添加。草津只是它自己的存在,在它的时间,在它的场所。我也只是过路而已。想想歌川广重辞世时,他留下的那一句:"东海道写意,不过是旅人苍空,西国之行,且见种种名胜。"这是最后的一笔,回返到广重蓝之中,重现空寂。

离开追分道标,过几栋房屋,又是一块长石柱,"草津宿本阵",立在门前。草津之特别,也还在于江户时期它有两栋本阵、两栋胁本阵和七十几家客栈,所有这些,集聚成为草津宿,草津为宿场町的缘由也就不难明了。本阵是大名公卿权贵们的指定宿泊处,当时歌川广重东海道行,即使是随同大名队伍进京,如果讲宿,他可能住不进这家本阵,那么胁本阵呢?或是客栈?没法想清,他宿在哪里。近二百年时光白驹过隙,草津能留下的,恐怕唯有街道了,还有这间本阵——我面前的这所田中七左卫门本阵。

七左卫门本阵规模之大,当时居国内前列。具体的文字介绍说是,建筑面积四百六十八坪,房屋三十余间,二百六十八席半,和堂老人心目中喜欢的宿处,按照他的描述是四席半,比照下来,一隅而已。大名公卿在本阵内也处处显赫生光,极宽阔的长走廊,左右两排大房间,主客的起居区域占位最佳,居室更显身份,地板格外高出一层,之上卧席又高一层,名为"上段之间";单说厕所,大小便间分开,每间两铺席大,便器均木制黑漆,小便器竟是立壁式,见之咋舌。谷崎润一郎很赞日本旧式厕所,说最风流的地方该是厕所,祖先把最不洁净的地方变为雅致的场所,当然他所说的那种,必须是远离高堂的,在林荫深处,有月色虫鸣。本阵这厕所,墙外就是庭园,若是夏夜,至少可得大半风流。木牌上写有"雪隐"二字,当即无师自通,悟出了雪隐即是厕所,读名读字,确是古雅,不知日本古人哪来如此妙意。我由中文的思路走,一头滑进了"雪隐鹭鸶"这意象中,那是格非一本新著的书名,《金瓶梅》中有诗句:"雪隐鹭鸶飞始见,柳藏鹦鹉语方知。"格非借用过来,谈这部古典小说的声色与虚无。前年我买来读了,归国后又简略重翻,记下序言中的几句:"雪隐鹭鸶"这个意象,很容易让我们体会到平常的人情世态中所隐藏的深险湍流,让我们想起《红楼梦》中"白茫茫大地真干净"的苍劲悲凉,云云。后边一句太长,不作转录,总之是落到了"空"和"无"。物与空,孪生子,我在释迦佛那里,看到的是知苦,没有这一步,便也不生慈悲。雪隐鹭鸶,格非是使隐见显,本阵雪隐则是现世的奢华风雅,两者绝非一回事,联系在一处想想倒也妙趣横生。

七左卫门本阵的历史前可推至1635年,后到1870年,本阵名目废止,二百三十余年,其间值得多提几笔的,一是草津宿曾有一场大火,本阵被烧;另外是皇女和宫下嫁德川家茂,途中在此日间休息;再则,明治天皇曾五度"行幸"东京,第三次便在此宿泊。这里仁孝天皇的皇女和宫,最是令人唏嘘。文久元年(1861年)10月20日和宫起程离京,两日后在七左卫门本阵宿泊,其随行队伍规模之大，前所未闻，在草津宿通过四日不绝如缕。那时和宫十五岁。过五年，德川家茂死，和宫剃发出家名为静宽院宫，在草津宿本阵"大幅帐"最后的记载中，就有静宽院宫。再看她在照片中，浓发乌云，瘦面清风，细目下视，宽大华丽的盛装一直垂及地面，上面遍布大朵的牡丹和细幼青竹，宽口大袖下阴影浓重，手指从中微微露出，说是她剃度前的样子吧，又没那么年轻，更看不出快乐还是不快乐。她与广重几乎为同时代人，广重1858年离世，三年后和宫嫁往东京，宿泊草津。这女子1877年卒，享年三十一岁。除日文不好外，我算术也不好，把这些事情、时间理清，很需要大动脑筋，我在一走而过当中，用力碰触那些停留下来的事物，那盛装之下的手指，指尖的凉热，要是戳破光阴，便不会是雪隐鹭鸶了吧。只有脚踝骨，使劲告诉我它的痛，首先它裹在肉和靴筒里，其次它在路上。道路读作みち，未知也是みち，道路就是未知吗？

　　与彦根比起来，草津街道可说是热闹非凡，汽车来来往往，走路总是要躲一躲，往旁边靠让。反身再去看看追分道标，有个行人超过我，急匆匆地往前走，又突然停在看板前，看上面的大画，《草津故里风景记忆绘》。他矮矮的胖胖的，衣服上下都臃肿，好像谁用手把这个人搓成了一团。蓝毛线帽，蓝棉布裤，棉袄是中性灰，后肩上点缀一块横布，同样还是蓝。后来在别处，又两次撞到他，看到的仍是他的背影。我屡次动念，想把他拍下来，或转到他的正面，看看他的脸到底什么样，却始终没敢，只是远远地看，有时跟上几步。他身上有着某种熟悉的东西，从第一眼看到我就这样想。肩上斜拷的小锦纶黑包，还有脚上的黑袜子、灰拖鞋，材质和样式,全不是旧式的、传统的,但他好像就是他,独自走了很远的路,不慌张,也没有恐惧,他好像是忘了自我,把自己交给了外部,交给了可信任的道路,他是我所没有的那个我,是我一生都在努力接近的那个我,他近得我握不住。又很像歌川广重笔下的人物,但他的形体动作又不夸张,他自自然然,只是走走停停,停停走走。

那《草津故里风景记忆绘》很大幅,迎面看以为是片绿色。是属于草津自己的,是1954年的草津,房屋不很密集,房屋之间的空场,人们各种行事,但人物画得很小,要仔细辨认才是。有些人群像圣像,被一圈莹白色罩住,一团团像记忆的微光往外晕染。有一家坐在大灯泡下吃饭;还有的是院子,小孩子在木盆里洗澡,旁边就是压水井;操场上学生在做操,牛在犁地,鸟翘起长尾,火车退到远处成为一道黑长背景,丰富得难以尽述,全部出于童年的记忆,而这一团团记忆的主人现在该是很老了吧。《草津故里风景记忆绘》中有个旅人,同样在莹白色光圈里,头戴便帽,身背大行囊,看不出样子,但也是大,大得不成比例,即便想到了也应该能认定——肯定不是草屦。整个人是灰色的,一个侧影,迈着大步,手臂张开,姿态有点像米勒或凡·高的播种者,只是色彩没有凡·高的那么明亮,身体也没有米勒的那么清晰,他大概只负责播种灰色吧,还得是模糊的。他旁若无人,他不负责告诉我他脚踝痛不痛,内心恐惧不恐惧。他有没有过像泉镜花的《歌行灯》那样,为在路途中失散的伙伴一路歌哭?"离开他,我就成了六十岁的迷路小儿"?这些,他也不负责告诉我,他只是守在灰色中,有一圈光芒,且不知道自己已埋进了他乡的记忆。那时竟突然想到了南山,《诗经》中的"南山","葛屦五两,冠绥双止,鲁道有荡,齐子庸止。既曰庸止,曷又从止"。整首诗唯此节最令人玩味,我最喜欢,觉得全诗要是从这里打住就好了,言有尽而意无穷。译成今文是这样的:葛屦五双,帽带双垂。去鲁国的道路平坦,齐国的女子由此走了。既然由此走了,为何又回来了。要说回来,该是有各种方式的回来吧,埋在画里,埋在记忆里、文字里,恐怕是最美。

那天沿着旧东海道线,走到南草津站才算为止。一直走下去,就可到京都。

洗　　澡

早在去日本之前就惦记着那里的钱汤,并在本子上零星记载:天山之汤,船冈温泉(老澡堂),410日元,入浴费,110日元,矿泉水;丸子屋,锦市场"锦汤",木造三层,1200年历史;大津,雄琴温泉。这些都是从旅行宝典里看来的,断续抄录,聊备一记,再翻看时却大感不知所云,像是老中医下的药方子。由笔记所见,选的这些钱汤均在京都,除了大津的雄琴,大概当时很想过过古老都城的日常市井生活吧。哪怕落脚到了彦根,心里的这团火仍热热的,真到了一趟趟跑京都,就恨时间拮据根本不够用了,入古刹出故宫,上岚山下鸭川,处处都嫌紧迫仓促,常常是傍晚僧侣们推着厚重的大门带起了关门声,那时才匆匆赶往火车站离开京都。

翻开周作人的译作,总是更喜欢章节后边的小注,读起来饶有趣味。"钱汤今用原文,意思也即是澡堂。""十六世纪末始通行钱汤,每人价永乐钱一文,故名。"所以才叫钱汤。我有个朋友在辽南开日式温泉旅馆,馆名中含"风吕"二字,为深入查明本意,去翻看知堂老人的作注,也还是一语道来:"风吕云原意乃是风炉,但现已训作澡堂,不能沿用了。"遇此,如此举重若轻,就常常会想,这些是出于他深厚的学问呢,还是源自他早年在日本的生活。话题扯远了,总之京都钱汤的门朝哪边开,我都没摸清,有时反倒要疑惑,这事儿是不是我根本就忘在了脑后。

初到彦根时,也曾问过一个留学生,我们居所这一带,有没有钱汤可泡,那种感觉比较老的,平民的,在街巷里的。随口说出街巷,大概因为在十几年前,我曾因公差到东京,顺便去看望一个同乡,他住在上池袋区,房子靠近电车道,大家聊天时,电车轰隆驶过引起麻酥酥的震动;家里有小浴缸,但他从不烧热水,说每天下班后,先到家门口附近的小澡堂去报到,泡了澡再走回家。我脑子里大概就有了这样的印象。或许是读过一些日本作家作品,常有文字写晚饭后一人独自出门洗澡,然后又经过一户户门前,沿着细窄无人的小巷慢慢走回家。这也是个大概留下的印象。突然面对我的提问,那学生一下子比较迷糊,支支吾吾地就过去了,几周后又跑来告诉我,哪里哪里有一家,但是你不能去,得越过高架桥,那太远了,太危险,环境又旧,都是老太太们,还是在家洗澡吧,家里浴缸也不错。

我是天天在家洗的,而且早也找到了一家温泉,就在琵琶湖畔,每周去两次。只是要说它为钱汤,我感到有点难,温泉和钱汤,在我看来毕竟有着不同。不过也不必过分细究,大津雄琴温泉,不就是被旅行宝典归到钱汤里去了嘛。冬夜露天地里泡着温泉,冰寒贴在脸颊上,久久仰望着暗蓝色的夜空,一颗颗冷淡的星子时隐时现,那也是十多年前在日本,我曾有过的美好时光。生命渐渐老去,光滑透亮的皮肤不再,但那一两个夜晚,总是存在心里的一份余温。

也没再去奢望京都,已习惯在彦根温泉洗澡了。心里还是称其为汤,按中文古意,也是不错。始终固定用一个水龙头,没几次,就惹到了个老太太,她过来指挥我说,用另一个水龙头吧,看出我不解,她指了指上边说,这里有冷气。右上方是排风扇,我从没注意到过,但是我矜持地说,我喜欢凉风。隔两天再去,她依旧在,坐小凳上,流水洗着毛巾。柱子四周,排列整齐的白色塑料小板凳上,倒扣一排整齐的白色塑料盆,我取过一对,拧开水龙头清洗,她照例又走过来,右手握块肥皂,拿过我手里的盆和凳子,打上肥皂,再用水冲去泡沫,然后她说,お姉ちゃん(小妹儿),这就可以了,然后又摇摇摆摆坐回凳上。我向她道声谢,坐下来把头钻进龙头底下的水流里,お姉ちゃん,第一次有人这样叫我,她知不知道我不是日本人,她该是听得出吧,我一张口,就不是那么回事。

全身冲洗干净再进池子里。玻璃窗有两大面,一面朝西,看出去是琵琶湖,说一望无际也行,不过若无云无雾,完全可以看到岸边连绵起伏的山线;另一面朝北,也是琵琶湖,远在湖岸的房子、房子身后的群山总是清晰可辨,群山后露出一座青山,山头上白雪皑皑。艳红告诉我那是伊吹山,我又担心她万一搞错,不会是伊吹山。泡进池水,我会很长久地凝望着它,想不起来是在哪里,碰到过伊吹山这几个字,也许是松尾芭蕉,不是很确切了。无论怎样,我都在享受着它遥远的静穆,它的美。

另个池子泡有伊吹山草药,澡堂仅我个人时,我喜欢捞起装满草药的布袋子,它又大又沉,两手稍稍挤压,玛瑙色的药汤色泽更浓,透亮地顺着手臂淌下来,气味也更冲鼻,就想起小时候家对门的邻居,每当入冬,厨房里就弥漫起彻夜不散的中草药味,黑药罐坐在炉盘上,咕嘟嘟地小火煎着,一根细绳吊着个昏黄的龙眼灯泡,看久了就会生出错觉,以为它一直在晃呀晃。

不泡草药的池子更大,水流不断。吐水口扁宽,铜管脖颈有绿斑,下边一块石上刻有一排细密小字:此温泉水来自地下1500米处。一大束水柱好像被解放了出来,挣脱了束缚,带着地底心的威力和热度,疾哗哗地落进池水。池水又清又阔,水柱落进去形状皆无。池水轻缓地包裹着人的身体涌动,人进入或是出去,水溢满了还在溢,池外台阶上和地上始终有涓涓细流,有时我喝杯冷水回来,脚底板踩踩水洗洗干净,再入清池。

日语老师告诉过我,有些老钱汤早就闭店了。本地的老人挪移到这里来,也有外地客,专门来此只为泡温泉,她们与我一样,为窗外远处的伊吹山所迷恋,于自身的静默中久久地凝望着。一些老人好像是来自乡下,晒黑的皮肤,皱纹缝间的深处是雪白的,一块白毛巾仔细折好,在白发上盖住。过去我从没有机会见过如此多的老人,集中在水光交映的池子中,那么多衰老的身体,蹒跚迟缓,有时我在池边,下身泡在水里,手搭在稍高出一截的理石台坐着,她们当中有人过来,摆摆手将我赶到一边去,扶手在另外那端的窗台下,她嫌它路远,没那么大的气力破水走过去,就图近便。起初我想扶一把,她仍旧是摆摆手拒绝,连话都懒得说,自己撑着矮台慢慢从水中爬上来。以后我就让开黑色理石台,再也不搭它而坐。有时她们全身坐进池水中,露出个脑袋在水外,脸冲着窗子,午后阳光斜射进来,水池底都变得闪亮耀眼,乳白色雾气升出水面,来回微微摇曳,只有几颗脑袋不动,仿佛老僧入定,看不到思想,人单纯得成了动物。若是从水中站起来,几柱随身体而起的水同时快速地泻落下去,只剩下身体。要是用根木炭笔来画,下颌颈部乳房四肢,每道线条都是松弛无力的,收束不住的,臀部只是一道垂落又枯萎的弧线,弧线下是阴影,弧线上没有了肌肉、弹性、力量、欲望。

有的驼背很厉害,身体完全弓成九十度,这只是在我小时候才见到过,没想到在这里又意外地重现,且不在少数。要想了解一个老龄化社会,到这里就清楚了。小板凳驼背人坐不下去,另备有及臀高的平板椅,椅面宽阔,同样也是塑料的,轻又容易搬动,她们就一点点地,连挪带拄,把椅子从门口弄到水龙头边,坐下来冲洗身体。但进了池水里就好了,看不出驼不驼背,她们的身体似乎也轻松起来,也随着众人聊天。不特别老的老人,还能聊到自己的父母、对方的父母,声音都不大,但聊着聊着声音就连成了一片,不具体,模糊却极其温和、轻缓。那个总是跑来指挥我的老太太,原来也习惯指挥别人,这让常来泡汤的几张老面孔现出不快。她过来了,老面孔笑着,跟她招呼着,她转身走开,笑就退下去,转换成更小的声音,低声谈论她。她常常把一个人从这个水龙头拉到那个水龙头下,支使得人团团转,捞出别人泡在水盆里的毛巾,整整一盆水给倒掉。她会把所有的正在用和用过的水统统倒掉,把盆一只只洗净,再洗净板凳,整齐地摆放回原位。许是近七十岁了,在澡堂子里,她是少有的骨架稍显粗大的那种,深棕色的皮肤同样无力,在肩胛骨上已挂不住,深深地塌陷下去,好像洞穴中布置了一小场黑暗。身体老了,都是这样,她却似乎格外有种力量,令其周围的一些同样衰老的身体更加软弱,退却,不争。

我时常会想起式亭三马的《浮世澡堂》,那个喧闹的、家长里短的、个个裸行的、水热了加凉凉了加热的江户钱汤,那滑稽的却又想要将心洗拭不使之长尘垢的声音。有个人脱了衣服,"狼狈似的用手巾按着下身,拼命用心地看着前方,用了苍蝇拉车似的脚步走着"。这样的描写读来,忍不住要想,最努力要藏的却最容易暴露。

年轻女性下午鲜有来泡澡的,来了也独处一角,把自己与老人划分开。老人要是用到她们,招呼到了,她们也会马上疾步跑来帮手,一边柔声地嘘寒问暖。有个女子进来出去,又推开门进来,同样是用毛巾按着挡住下身,毛巾是白色的,上面印有两大朵粉红色梅花。我看了一眼之后,还想看第二眼,是嗅出梅花的风雅,也寻思起关于"羞"这一词语,还有以往日本混浴的习俗。做清洁的是些女工,不很年轻也不算老,隔不多久便进更衣间一次,拖拖地板,擦洗卫生间,换掉圆桶里不多的垃圾,又套上新的黑袋子。隔壁男汤的清洁也归她们,孔子说"德不孤,必有邻",式亭三马则戏谑"男汤不孤,必有女汤为邻",反过来也同样,女汤有男汤为邻,女工做事也必两边照应。我先生说第一次见女人在帘外道声"对不起"然后走进屋,当时真是吓一大跳,他本能的第一反应是去抓衣服。更衣室的几个男人依旧故我,吹风扇穿衣服,喝水聊天,赤身裸体,若无其事,该干什么干什么,女工做完自己要做的事,弯腰道一声"对不起",退出去。也会有男人上前跟她闲聊,晃荡着身子说东道西,她就边干活边回应。我问:那男人什么都没穿?先生说没穿。就那么裸着?他说裸着。我问:那女工呢?她就在干活。我问:那你呢?他说:当时我正在凳上坐着,用一只衣服筐反过来放在大腿上,上边垫个本子在记几句话。那以后再有女工进去清洁,先生若恰好碰上,他一定是坐着,身前有本书,或者抱一把衣服,正准备要穿。我每次追问下来,情形都差不多。在洗完澡往家走的路上,我就会问起,今天女工是年轻的那个,还是年老的?其实很多时候,他在泡汤,不在更衣室,根本就遇不上。

女人泡过汤,坐回到小板凳上,洗过头发再用梳子打散,理顺盘好,周身又抹上浴液,从上往下细致地洗,这一洗就要用去大半个钟头,左脚细细洗,连脚指头都要一一洗过,接着再换右脚洗。也不搓澡,就是反复地洗,不厌其烦地洗。小女孩三四岁,从妈妈手里挣脱开,全部要自己来,不过因为个子矮小,不能像大人那样坐板凳洗头,便只好立着,把瘦瘦细小的身子弯了,脊椎骨在弓起的后背细棱棱地凸出来,柔软的头发抹过了洗发液,反复揉也揉不周到,头发倒贴着头皮,遭了鬼剃头似的。最后总算洗毕,在板凳上坐了下来,靠近妈妈,像妈妈一样,耐心地一根根洗脚指头,全部洗净了站起来,小身子兜了个转,四下看看,又蹲下身,小屁股撅起,耐心地洗板凳,洗小盆,又趔趔着把它们搬回固定位置,摆放好。

在彦根温泉,每次门口分开,准备各自进男汤女汤,我先生都会再三叮嘱,叫我别着急。最开始还是着急的,渐渐就慢下来,慢下来。在把自己彻底洗净之后,没什么事了,还会回到池中坐上一阵。池底瓷砖的方格子,在清水的晃动下不住地变形,直线弯曲了,一会儿弯向左,一会儿弯向右,摇摆不定像水草;方格子在水中漂浮起来,一头变宽,一头变窄,也是时而左时而右的,是小仓游龟浴女画中的样子。小仓游龟是更高的俯视,从构图的角度看,接近于《源氏物语》中的古代插画,画家获得了神的视角,从半空中往下看,几间屋子尽收眼底,所有的墙都是分割线。但气息却是现代的,娴雅舒适的女人,斜躺在清澈的池水中。胡兰成在文字中十分赞美小仓,她是大津人,滋贺县美术馆收藏她的画作最多,我一直想亲眼去看看,最终却拖下来,没有成行。

观看弗里达

我用眼睛观画,相信直觉的力量,信我所看到的。这世上自以为是的猜测太多,又心思各异,而绘画需要专注,若能跟这一稀缺的品质相遇,也就等于碰上了绘画者的目光。事物和事物背后的呼吸早已剔除了虚假,平坦就是平坦,断裂就是断裂,绝不把劈开的树木硬绑在一起,这是修辞立其诚必守的要塞;其次是他所呈现的静止,多大的事件,多么无止境的运动,多么混乱不堪,都必须停留下来,接受那一刻的自我检验,或者飞升。前不久一个朋友走了,我感到悲伤,跟同伴谈起生命的长度。活着还是好,至少有无限的可能,但使人驻足的往往是生命的那个不大的宽度,经得起察看,去除虚妄。平常人哪里有什么永恒,你静坐下来,睁大眼睛,才会懂得所谓的不死者,怀念也好,爱也好,其实正是这样的一部分,他不死的那个部分,才跟你重合,不会轻易离去——这也是静止的含义。

静物挤满了画面,左右两侧没有空间,画面底端有几块棕色背景,等背景过渡到上方已为灰色,灰色并不沉闷,虚静地衬托着明媚的水果,水果堆在一起,画面边缘切去几只水果的小部分,像水果太多了装不下。这是弗里达的静物画,每只水果都画得饱满,色彩鲜亮,唤起碰触的欲望;橙子切去一片果皮,果粒汁液欲滴又宛若晶体;瓜瓤大面积橙黄,渐近中心时加进粉色,进而是水红色,进而恢复肉粉,肉粉的中心塌陷进去,笔触细密顺着果肉的肌理走,可以看出她绘画时的专注和沉静;偶尔几笔粉色堆积,弗里达守住它,使它让位于一块柠檬绿,那是另外一只瓜的表皮色,完整而有体积感的圆瓜。这幅静物画作于1951年,名为《有鹦鹉和旗帜的静物》。

去年秋天我在布达佩斯,恰好遇上匈牙利国家美术馆推出弗里达回顾展,人群中挤了半天,好不容易站到这小画前。这堆非凡的水果神采奕奕,活生生的,像是清晨刚刚从果园采摘下来。墨西哥水果如奇珍异宝,很多我叫不上名字,而记忆的女儿弗里达打开翅膀,人鸟低飞,在全部圆鼓鼓的实物中制造出了平面,甚至是凹陷,一些瓜果被切开,比如橙子或番荔枝,它们露出内部细致的物质,果肉和籽粒,不规则却像蜂房一样有组织的结构,香甜又复杂的暖色,全部像敞开的广场,召唤目光就此停留下来。画面中心位置肥大的水果,椭圆形的梅米果(mamey sapote),它被切开的剖面朝向观者,果核脱离果肉,橘红色果肉的形式像个空房间,盛着一枚橄榄形栗色果核,果核果肉分离之间,弗里达用暗色表现深度,几笔浓重的深褐色抹下去,纵深感有了,阴影也有了。整幅画光线散漫,并不讲求层次丰富的明暗调子,画面中心的那几笔深褐深沉下去,像是个巢穴。

切为一半的梅米果饱含性的意味。涅槃的弗里达这时身边清静,她潜心作静物画,不再跟情人约会,好似老僧入定。一次脊椎手术就是场大灾难,她从痛不欲生中走出来,有些词语已不是词语,直接转化为疼痛,骨盆、椎骨、股骨,金属棒、石膏胸衣、矫形胸衣,四十年代几次脊椎手术,始终折磨着她,在她的身体和精神深处反复切割。身体时好时坏,病痛起起伏伏,仅1950年就七次脊椎手术,其后她深居简出,好长一段时间躺在病床上,或坐轮椅上。不能坐镜前画自画像,她就大量地画静物,小幅金属板离身体很近,我曾看过一幅她作静物画时的旧照,画板靠腿撑起,她躺在床上,左手夹着香烟,右手拿着一根细长画笔,没有用画架,头微微抬起,一切近在咫尺,整个身心逼近画面逼近事物。看着梅米果,我一直在想,当她从疼痛中获得了一时的解脱时,身体仍陷于囚困,内心的痛苦和激情却已落地归于宁静,就像火不再在体内燃烧,而是独自脱离开来,与她有了距离,它们变得可以凝视,可伸手去碰触,这种时候,像诗人蓬热所说的,"动物奔走,植物在眼前舒展枝叶"。这种时候的弗里达静止不动,也是一株植物,她找回了自己,把自己归类于这堆水果,归类于梅米果,这是她的时刻。

也是带有鹦鹉和旗帜的时刻。静物画面上,绿色鹦鹉坐在果上,它侧着脑袋注视梅米果上斜插的旗帜。一面墨西哥三色小国旗,粘在竹签上,竹签很长,两头尖锐,下边插进梅米果表皮,直接穿透果肉进入那块深褐色内部。展牌中介绍说,这里表达了弗里达曾遭遇过的那场车祸对她的伤害,而右下角结满褐斑的黄香蕉,则暗喻大她20岁的丈夫、著名壁画家迭戈·里维拉。

旗帜不断出现在弗里达的画作里,自画像中的弗里达会一手夹烟,另一手握着小旗帜,如果站在墨西哥与美国之间,那面严肃的旗帜是她对墨西哥土地的热爱,烟则露出她轻微的嘲讽。

而她用惯了的旗帜,这时插在梅米果上,很难几句说清旗本身意味着什么,只是竹签又长又尖,像穿过皮肤肌肉那样直入果实深褐色的内部,但是没有血,弗里达尊重了她的植物,让它纹丝不动地遭受穿透和伤害。这时弗里达44岁。18岁时遭逢的那场车祸极为惨烈,一辆电车撞上了她乘坐的那辆公共汽车,电车折断的扶手成为一根铁条,从弗里达身体的一侧刺入从另一侧出来。弗里达当时的男友后来回忆说,他惊恐地发现弗里达的身体里有一根铁条,一个人说:"我们把它取出来!"他用膝盖顶住弗里达的身子,把铁条拔出来。脊椎骨断开三处,锁骨、第三四根肋骨断裂,骨盆三处破碎,右腿十一处破裂,弗里达卧床三个月死里逃生。病床上的弗里达忍着痛苦不住地给男友写信,"阿莱克斯",她写道,"来看我,别刻薄……"。

车祸一年后,弗里达写信给他:

> 你为什么学这么多的知识,你在探寻什么秘密,生活本身很快就会向你昭示的。我已经完全明白了,并不需要读书和写作。稍前一些时候,没几天,我是一个在色彩缤纷的世界上到处游荡的小孩,那是一个实在的可触知的世界。一切都是那样神秘和含蓄,探寻其中的奥秘是我的一项游戏和挑战。可突然间,多么可怕,犹如一道光亮的闪电将地上的一切照了个一览无余。现在我活在一个痛苦的星球上,如冰一样透明;但我好像是几秒钟内知道了一切,可以说是幡然醒悟。我的朋友,我的伙伴,她们慢慢地变成女人,而我却顷刻间变老了,如今的一切是那样地乏味那样地平淡无奇。我知

道生活的深处再也没有什么隐藏其中了……

写这封信时弗里达19岁。那时她就过早地老了,那时她已等同于44岁。18岁时她就看透了地上所有的秘密,一切裸露透明,连沟壑都照得透亮,生活再没有什么隐藏于其中的,也并没有秘密或奥秘。44岁到来,18岁时勘破的一切依然如故,并未改变,照旧摆在眼前,发出冰冷彻骨的光芒,她早被一道闪电击穿,身体早已裂为碎片,梅米果又能隐藏什么呢,哪有什么含蓄可言,还有什么不可呈现?十几年前读弗里达的这封信,她尖锐的痛楚和绝望曾使我几度哽咽,即便是个天才,她看穿了万事万物,而要真正走出痛苦和激情,又是多么艰难。肉身沉重,心灵孤独,就算大彻大悟也在火上烤。画静物,比追究起自己来更容易,在静物面前,时间停止,人静若处子,她看到静物的形状,知道静物本身的寓言,也就老老实实地向我们和盘托出。在血和泪河里泡过,她不可能是一株简单的植物,所以她才说,"我看起来像很多人和物","我画我自己的现实"。假若展牌中的说明可以成立,这幅静物画已足够完整,如弗里达所表达过的:"我人生中最惨烈的两次遭遇,一次是车祸,另一次是迭戈。"

穿透她的铁条从未离开弗里达的身体现场,也始终留在她的画作里。它有时是根晾衣竿,有时是把剪刀,有时是围在颈上的一圈荆棘,有时是射进小鹿身体的乱箭,或一大把钉子,遍布全身,有时干脆还原为铁条直接现身,长长一根,把她挑起来,胸口是个大洞,心脏空了没了,铁条从中穿过去,她被挂着,高悬在空中。第一次看到弗里达的原作,还是十多年前在纽约大都会博物馆,那时我每天早起,沿着十二大道西四十四街一直往前走,赶到中央车站,搭地铁4号线或6号线往大都会博物馆去,差不多三天,在纽约的一半时间我都花在了博物馆,最后那天傍晚,马上就要闭馆,在将要走出超现实主义展厅的最后几步,我看到了弗里达。右侧墙壁,她正对着我,胸前是只珍珠猴,她略微睥睨的目光,和猴子煤黑眼珠里满是疑惑的目光,一齐从画框里投向我。一时的怔住很快被狂喜所驱散,那时我脑海里几乎忘记了弗里达,完全没料想她会这样出现,浓黑的一字眉,唇上的胡须特别抢眼,使我不觉倒退一步才敢凑上前去,慢慢靠近细细看她,30岁,经她画出的脸颊微微塌陷,青春的颓败线已在隐隐地颤动,我想起她19岁时的那封信,觉得人生的微不足道。如果没有艺术,人恐怕只剩下更大的溃败。恳求和天才,全都留不住执意要离去的心,阿莱克斯到底走开了。从来没经过绘画训练的弗里达费尽全力地挽留,她画了人生的第一幅自画像,作为礼物送给他。酒红色为主色调,她严肃的脸孔优雅美丽,略带忧伤,脖颈拉长像莫迪里阿尼笔下那些女性所特有的性感妩媚。19岁,那是她绘画的开始。既没有用力表现胡须,也没有颈绕粉色缎带的猴子,干净利落地起飞。大都会博物馆另一幅她的自画像则整个暗黑下来,墨西哥大地上鲜花绚丽的色彩不见了,变化不在脸孔上,而在晦暗的色调和男装束缚的身体。铁条或者说是竹签的变形物在场,一把剪刀在手,头发跟男人的一样短,剪掉的长发铺盖了半幅画,凌乱地散落在地上、椅子上,剪刀的刀刃间,她绝望到了头,自我戕害,每一根黑发都尝过了什么叫作万箭穿心。

很多时候,她在伤痛。布达佩斯回顾展上,弗里达的照片放大到相当于真人的两倍,大眼睛略有些眯缝,并不朝谁注视,并不看什么,只带着轻微的迷茫和不易察觉的悲伤。全部是花朵,头顶盘起的发辫,黑色长裙,及身后碧绿如玉的背景,到处缀满她挚爱的花朵,弗里达脸部轮廓清晰硬朗,她英气逼人,光芒四射。一小节斜体英文写在绿壁上,追逐着她思想的踪迹:"我曾认为我是世界上最奇怪的,但是我又想,世上人这么多,一定有个和我同样的人,以我同样的方式感觉怪异并撕裂。我想象着她,并想象着她一定也在哪儿想我。"

女孩们抢着在她膝下拍照,全都像个小矮人。弗里达光彩照人,谁能想到这样的弗里达,在人们面前,曾经每天招摇过市,身着艳丽耀眼的特旺纳服装,地道浓郁的墨西哥风情,每天都像在过节,那都是她的开怀大笑,以可见的形式对外呈现,非常夸张,掩人耳目。多少人迷恋她的美,看不到衣服底下身体的破碎和激情。衣服褪去,她就是个女人,比女人更苦难,更悲伤。

弗里达生前的影像也投在墙上,来回地播放,她靠墙坐着,抬眼看向迭戈说话,迭戈右手伸过来,她两手握住它,将它贴住自己的脸颊,她看着它,放在唇上亲吻,轻轻闭起双目。那是她的爱和欲望,她对迭戈的深情和不舍。他们彼此争吵,各自出轨,22岁时她嫁给迭戈,曾两度离开又回到他身边,直到47岁病逝,弗里达几乎没停止过对迭戈的爱。迭戈把她当作心灵的小女孩,他懂得她的绘画和她高度的自我,"她是一个思想感情没有被资产阶级社会的虚假准则所束缚的人。她的感觉非常深刻,因为她的生物学意义上的感官没有因过度使用而钝化,天生的官能没有退化……

弗里达鄙视机械化,因此当其原始的生物功能在遇到强烈的刺激后也会迅速恢复"。迭戈的这段话,足以把他俩放在同一天平上察看。弗里达曾说过:"我本来已经破碎了,迭戈修复了我。"在自画像中她反复画他,常把他画进自己的额头,把他的面容嵌入天庭,他是她脑海里的第三只眼。这样深刻。他造成的伤害也就此留下,在她的身体里从不离去。她也恨他。不断出轨,不断地把她身心撕碎,这也是迭戈。

其实现实生活中很多人并不了解自己,像弗里达那样活着看到自己破碎的,这惨痛的例外绝无仅有,在她也来得太早,成为一生的苦难。她被甩出人群,收拾收拾又爬起来,每一次修补后她都会看到另外的一个自己,她把自己画下来,告诉你她是谁,她是复杂的,有特别多侧面的自己,也使得她成为绘画史上自画像数量最多的画家,几乎跟伦勃朗、毕加索比肩。

布达佩斯回顾展上,最杰出的《折断的圆柱》醒目单独地挂在一处,看第一眼会不知所措,她同时破碎,同时修补。她笔直地站着,半侧着脸,一根钢质圆柱顶住下巴,下端直抵盆骨,紧身衣横绑着固定住身体,是几根皮革束带,寸宽,银白色寒硬有如刀片,一根横在腋下,三根分别横在乳下、腰间、胯上;铁钉子满身满脸,一把乱箭似的射过来,一根根扎在额上、脸颊、颈部、肩头、两臂、乳房、腹沟,护绕腰部的一块细麻布也未能幸免,扎进了钉子,两颗最大的钉子刺向心脏。满眼泪水滚出眼眶顺着脸流淌,几颗大泪珠闪着亮光,下颌已被打湿;血在涌动,乌红一条,成为凝固不动的深河,钢柱泡在里边,钢质的圆柱,裂为几截,有时一截跟另一截断得没有关联,有些物质不仅碎掉了,而且丢了,没法修补。身后是一片旷野,单调荒凉,起伏不平,裂着一道道沟壑,一个荒芜的景象,再也没有什么可以来重新弥合,断了就断了,越是不易退化的天生官能越显得脆弱,越保存不下一个该有的完整。旷野是青黄不接的色彩,绿不绿黄不黄,有些地方油料涂得厚,形成堆积,有些地方尖锐一笔,像大地生出褶皱,在她头后,是有乌云的暗蓝天空。还能说什么呢,这就是她,她的身体她的伤痛,她的生命她的艺术。她的脸平静,目光直视,高贵地越过眼前的一切。很多画中她都是躺在床上,床大而空旷,她小小一团,无助绝望,经历着流产、自我出生、迭戈背叛、被生活谋杀、手术后惨不忍睹的进食等无尽的摧残,毫无希望——她干脆直接这样题名画作,而《折断的圆柱》这幅画中,她饱满有力量,自然也是处于更深更牢固的孤独。迭戈跑开了,只有干涸的背景做伴,孤身一人还不够,还要折断碎裂,异质物侵入,她似乎是又指望它,就像指望着迭戈,来撑起自己;而另一方面,她也没法弯下身去,命运把她挤在了那里,她能有的只是挣扎,用力解脱,甚至涅槃。弗里达有一幅画,描绘她的出生,新生儿头颅从母亲身体里探出,而母亲死了躺在床上,头和上身被一块布罩住,了无生气的床单灰白一片,是死亡的阴影。新生儿有着弗里达标志性的一字眉。画这幅画之前,正是她又一次流产,母亲去世。出生与死亡拧在一起,她在死亡中出生,以后的弗里达就只有自己,跟在《折断的圆柱》中一样,她暴烈惨痛地生下自己,她在血和泪中直接升起。

弗里达6岁因患小儿麻痹跛足,离世前一年遭遇截肢,右腿膝盖以下被截去,事先医生们和迭戈征询她意见时,她撕心裂肺地

大喊一声"不——"。大半个世纪后在布达佩斯一面褐色墙壁上,我看到了她日记中写下的:

  脚,我要它干什么呢
  如果我有翅膀可以飞翔

色彩也是陶斯最安全的入口

在陶斯的米利森特·罗杰博物馆,有一小幅油画名为《小酒馆的蓝门》,售价1400美元。酒馆小得不能再小,一条窄门,正方形小窗框中间打个十字,阳光照耀着,蓝门太明亮了,墙面土黄色,靠近门处给染蓝了;树叶的碎影从对面投过来,一些映在墙脚上,一些映在土路上,阳光强烈,是由于这些暗影的反衬。我拍下这幅油画,喜欢它粗砺的笔触绘出了一个夏日的午后,人影全无,特别像我小时候度过的一些时光,太阳的白使万物昏昏欲睡,我一个人游荡,心里像是有那样一个蓝门正在某处等着,却不知道要往哪里去找它。

陶斯也就像那幅小油画,色彩、光线、质地,陶斯全都有。就算你从不晓得陶斯,走进了街道,就可以随时看到这类的画作,也就一眼认识了陶斯。陶斯聚集很多艺术家,中心街道两旁几乎都是艺术家工作室,橱窗里的画湛蓝明黄花团锦簇,耀眼夺目,蓝黄两色紧挨在一起,对比强烈,这两个原色没一点血缘关系,绝对地隔绝,却用得如此唇齿相依,让我想到人的本质也该有这样的至高无上。两个原色独立而纯粹,你中无我,我中无你,画家们决绝地并置省掉了任何中间色的过渡,直抵一种绝对的存在,精神的手指不觉地伸了出来,努力地去够它,喜悦漫长,悲伤有限。

一眼望去,陶斯是土黄色,秋日阳光穿过透明的蓝天倾泻下来,洒在土黄色上,光线变得柔和,而一些角落里暗中生长着一小块闪亮的蓝。开车穿越整个新墨西哥州大地,便会发现陶斯的特别,它同时又是蓝的,尤其那些微小的蓝,它们是飞鸟衔来的,在哥伦布以后的时代,越过重洋落在地上。它清冷高远,又用得扎实,陶斯房屋的门框窗框都涂着那种蓝,时间老了,有些事物日久生根,逐渐成为陶斯本身。早先陶斯自然是印第安人的,之后西班牙人、盎格鲁美洲人陆续地来了,持续不断地接触、交战、后退、交融,几世纪下来陶斯仍旧在那里,属于任何人,又不属于任何人。二十世纪初,有辆纽约艺术家的四轮马车途中坏在这里,车轮修理好了,天色已晚,人留了下来,日后成立了艺术家协会,陶斯慢慢红火起来,成了一个活跃的艺术中心。太阳有稀释色彩的魔力,也会不顾一切地独自离去,丢下这世界,黄昏一过,天色暗下去,蓝就又大又幽深,幕布一样从天空中笼罩下来,衬着泥砖屋没有棱角的墙头,我一个个街道走过,仰脖望着上空,那是我最喜欢的时刻,头顶上是幽蓝,却非常地温和,有着跟尘世难解难分的情意。

镇中心一个广场,一条主街,再加上一些小路。有古老的气息,尽管它可能并不十分古老,但想想这整个喧嚣的时代,陶斯就像一条漏网之鱼,在自己的水里活着,跟别处没什么关系,静静地独自呼吸。灿烂盛开在内部,像那些泥砖屋和其橱窗里的画作,画作把对阳光和对自我生命体验的印记用色彩表达出来,而泥砖屋,走到哪儿都看得到。泥砖屋来自泥土,房屋外形没一根硬线条,带着泥土天生的柔软劲儿,墙角线抹得溜圆,看了觉得个个房子都像温驯的动物,没有棱角,好脾气地趴在那里,你可以伸手去摸;也会想到刚出炉的香面包,不伤柔软的口腔。上帝造人,用的是手和泥土,陶斯造屋也是如此,用手和泥土抹去了尖锐,留下手的痕迹,自己的手也就敢按下去,谁会害怕手的痕迹呢,谁的眼睛认不出那与生命本性相近的事物。

泥砖在中国北方并不罕见。我幼年时,每到秋天院子里会有人家脱砖坯,泥是就地取材,切寸长的稻草,拌进泥里,用木槽脱出砖坯,秋高气爽,砖坯很快干透,便用来建或修补存放日常杂货的小仓房。陶斯泥砖屋差不多也这样,土、水和稻草混合,做砖块晒干,只是砌出的墙更厚,足有几英尺(1英尺约合0.3米),屋顶覆盖泥土。外墙厚泥层抹灰,内室涂白泥土,干净明亮。陶斯谷地泥色丰富,是个大家族,土黄色、橘黄色、黄灰色、米色、棕色、生褐、镉红,甚至粉红色、白色,算起来二十多种,全是泥本身的色彩,印第安人把色彩一条条抹在脸上,只留出一双眼睛,他是从泥土后面看着你,微笑、难过、愤怒、恐惧集中到了眼底,似乎是说,必须经过眼睛才能进入泥土。在一家印第安博物馆,我见到过十几种颜色的泥土,一种颜色装一个小碟,土质多种多样,色味亦微妙变化,全都显得温暖。不过泥砖屋色彩用得审慎,并不趁势铺张,土黄色、生褐色居多,偶尔一座粉红色泥砖屋立在眼前,有些意外,叫人不觉停下脚步,停在那里多想上一想。

陶斯很小,出镇中心向北,不远就是印第安人居留地普韦布洛。第一次读到普韦布洛这个词,是在《科罗拉多河探险记》一书，普韦布洛有时用来指阶梯式平顶房，有时指村庄，有时又指当地印第安人。一词多用，各有各的解，摇曳生姿。一种说法是十六世纪，早期西班牙人第一次来到科罗拉多河流域，他们看到远处的村子，印第安人住着的用泥砖或岩石筑的房屋，便有人指着它说：Pueblo! Pueblo! 译成中文就是普韦布洛。是西班牙古语吗？是西班牙古语里的村庄，还是西班牙人为他们眼里的当地土著所给出的命名？建造普韦布洛村落的印第安人，被称作普韦布洛印第安人？不过也有的说，是土著印第安人以普韦布洛称呼自己，意思是"the people"，我在疑惑中认为，这看起来好像他们在用英语对人解释自己。总之这个词延续了下来，在美国西南部遍地开花。《科罗拉多河探险记》的作者曾说："普韦布洛印第安人部落分布很广，远远超出科罗拉多河流经的区域。"十九世纪末，西南盆地和高原地带，到处可以见到普韦布洛印第安居住地。各普韦布洛有各自的语言，普韦布洛到底出自哪种语言，是越搅越乱，好在我事先知道了，新墨西哥州十九个普韦布洛，陶斯普韦布洛是最北边的一个。

一条河从陶斯普韦布洛中间穿过，河岸两边各有建筑群，称作北屋、南屋，大约同时建于 1000 年到 1450 年间，那就是说，是纯粹属于印第安人的。北屋是普韦布洛阶梯式平顶房，再远处望出去就是陶斯圣山。许多独立的房屋联排并列，是平房顶，房上叠房，三层或四层，阶梯式层层向后缩进，留出前面屋顶作为平台。家家户户连成一体，屋顶是印第安人家庭活动的场所。自然是用泥土建筑，印第安人相信泥土是有生命的，人与泥土有着神圣的关系，我在博物馆里见过各种各样的泥偶，泥土的，有生命的，仿佛就差那么一口气,吹上去就活了。墨西哥画家弗里达,在她的画作里也常有类似的泥偶,不过有的手碎了,有的失去脚,弗里达把它们当作自己,她是混血,她血管里印第安人的那一脉活得最有生命力,她也紧紧抓住它,由它带着找回自己的归属。她的泥土是红褐色的,她的泥土四下分裂,她就以最接近于泥土的色彩活着,带着伤痛呼吸。普韦布洛陶器也来自泥土,很早很早,在哥伦布之前,印第安妇女就用泥土烧陶,她们脑子里有个年老的泥土女神,泥土由她来掌管,每次取土之前,妇女们便向泥土女神发出祈求:如同你将吃掉我们,你也将喂养我们,覆盖我们,因此请不要藏起来。在博物馆墙上看到这几句,很容易地叫我想起:你生于泥土,必将归于泥土。直到那时我才懂得了泥砖屋,也明白了我自己,为什么一直喜爱泥土的颜色,土色,它使我有一种回到根脉的感觉,深厚的,温暖的,朴素的,可以生长的。

南屋更为简单,几趟平房,房屋之间是小过道,一些印第安人站在梯上修补房屋,墙面泥土剥落,露出泥砖,他们抹上新泥,用脚下同一颜色的泥土。在陶斯普韦布洛村口,一面墙上贴有文字介绍,说整个陶斯普韦布洛印第安保留地大约有1900人,这里常住人口有150人,留在这里的印第安人,要按传统过没有电也没有自来水的生活。房屋聚集成群,错落有致,可你走进去,在一些店家,也会感到一些喧嚣。再深入一步,触摸到的就是沉寂,房门紧锁,房里见不到人,没有声响。看普韦布洛百年前的老照片,拍摄于十九世纪末二十世纪初,那时这里似乎更有生活的气息,人们的穿着也更有意思,一个普韦布洛男子穿欧式衬衫,系着领带,同时他身披一件普韦布洛传统的毛毯;在一个节庆日,一家三口印第安装束,母亲头披印第安薄毯,下边是只有在普韦布洛特别的仪式场所才穿的白色鹿皮裤,而格外引我注目的,是他们膝下的胖女孩怀里抱着个洋娃娃。

照片只告诉了我那些过去,逝而不返。走进普韦布洛的窄道,永远也不会看到这样一些人,这样一些矛盾纠结的装束。时间之河甚至冲淡种族,像弗里达那样仅有四分之一印第安人血统的人,就更不容易找回自己的根,融合有时就是失去,那些越想看清自己的人,越无家可归。那些为墙面抹泥灰的工人,站在屋顶往木梁上加泥砖的工人,身着白色T恤,或短袖迷彩服,我拍下了他们,或许一百年之后,看到的人还会认为,这就是普韦布洛。普韦布洛是一个词,也是一种连续。人所处的背景,泥砖屋、普韦布洛阶梯式平顶房,留了下来,也是种连续。这种连续,是减免还是增加了人的碎片化?这个时代,人不得不处于碎片之中,而且早已开始。语言,甚至一个单词,会把我们拆解,也会像片枯叶那样把我们包裹起来。

早期的普韦布洛阶梯式平顶房没有门窗,进出全靠木梯,房顶留有出口,上上下下,出出进进。后来房屋开了门窗,涂成蓝色,而我看到的门都挂着一把圆锁。在博物馆墙壁上,写有一个印第安老妇人的话:"我现在有重孙辈三十四人,重重孙辈十九人,我自己的孙子辈有十二人。"她是一棵粗壮的玉米,结着饱满的种粒,陶斯普韦布洛却到处冷清,人都哪儿去了?有几家售卖传统手工艺品,门或闭或开。有些窗下,放着大煤气罐,突然看到我们现代社会的元素符号,我着实有点吃惊,又很快淡然下来,无论煤气罐与泥砖屋怎样地不搭调,毕竟嗅到了具体实在的日常生活。无论多么刻意,门窗毕竟开启,出来进去完全可以不经过梯子。有家门前摆放五面待售的传统皮鼓,无人拍打,落满尘土。坐在那里,凭借想象我知道,鼓声从遥远的祖先开始,祈祷、感恩、求雨、玉米舞,都是普韦布洛灵魂的鼓点。

已无法纯粹。一个词有时都是混血儿。泥砖屋、普韦布洛阶梯式平顶房,是普韦布洛印第安人的,又混杂着西班牙元素。从丹佛出发,驾车往新墨西哥州去的路上,我看过马图尼斯普林悬崖居所,又看过查科印第安遗址(那里有六百多个房间),看过弗德台地悬崖居所(那里有两百多个房间),那些房屋纯粹,是绝对的普韦布洛,没任何异域色彩。这样的居所和遗址星罗棋布,一路分布在新墨西哥州,保留着普韦布洛最原初的样子,但空荡无人,仅仅是遗址。房屋以岩石和泥砖做墙,屋顶覆盖木材、干草、泥土。也有借悬崖建筑的居所,朝向最好的阳光,为冬日带来温暖。岩石间泥浆勾缝,墙内外都以泥抹面,没有门窗,随处依靠木梯。我曾拍过一个最美的梯子,那是在查科遗址,沿着梯子下到一个圆形的地下屋,印第安人在那里举行宗教仪式。一切事物都在一个神圣的圆圈内,四季运行在一个圆圈里,人也同样,我的孩子跳我跳过的舞蹈,我唱过的歌还在唱。人走不出去,相信不死,无限循环,印第安人的乐观和对世界的放心,或者说宿命,是我从来没见过的。在普韦布洛遗址,那些大小不一的圆形的活动场所,被叫作"KIVA",我下去的那个 KIVA,进十个人就有些挤。木梯很美,一头搭在入口处,秋日的阳光从上面射进来,淡棕色的圆木整个地被照亮了,像涂了层金光。我用相机拍它,一个欧洲人在另一侧拍,我们专注,没看到对方,我们同时被梯子迷住了。

在陶斯,随处有梯子。正在使用的,被丢弃的,画面里的。见过了太多的木梯,也一直在找一幅画,是二十世纪美国著名女画家乔治亚·欧姬芙画的,《通往月亮之梯》(Ladder to the Moon)。欧姬芙后半生几乎在陶斯度过,她画陶斯普韦布洛的山,画陶斯普韦布洛的教堂与泥砖屋。在她晚年,1958年,视力已经很差的时候,她还画了一个乳白色的木梯,悬浮在蓝灰色的空中,半个白月亮挂在天边,画的最下边是一道蓝黑色的平坦山脉。那是我从未见过的至高的纯净,一架正在飞升的梯子把我引向天空中的月亮。

土黄色泥砖屋加进了很多笔蓝色。普韦布洛阶梯式平顶房不再用梯子,是后来有了门窗,门窗涂上蓝色。我想这里有早期西班牙人带来的蓝,有盎格鲁美洲人带来的蓝,也有普韦布洛印第安人自己的蓝,但眼睛看到的是多么响亮的蓝啊。早期西班牙人来到陶斯,传教士建教堂,建筑用泥砖,木梁上就加进了西班牙自己的绘画和雕刻,一些侧廊下的木梁,看得见很多雕刻的装饰性图案、玫瑰花饰,还有涡旋状图案,简单而优雅。西班牙人还带来了马和羊,带来小麦,带来烤炉的制作和使用。盎格鲁人带来了什么呢?一定有蓝色。英国传统的新娘嫁妆要求是:一些旧的,一些新的,一些借来的,一些蓝色。陶斯普韦布洛的蓝也是整个新墨西哥州的,普鲁士蓝、钴蓝、天蓝、灰蓝,也有蓝绿调和成的钴绿,有些甚至走向了绿,意味各异,表情生动。这些蓝嵌在土黄色背景上,鲜亮抢眼,又微微地令人有些不安。用装饰性的蓝色,其最原始的意图是要避邪,保护家庭不受恶魔的侵害,蓝被视作神圣的颜色,视为保护色,凯尔特人用菘蓝将脸染蓝来吓唬敌人,陶斯把蓝涂在泥砖屋的门上、窗框上,甚至房顶上,要挡住的是"邪恶之眼"。

我在陶斯山谷间行走,蓝是天空,蓝也是远方,是普韦布洛印第安人古老的歌谣,统统落在了我身上,简直是要命的蓝。蓝云朵。蓝玉米。蓝蝴蝶。蓝玉米给生物,白玉米给神。普韦布洛就这样唱着,唱自己的粮食玉米,跳玉米舞祈雨。我认得出宝石蓝,那种源自绿松石的宝石色,被门框、窗框用得满满的,用得激情四溢。陶斯有家小博物馆,一间展厅绿松石遍布各个角落,全是些首饰,项链、戒指、手镯、发簪,还有十字架,饱满如星空一样深邃的宝石蓝,静卧于普韦布洛的灵魂深河。绿松石是天空的一块,从天空落到了地球,普韦布洛把它举过头顶,献向神灵。普韦布洛用它装饰自己的肉体,装饰肉体居所的门窗。甚至这家博物馆,展厅序号的阿拉伯数字1、2、3,色彩都是绿松石的,镶在一道道栗色门柱上。我仔细看,惊异于这细节深处的灵魂,灵魂深处绽开的蓝色花朵。只要后退一步,退到陶斯普韦布洛,退到泥砖屋,从泥砖屋屋顶望出去,看到的透明的蓝就是天空,而门窗上的宝石蓝却很近,近在指尖,一粒星光。

陶斯,英文写作 Taos,印第安语,意即红柳。也是有颜色的,这是陶斯最安全的入口。

看的力量:读《积木书》

《积木书》是赵松的又一本小说集。我反复阅读,到了篇尾回过头再读。像《蛾子》,写一个十来岁的男孩,站在书店的角落里,他只有一只耳朵,后来坐到另一个角落的地板上,翻一本书——《如何学会飞行》,店员们忽略了他的存在,落下卷闸门,卷闸门发出低沉的声响,他另外一只耳朵被白纱布厚厚包裹着,像"落在脸庞侧面的一只巨大而笨拙的蛾子"。他什么声音也没有听到,读到这样的地方,不免就会感到担忧。小说不过三百余字,字句缜密,以耳朵、飞行、蛾子、声响、卷闸门形成奇妙的意象,竟如一首诗,小小的生命在书页上像磷火一样明暗闪烁,在捉摸不定的暧昧之中,瞬间触动你。

这算不上是故事,故事在赵松的《积木书》中退居其次,情节化为碎片,场景也独立成篇,事件孤零零的,又自成一篇,人物没有来龙去脉,处于叙事的封闭空间,像这男孩他从哪里来,结局又将如何,蛾子是个隐喻吗,统统找不到答案,这里只有谜面可以观看,只有断片呈现,只留下一堆积木以供搭建。《积木书》满是数不清类似《蛾子》的大小积木,有多少篇小说就有多少积木,究竟有多少个短篇,恐怕连赵松自己也难以道明,小说付印之前,他删去了八页目录。读过赵松的一些小说,这次他不同,似乎笔锋突转,小说有了另一番面貌,与其去年出版的《抚顺故事集》相比,《积木书》不再是传统的讲故事形式,尽管去年的故事集故事讲得很好、很迷人,赢得书界评论界的瞩目,《积木书》还是带着使小说更成其为小说的坚定意味,脱颖而出。

《积木书》以场景、以人物、以物事、以事件,甚至以情态为篇什,小说常常把时间切开,甚至切入瞬间,刨为平面,以速写或素描的方式,形成一幅幅画面,给读者以观看。进入到小说的叙事内部,"看"也是一个极为醒目的动词,"他看到……""我看到……""你看着……""他注视着……","看"是人物被赋予的最多的一个姿态,也是频率最高的一个词语。小说集侧面写过一个喜欢玩积木的人,他房间里堆满了各种类型的积木,"最近友人喜欢玩一种极为微小的积木,需要借助高倍放大镜和最纤细的镊子才能玩下去"。这句拿出来,恐怕可以视作《积木书》的机杼,放大和纤微,都是编织看的经纬。另有一篇写男孩的,题名就叫作《男孩》,他四岁了,在沙发上摆弄几十个恐龙,成群结队的恐龙,临近午夜了他还没有睡意,唱着歌摆弄着它们。后来屋里一只小老鼠钻进了塑料袋里弄出哗啦啦的低响,男孩走过去,看了会儿袋中的小老鼠,然后"他抬起右脚,慢慢踩了上去,直到它不再动弹"。不事渲染的叙述结束,惊骇从心中突起。为什么他会这样?没有说明,不知道缘由。动机或许只在那男孩身体里,根本也看不到。或许那男孩自己也不知道,自己也看不到,自己也不清楚为什么他要这样做,一个迷蒙的小野兽。人的视力范围左右至宽不过九十度,盲区几乎包裹住了人的大半身体,这是人的局限,也是人的确切处境,而"看"其实是要找回他自己。我想作家赵松相信"看"

的力量,因为他知道有"看不见"。

他就遵循了创造了并忠实于这"看不见",让它从文字中降落下来,作为更大的遮蔽,呈现出人的处境。赵松在小说里为人物打的灯光全部是一束束的,从头顶上方斜斜照射下来,人物立在光圈里,局限于此,其外全部是黑暗,像在黑洞洞的舞台中心,同时也就另外形成了叙述链上的一截截空白。他封闭了笔下人物,并不给出太多。恐龙男孩和那蛾子男孩都没有名字,《积木书》不给他们名字,书中的人物几乎都没被冠以姓名,只有身份,身份也是不完整的身份,也常暧昧不明的,更有人物连身份也没有,只是他或者她,他们全是被"看"来的,他们在某一个场景出现,在某个时刻,或成群结队,或孤零零独自一个,他们在被封闭着,封闭于一时一地,恰如封闭在某块积木里,他们不出来,我们也进不去。但是可以直观,我们可以看。像叙述者那样在看。看是确切的,真切可感的,看便是证实,也是种唤醒。"他看到","我看到",在集子中,时时要与这样的语句相遇。时时是在看着,也提醒我们看。看到的是实体,是局部,看到的是眼下,是现在,人物没有过去,也没有未来。

其实赵松小说最有意味的也恰恰在这里,看不见与看见之间形成了张力,封闭与呈现之间形成了张力,现实与虚构之间形成了张力,阅读过程中就时刻要跟那份不确定性搏斗,在文字的暧昧性中沉溺下去又挣扎着浮起来,它们总是令我更深地承认现实,也更着迷于文字所带来的无限种可能,它们总叫我在若有所失的惆怅中,深刻感到手掌心里的积木,一粒粒有着细小的坚实。几乎不能不追随文字中的目光,看到他们,或者她们,群体或个体,在或清冷或温暖的注视中碰触蓝的西风红的余晖;不断打开感官世界,从麻木或倦怠或委顿中唤醒自我,找到自我。《积木书》通读下来,会觉得自己也像叙述者一样,有了双不倦而敏锐的眼睛,学会了向外注视,向内沉入。这时的积木就是在开启。

"每个瞬间都会有所不同。"《积木书》里这样说,为此小说着力切进了那些瞬间。赵松把瞬间展开放大,创造出另一种现实,以便于凝视,便于进入,最终抵达文字铺开的缓慢和停顿。如同罗伯－格里耶:"我让那些时间纷纷落下。"除此之外,还有什么可以阻止生命的飞速流逝,减却人类对于自身的疏忽和淡漠,焦虑和遗忘?"没有多少时间了,他说,整个的世界都在加速旋转,要是感觉不到这个,那就只有一个结果,被那股不可遏制的离心力卷起来变成一个微不足道的分子,飞到外太空去,就像那些太空垃圾一样⋯⋯"《晚餐》里的人物说。无疑,这样的文字里呈现出的对生命的焦虑,对生命的认识和竭力把握,不仅仅是美的,也是锥心的,醍醐灌顶的,同时也有一种,梦醒了无路可走。驻足如此重要,尽力在时间的空隙停顿下来,尽力去看,要生命活过来,要身体的首要感官——与大脑距离最近的器官——眼睛,最先进入光明并迸发出光芒。"如果是那种比较静态的雪?人们是不会担心什么的⋯⋯"作者在《缓慢》中开篇说道,其后又自我回应,"但这几乎是不可能的。"是的,如果只是种假设,假设的另一端是真实的存在。哪里存有静态的雪,生命绝非那么惬意。环视一下生命的境况,人在晦暗又无止境的裹挟中江河日下,一路东去,看也不看,便只有把模糊的人生迅速进行到底了。文字中的"看"其实是在唤醒,是从生命内部使我们获得缓慢,获得呼吸,以及最极致的自由。

因为看,和凭借于看,笔触就可以伸向更远的人,那些不相干的客体,无法进入自我生命圈的陌生者。更无端,往往也就更自由,更能打破生命狭小的格局。《积木书》常常写到路人,以众多路人为主要描述对象,占据了小说集极大的篇幅。有些篇章在我读来,更像是小练习,然而技艺精湛,细密深邃,对于有纯文学偏好的人更有诱惑力。因为是路人,就更不能不借助于"看"来把他们拉近至眼前,使他们停留。他们在路上,在地铁站,在路口,在高架桥上,在栈道,在火车里,在空室,有他有她,有老人有孩子,有男人有女人。他们跟我们之间隔着空间,隔着各自的历史时空。观看者有时站在露台,隔着玻璃门远远地望,看雨中一个女人在高架桥上的转弯处,抱着熟睡的孩子,一手拖个布面箱子,面无表情地走着,一辆红色轿车远远就放慢车速,从她身旁经过后又过了百余米,才逐渐加速,我们就此体会到了红色轿车的心,它的眼睛全部打开,目光扩张开接近于三百六十度,细致的没有死角的光芒。然而很多车辆飞速地驶过,她栗色齐肩发被改变了外形,好像丝丝都在自动弯曲地打着卷——类似的场景时常出现,类似的细节,稳固地成为一篇小说的重头戏。

路人的身影、路人的姿态、路人的晃动、路人的脸孔,全部聚集于目光底下,在经过文字的重塑后,结为一块块自由而有生命的积木,"那些从遥远的国度带回的画册里有几百幅画都是以脸为题材的,各种各样的脸,男男女女的脸,要是长时间地翻看它们,就不难让其中没有的一张面孔慢慢地出现,疲倦的旅行者……"这是另一种看,本义未变,不过添加个媒介物。"离家太远了,又这么晚,他只能就近投宿。"就连自己也是路人,是暂且寄身于这个世界的投宿者。看路人何尝不是看自己,在变动不居中,自己又何尝能够看个清楚,看个囫囵,归根结底,自己也是陌生人。小说集中常有"陌生人"这字眼,常有陌生人的形象四下涌现。在空荡的马路,突然下雨,她无处躲避,"后来看到有人举着那种很大的遮阳伞在穿过马路,她就跑过去,钻到伞下,跟着那个陌生人一起走了很远"。看着看着,也看到了自己,身处一个怎样的时代。

不可忽略的是,在《积木书》中,场景、风景、情态、日常事物与人物具有着同等的分量和地位,同样进入看的领域,它们在赵松的文字中呈现出来,细致丰富,构建了作家着意追求的叙事空间。甚至譬如对蝇的"看",在赵松笔下也极细致生动。以至于最后,琥珀出现了,久远的年代复活在琥珀里面,"那只一亿多年前的苍蝇,仍旧那么安静地看着什么,竖着那只细角,没有受过任何惊扰,保持着那种最好的状态,散发着诡异的香味"。事物微小,自有无限烟波,竖着的那只细角,剔除了所有生命焦虑的气息,一刹那便是永恒。

积木可看,也可以碰触;可推倒,也可以搭建;可思索,也可变幻游戏。眼耳鼻舌身意,感官当然并非仅局限于眼睛,感知远不仅受制于看,《积木书》在色彩和形态之外,亦声音纷繁,气息万千,软与硬、冷与热各种质地在在可触可感。赵松相信直觉,相信直觉是小说的源头,相信直觉的动力和流动性、交融性,因此《积木书》才如此具有质感,如此饱满细腻,想象力才如此得以无限扩张。我认为,直觉或者是感知或是感官,均是文字和艺术的酵母,不知赵松赞同与否。但落地苹果,他伸手接住,在他那里,单单是看,就很有力量了。

读《隐》：趋近于幽暗而透明的微光

一

赵松始终在不断扩展他的文学创作，这一回《隐》，就像是有一大把残篇断简，把春秋时期的历史人物带回到现代世界里，以往我们从未看清过的一些面容，现在从平缓的水面上浮现出来，那些裂开的历史碎片被黏合到一起，虽是道道弥痕，遍布沧桑，但新的气息灌注了进来，生动细微的神情里融有现代人的手感，很显然，这已不复是对两千多年前面孔的简单复制。

《隐》基本采用《左传》素材，那些人物身上自然带有其特有的气息，子不语怪力乱神，《左传》从不乏巫术、祭祀和占卜，看看赵松笔下的夏姬，从中可以捕捉到这类事物的无所不在，"巫臣命人把夏姬带到了现场。她穿着最朴素的白麻衣裙，缓步从容地登上了木头搭建的高大祭台，用郑国方言平静地唱诵了雨神与风神在这之前向女巫们暗示的内容，令所有在场的女巫都感到震惊并拜服在她的周围"。祭台、女巫、雨神、风神、郑国方言，甚至预言的神力，这现实生活中早已消失了的一切，现在围绕着夏姬纷纷涌出，也是在要我们知道，这绝不是《左传》的夏姬，而是《隐》的夏姬,她随时可以跟神灵发生感应,跟神灵直接对话,她以绝无仅有的神秘气息形成了对我们的包围。

"男人对于我来说是一样的,不管他们有什么样的身份,可在我这里,没有一个不是令人怜悯的小动物。"这是夏姬在说话,重新展现出她与男人之间的关系存在,这里有一份安歇,散发出女性甚至是母性的温暖和力量,已远远脱离了红颜祸水的定义,更与《左传》相去甚远。在世道衰微的时代,生命处处破碎,安歇几乎成为一种奢侈,而夏姬更成为一个完整的人,以至于使我们相信,她身体里肯定有一颗发光的隐秘星子,仅仅在此意义上,她与我们比邻而居,甚至是她比我们的住所更高一些。

二

赵松这样写夏姬,我看到的是他把笔锋深深揳入人的个体生命里去,揳入个体生命与他所处的时代。他只是取材于《左传》,然后纵身一跃,在他自身的想象空间里完成对人物的塑造与对生命价值的求索,于是那些历史人物纷纷有了生命,有了清晰的呼吸。一些人物,赵松确信他们身上藏着恒久的光辉,虽然距离久远,他还是要扫除岁月沉沙,他希望我们感受并去接近人性中的温暖,甚至是牺牲,哪怕他们是君王,哪怕他们生于君王家,哪怕他们活在春秋乱世。

小说集含八个短篇,《泛舟》的核心人物寿尤为鲜明,他是卫国公子,当听到父亲卫宣王颁旨要太子急子出使齐国,寿连夜请命,他去母亲寝宫,又去父亲寝宫,跪在寝宫台阶上求替太子出使齐国,直至东方既白。他知道只要太子动身,在路上等待着的就是死亡。后来在都城外为急子饯行,以酒灌醉太子后,寿登舟赶往莘地,路上埋伏着准备射杀太子的黑衣人,他走向他们,请他们杀死自己。急子急匆匆赶到后,看到的是公子寿的遗容,他对黑衣人说:"我是太子,你们杀的,是我弟弟。"当有人说"他已经替你死了",他仍旧请求他们杀死自己。"这对兄弟的遗体被抬上了小船,覆以素缟,还有很多从田野里采集的艾蒿与野花。他们在黄河上逆行了数日,艰难地进入淇水。"以命相交,即便是死,也还是兄弟,拥有共同的河流与舟子、田野与植物。那时寿十七岁,心中澄明,他知道身边到底有多乱,对发生在父辈身上的兄弟残杀从不陌生,但没什么能改变心中笃厚的兄弟情谊,在以身赴死那个夜晚,他回想起少年时代与太子泛舟淇水,那里有两岸风物,有太子的低语。

"泛泛柏舟,流行不休。"这手足情义千年修得,于动荡不安的河流中对抗着风刀霜剑。赵松相信这个稳固的存在,还是在期待在祈盼?不管怎样,读了一本小说,能看到人性熹光,这也是小说家给出的一块福祉。我们从小就读《郑伯克段于鄢》,知道"克之者何,杀之也"。知道杀克互训。打打杀杀自君王家里发轫,从伯仲间开始。后来从苏轼兄弟身上看到那份深刻的手足情,便觉人间温暖,弥足珍贵。从鲁迅、周作人又看到兄弟阋于墙,亦不能不扼腕叹息人间大痛莫过于此。寿十七岁,我想是不是只有在这个干净的年龄才保有一份纯然的挚爱,生命才会高于现实?当然不对,急子可以逃走活命,但是他没有,他请求死于刀下,最终兄弟同行,共同平静地面对苦难。按规矩礼数,寿与太子非同母所生,不可兄弟相称,饯行宴急子酒醉,他拉着寿的手跟所有人说,这是我的好兄弟寿,你们要记住。在喧嚣声中他最后辞别道:"好兄弟,我得走了。"真是力透纸背,两句话到位,写尽了手足情深。

而《泛舟》开篇写淇水的动荡、船夫们的歌唱,写一只"刚成年的老虎,正拖了只山羊,往松林中去。这一切,有点像幻觉。看不到羊头。老虎咬着羊脖子,看情形羊脊骨都已被咬断了。老虎似乎倒也并不急切……"这是由寿的视角所见,自然界的杀戮形成层层暗示,有一种痛,感到了羊脊骨的断裂,相比而言,人世间的痛则更锥入灵魂,因为是生命与生命的叠加,血与血的混杂;更深层的是指向了结局,注定的毁灭、死亡的不可挽回,而这一切的呈现,却是不多言多语,笔触简逸又细致,赵松冷静地借这样一幅自然场景带出他的悲悯和同情。悲悯和同情,这最古老的人类情感在小说中得以复现,完全是以文学的方式。这在另一方面,又使我看到了人的顺从自然,像一个垂下双手的人立于天地间。或许赵松望断的尽头正是老子,人才有了一种柔顺自处,在其他短篇的人物身上这柔顺也不难见,比如公子兰,比如随侯。

三

我很注意小说中出现或未出现的"隐"。"隐"是一块幽暗的小多面体。不同的"隐"折射出不同的层面,慢慢转动,看看里面一块块不住闪耀的微光。

先是史书之"隐"。《左传》为《春秋》作传,《春秋》记史,盛大的历史庄严地做着游戏,简略到只留下符号,把人藏起来,哪怕是君王也只剩有君王的符号。再是《左传》之隐,《左传》既为史也为文,既为补笔也有意留白,话不说尽,文学笔法上的"隐"已现端倪。鲁隐公即位,《春秋》不书一字,因其摄政,隐公死亦仅记一笔"公薨",《左传》便说:"不书葬,不成丧。"不正式为国君,命该如此,隐公遭遇雪藏直至淹没,他像不像是个隐喻存在,形成了某种封闭,阻止所有的尤其后来者的进入,我们被隔离在外,钩沉或皓首穷经不仅困难,更与文学大相径庭。

赵松从文学角度去触动这个"隐",揭开"隐"的秘密。他敏锐地抓住了隐公,写隐公也不在于隐公,而是在隐公身上那个的"隐"。所以寥寥几笔,他以淡墨渲染鲁隐公,从外表上来说,"鲁公面相平淡。说话也平淡"。他到棠地去观鱼,当遇到劝阻时,他只是"有些尴尬,我只是去巡视啊"。他还微微探入隐公的精神世界,"神也会说人话吗?""神不会像人这么愚蠢的。"至于隐公的悲剧性命运,就在于他是个"没有野心的摄政者",本可以坐上君主宝座,他却没这样做,"在庙堂之上没有退路"。他的死渗透着那个时代血腥的气味,被追杀的结局早已注定。赵松通过想象力重新构建起隐公形象,隐公是个隐喻存在。他不过代表了《左传》里所有曾经活着的人物,郑穆公、夏姬、棠姜、公子寿、太子急子,每一个历史人物在《左传》里都深锁于幽暗之中,所以关于"隐",赵松曾经说过:"这个字充分概括了我们这个社会从春秋时代到当代始终如一的状态,无论是在历史中,还是在日常中,也包括在文学里,真实的人与事总是会轻易就被淹没的。"这是个大隐,归根结底,"隐"就是人在现实和历史中存在的状态,每一个人每一代,不曾有多少改变。"隐"是一种关系的展现,人不是赤裸裸的,人是在包裹之中的,包裹于现实和历史、日常与文学里,"隐"是从不会停息的雨,人走在雨幕中,直至他走出去,直至他消失。这才是人的真实生存境况。所以无论在历史还是在现实层面上,真正意义上的接近都十分艰难,消失极其容易。《晋书·羊祜传》曾有一句:"皆湮灭无闻,使人悲伤。"早已说得十分透彻。在与小说集同题的短篇《隐》中,赵松将笔锋抽回落在现实生活上,他讲了个现代故事,其中插进个偶然的小事件,一个死人被抬出了货用电梯,"他们都不让声张","没人知道这事是怎么发生的,又是怎么变成像没发生过一样的"。这个被抬出电梯的人浑身裹着白布,甚至不清楚是男是女,连性别都已消失,而谁又知道这种湮灭消失呢,只有在这时,"隐"才构成一种擦亮,才被迫转为呈现。这就是赵松的"隐"。

"隐"同时是人的生存状态,在小说集选录的古诗句里,这个"隐"会直接显露出来,呈现出人所选择的生存,如"泛泛柏舟,流行不休。耿耿寤寐,心怀大忧。仁不逢时,身隐穷居"。你会极自然地想到陶渊明,但陶渊明之前,早有他的先人存在,早在那里隐隐生辉。鲁隐公无法抽身撤出庙堂,然而他使人看到,消失又是件多么容易的事啊,在那样的乱世,有时身隐穷居的确是种比消失更好的存在。"隐"甚至成为一块安歇之地,人得以藏身进去。短篇《兰》中的郑穆公名为兰,他像一棵兰草,但他始终是"美好而适时的隐遁",这里有他性情的质地,同时亦有他的选择,保全性命于乱世。就是他的整个郑国,都是这样存活下来转危为安的,

"甘居于柔弱之位"。这个短篇很巧妙地使用了"我们"的叙事口吻,扩大了的声音,那是一个群体在说话,从审慎之中你能听出屈辱和被践踏,也能看到在晋国、楚国两面夹攻中,一株株兰草在泥土中柔韧生长。

"隐"真是个好字,丰富而充满变化。一切虚位以待。无论怎样幽深黑暗,最终都会敞开,直至获得最终的绽放。

四

文学也会成为人类的见证者。在小说集中赵松通过叙事视角的不断变化抵达对文学意义的呈现。与小说集同题的《隐》是个不容忽视的短篇,这里有三个叙事者,驯鹤人"我"、现代人"我"和现代客观叙事者。客观叙事几乎减去了个人的声音,只是一个巨大的摄影镜头坐落在那里,缓慢地推拉摇移,以不带任何情感的目光注视着一切,巨大的建筑、森林一样的水泥柱子、空中花园、虚弱的灯光,有人走进来,随后走出去,自然在那里丢失,日出日落则显出苍白。这大镜头的注视有着巴赫金所说的"外部"性质,也让人想起诗人兰波,"站在一旁",那么大的眼睛,试图在撑破"隐",试图彰显出更大的亮度,试图充当见证者。这个客观叙事者是相当有力的,在一道冷峻的注视下,城市那么硬性,那么冰冷,那么静止,又那么梦幻。意外地会有巫师出现,他也可能是道士,"舞动桃木剑,念起咒语,随手把有形之物化为沙粒,化于无形"。城市里的一个异质存在来得多么不真实,好像个荒谬的招魂物。让人想起古代,想起夏姬时的通灵和卜术,那一切在今天并不存在,早已消失。偶尔会有个别人如同被巫师附体,会去拿起桃木剑,戴上面符。

今天的人还会走回去吗?短篇《隐》里的"我"住在巨大的建筑里。他弄了套法器,像个让人不安的道士,就连他母亲也不知他是怎么回事,他说话颠三倒四,"你们照照镜子,就会发现自己只是块正悄悄烂掉的肉,艳若桃花,骨子里却在生蛆,到时我会为你们接生的"。这是自波德莱尔开启的时代,悲哀的风直接吹过来,这个"我"在风中里里外外破碎成沙,他的话全是疯言疯语,而那个默默注视着的大镜头却根本无法捕捉。若是跟《狂人日记》相比,狂人还只显现为臆想迫害狂,他不断在发出疑问,而这个"我"则又有不同,"我"不单是个言语者,更是个行动者,比起鲁迅的那个狂人,"我"走得更远,更有行动能力,"我"早已放弃,早把肉体当成了个空壳子,悄悄谋划着,细致地着手,一步步走向对这具空壳的彻底放弃,最终走向自我毁灭,走向悲剧性的最大的"隐"。

短篇《隐》同时并置着两种死亡,现代人"我"和驯鹤人"我"及鲁隐公,后两者的死是以身赴死,舍生取义,是羽化为鹤,飞入云端;而前者的就显得复杂,他要做个飞行器,他知道个别人有成为鸟的可能,"她是只鸟啊",所以哪怕她从楼上跳下来那也是一种飞翔,而他自己则要借助于器物。小说里出现过很多鸟,但鸟又与鸟有着不同。即便是鹤本身也并不单纯,它们好看,自在优雅,然而哀鸣令人哀愁,甚至恐怖,它与死亡绑在一起。哀鸣毕竟是哀鸣,毕竟轻盈,没有沉重的肉身,羽化才成为可能。进入工业时代后的社会,现代人"我"在自己不能成为鸟的时候,必须借助于器物,列子御风而行尚还"有待","我"早已丧失一切,更不敢奢望"无待"。他曾借助过大麻,在迷幻中产生过飞行,那么通过科技手段,飞行器或许是最有效最可完成的飞行。他走向一百层高的大厦,带上飞行器。在他向人描述飞行器的声音里,带有悲哀的沉醉:"它是用最好的材料制作的,做工精细,每个细节都经得起推敲,哪怕是有洁癖的人也挑不出毛病,非常干净,近乎完美啊,最主要的材料,就是羽毛,它的形象,就是一只白色大鸟。我最近的所有工作,都是计算它的受力结构,我也得仔细计算我的身体能承受的力量是多少,……我还要节食,为了到时体重能降到最轻,要保持锻炼,让肌肉有力,这样到时我才能轻松张开双臂……你看啊,就为了这些细节,我消耗了太多的精力,就像在准备一个从未有过的复杂仪式……"这是死亡前的声音,它不是通过镜头,而是在"我"的胸膛里发出的。为了让这声音能够拥有见证者,这个从未和女孩睡过觉的男人找了个女人,让她见证一个时刻,"这会让你终生难忘的","没有人会这样做的"。

破碎而沉重的肉身。他甚至可以让我们想起福柯的疯癫与文明,"疯癫得以观察自己,但却是在他人身上看到自己。它在他人身上表现为一种无根据的要求,换言之,表现出一种荒谬"。是的,一种荒谬。在我看来,短篇《隐》是个不容忽视的文学文本,唯独在这个短篇里,现实直接被投放进来。天地古今打成一片,历史人物的复活才现出生命意义,现实中的我们也才能发现或找到自己,就像自己对自己说,哦,原来你也在这儿。这篇小说中有太多的东西值得发掘,尤其鹤的意象,驯鹤人"我"的叙事语气,特别是艺术之美。

那些坠落的石头,都是星星。大风里,鸟倒退着飞去。此梦复现。冬季,我逃离卫地。初春,我藏身鲁国的棠地。这里有湖,有山。春季,雨水过后,近千只白鹤迁徙而来,留此月余,又北飞。在湖边,我筑茅屋,围院子,做驯鹤人。

这是驯鹤人在说话。这叙述有如诗歌。我曾反复读,甚至想把"大风里,鸟倒退着飞去"拿来做文章的标题,那么"此梦复现"四字,岂不更好?人生如梦,像做了一场大梦,人从中醒来,亦真亦幻,不尽沧桑在无力感之中慢慢融化,又重新聚起。如此反复地淘洗过后,叙述者的声音清晰而确切,确切到他知道他自己,他能说清他自己,他是这时代洪流中的隐者。

五

像《隐》这样一部小说集的确需要巨大的想象力,单纯靠挖掘情感,尤其是靠挖掘记忆,根本无法完成这种写作。可以设想一个作家从小在河边长大,但那条河其实是贫瘠的,现代城市的河流从来都兀自空流,从来没有过渡口、渔家子、摆渡人,没有泛舟、醉饮和浅吟低唱,而且想想上游的那些水库,河流被控制起来,除了流淌,除了风及河面上的薄雾,河流比人更寂寞。人的身体不会湿的,他根本无法进入那真实的河流。

作为小说家,赵松把自己放回到古老的过去,放回到溱水、洧水、淇水,那是《诗经》里的河流,也是《左传》里的,他不仅要握到草木鸟兽,他还需要进入河流的空旷和沧桑,用这些像补仓一样来补充自己的大脑和身体,他的想象力全部张开,调动起自己的视觉、听觉和感觉,所有与之相应的器官全部都要产生震荡,这样我们才会触及那些有质感的人物,尤其是书中的女性,夏姬、棠姜、夷姜,每个人都有着超强的直觉能力,直接呈现出最原始最隐秘的生命力,每个人都像团火,熊熊燃烧,给攻城略地活在杀与被杀中的男人们以常人的安稳,在《隐》中,多少男人气若游丝,声音里都充满倦怠,甚至是一出生就衰老,他们站立或倒下,哪怕一动不动,也能听到他们体内在隐约唱着衰老经。无力感、梦幻感,大雾般包裹着这些人,时时使他们进入大梦方醒的那一刻。这衰老根本与年龄无关,在乱世里倾轧、凌乱、破碎,早使他们跌倒在地,况且在他们之前还有着更老的人和事,巨大的梦幻感时刻会降落下来,罩在身上。赵松在这种转瞬即逝之间深入并洞察着这些人,强有力的如巫臣,柔顺自处的如公子兰,内心又都在发出渴求的声音,哪怕在身边女人的怀抱里取暖,沉沉睡去,不再醒来,每个声音都带着人性里最微弱的幽光,赵松趋近于它们,让不该消失的留存下来。应该说,赵松是个有穿透力的造梦能手。

他有滋养的源头,就是在《诗经》《易经》《左传》这里。《隐》在形式的创造上,比如《诗经》《易经》的引入和化用,应该说是对古代经典的遥远而有深意的呼应,或者说是致敬,"诗"的气息、"易"的神秘、春秋时期的世道人心,至少这三点构成了《隐》结构稳固的美,及气息绵密的古意,由此也可以说,《隐》不失为一部有着如此质地的小说文本。但是身为现代小说家,一旦把目光和笔触投向过去,深入历史,他就要额外生出另一双眼睛,来凝视他自己的时代,就像曼德尔施塔姆,"我的世纪,我的野兽,谁能设法/注视你的双眸/用他自身的鲜血,黏合/两个世纪的椎骨?"这是时代的痛楚,也是时代对一个诗人的严格检验,而这在《隐》中始终不难看到。

读王陆散文:漫长的在场

王陆散文中的部分内容是往回走的,越过生命的起点,脚步还没停顿下来。这里有意思的是,他好像是进入了前历史,但可以肯定地说,如果是的话,他绝对不在自我生命的经验以外,特别直接,特别具体可触的人和事物,总会随着他朝向过去的回返而纷纷涌现,他的散文,就不那么轻松,带着点苍老的味道。我说的苍老已剔除了生物学意义上的,有些人一出生就老了,肯定不是指他身体的老态龙钟,不是指衰老。我更愿意视为一种生命累积的结果,有些像喀斯特地貌岩层,水溶蚀岩石,经历过缓慢而持久的过程。累积或者苍老,首先是来自他的家族,他写到父母,写到兄姊,当他的笔意萦绕于一间低矮破旧的小平房里时,王陆过来人的目光和心境,还能怎样呢,无意于营造,也并非怀旧,只老实写下便是,写下眼前一次次涌现的,或者说他从童年起就置身于其间的,过往的又从未消失的,人和事物。老实写下,便已苍老。

大哥年长我二十二岁,他生在朝鲜咸兴,在那儿长到六岁。几年前,他得了脑血栓,但一问到咸兴的家,他依然能比量出那个样子,那幢房子有青瓦翘檐,房前有苹果树,房后有青石桥,桥下是滚滚的顺川江。他最愿说的是他的朝鲜干爸干妈,那年过春节干妈给他缝过一件"韩帛"(朝鲜服),是蓝色刺绣襟面,白色丝绸领口。他现在保存最早的一张照片就是穿这件"韩帛"的。(《朝鲜之歌》)

那是有多久了。像张照片一样被压扁了。保存,一定是生命里最重要的存在,不可剥夺,难以割离,所以大哥一说到房舍、韩帛就激动,"一激动,他就干哭。大哥是粗犷性情,很少叙长道短"。王陆的笔,有时有多枯,一点都不肯额外添加,像把一个人推到了旷野地里,随后他转身,可是你读到了。保存,便是存在中的存在,王陆自幼伸手可触,触不到的可以凝视,如果没有凝视,还有声音的旷野在来路的尽头,可以一直走下去。

然后是身旁拥挤的世界,太多的故人和相遇,形成了难以走出的生命场域,有些人留在了过去,又反过来紧紧跟随,又出现在王陆的笔端。像《旅顺灰》中的李赫,王陆简笔写他:"1956年生于旅顺,爸爸是中国人,妈妈是苏联人,他有一头密实的波浪卷发,绰号'瓦西里'。他上学时全家从旅顺搬了出来,从此再没机会回去。但他对旅顺像对生身母亲一样,一切有关旅顺的东西都珍藏好。""李赫1975年秋下乡在海猫岛,离旅顺城区二十多海里,养海带与收海带。1977年春,渔民捕捞时捞出一枚苏联水雷,他去摆弄,给炸死了。生在旅顺,又死在旅顺,都不是他自己决定的。思想起前因,我心有哀悼。"这样的速写,不是说它的简洁精练,而是清晰与确切,一个生命包含在绝非单纯的"旅顺灰"里,哪怕带有某种说不清的宿命感,也都一律画上了句号,在这清晰确切面前,似乎没有退却的余地,仿佛是一种迫使,让写作者停留,并要诚实地面对。

王陆散文里的这种回顾性并非怀旧,从李赫身上就可以看出,尽管王陆行笔如此迅速,李赫身上还是有明暗光影,尤其是其身后有背景,有旅顺这片海和泥土,战争的蹂躏和苦难,种种相杂相糅,又哪里仅仅是一个短暂的生命呢?《旅顺灰》还写到安重根,刺杀日本首相伊藤博文的朝鲜志士;写到阿·斯捷潘诺夫,《旅顺口》作者;写罗曼·伊西多洛维奇·康特拉琴珂,俄国陆军少将,旅顺要塞陆防司令官……"前后多少生命逆孽啊!"王陆少年时便开始走在去往旅顺的路上,眼中所见甚至是气味,在少年的身体内潜伏下来,执拗生长。旅顺日俄监狱的灰色囚服,俄式高墙,安重根最后落脚的绞刑室,"墙根下有一片潮湿,散发着霉味,还有消毒水,至今还在我头脑里萦绕"。王陆行笔至此,早已去除单纯的回忆,更不是过往途中的简单行走,这是一种生命的返场,会生出力量,哪怕最为细小的,他曾在作文中写下的樱花和炬松也会回到笔间,同时随着生命又一次返场,它们微弱而感性,却会诞下否定的精神,并令他说话。在《旅顺灰》里,海灰色中升起他明晰的声音:"无论是士兵还是将领,无论百姓还是贵族,都归于大地泥土。""大地泥土集聚在战争中,成为战壕掩体,成为堡垒工事,成为军港堤坝,但也留存泥土的湿润与生殖。我凝视旅顺半个世纪了。"生殖与死亡、生殖与胎育,这令人痛楚而蓬勃的字眼,出现在王陆笔下,并行向天空,我们都曾是母亲身体里的一部分,是胎儿。如果说塑造形象,王陆塑造的就是人类所有母亲的形象,所有孕育在母亲身体里蜷缩着的胎儿形象,那是我们未出生时的样子,也必定是我们的现在和将来。从这一点也可以说,王陆是热烈的,不仅情感,连思想同样是热烈的,不过遭到他笔锋的洗练和冷峻掩盖,因而热烈成为地火,只在地下运行。

热烈也好,冷峻也罢,其实都是生命的不断下沉,沉入到那属于生命本质的事物中去,而所有的沉入都是以恒久地穿越自我来达到的,这才是真正意义的在场。王陆说:"我凝视旅顺半个世纪了。"就是这样。我喜欢《旅顺灰》,敬爱其精神力量的结晶过程。厚厚的灰落下来。《旅顺灰》与《哈尔滨风流》《宁古塔篇章》《下长白山》,四篇散文2021年刊发在《鸭绿江》第一期,以王陆散文专辑的形式,可见他散文的质地和品格,主编陈昌平评价其"字字如石,句句如刀,平凡风物的描摹里深藏着作者的历史观与价值观,其冷静的悲伤、寂静的呼喊,读罢心绪难平,非以专辑推出,不足以表达我们的敬重与喜爱"。

这使得王陆的散文具有丰富性。以上那些,和以后一些,全部的,像海盐一样凝结,却比盐咸涩晶莹充满质感。咸涩不是来自自身,是来自大海,王陆走了那么久的路,皮肤或身体的有些部位比如脚趾,似乎早被腌透了。王陆生于1960年,这时间不是他的开端,又是他的开端,他散文中最著名的三篇《1978之恋》《讲汉语》《朝鲜之歌》,有他身体和精神的无限伸展,有他深刻的停留和介入,时代的疆界、文化的疆界都是他文章的筋骨,但往根子上看,他并不向往史诗式的,他只想表达生命,让生命有更像模像样的存在。还有什么比生命本身更为斑斓呢,更无垠更充满可能?

《1978之恋》中立有一座时代山峰,1978年王陆考入大学,正好18岁,中国十年没有高考的历史结束后,终于他与一些热血青年进入了大学校门,一同向上攀越,"我们都渴望了解文明的东西,伟大的文学是一个,自由的思想是另一个。我非常幸运,我什么都不懂,但我能和这些比我年长的比我有思想的青年们挤在一个教室里上课。1978年,只有极少数的人能坐在大学课堂里"。自由和曲折表达的自由,思想和冲破禁锢的思想,甚至人生第一场舞会,甚至一首长诗,有同学朗诵出来,"他的声音并不好,但他有激情,我们一边吃午饭,一边静静地听"。都在那向上的山峰。都是生命中最光辉的星子,最不可或缺,都是他最衷心的眷恋。因为,那就是他的一个开端。三十年后王陆写下这些,其实是写下了整整一代人的眷恋。

是不是一定要有下山的时刻?谁又能回答?的确特别多的下山蜂拥而至,这是《1978之恋》一抹浓重的悲观色彩,是难以走出的反思。"酒醒之后,我想:1978年的显性思想统统都蜕变成暗物质了吗?1978年的自由飞翔,现在都要服从这样的栖息方式吗?""我们在精神上还有回旋余地吗?"疑问,在王陆这三篇散文中始终存在,没法消失,《1978之恋》中的疑问尤为尖锐,极具思想锋芒。《1978之恋》曾获国内散文奖,《散文》杂志创刊四十年纪念文集《照见两如初》,亦将它收录其中,立于巡礼性的散文平台之上,可谓恰如其分,亦如作家宁珍志所言,"王陆的散文是旗帜性的"。

有时候我会想王陆可真老啊,那种苍老到底是在哪里?有一次给外国留学生讲汉语,讲解中国妇女,他板书"缠足""小脚","学生不明白。我脱掉鞋,光脚丫子坐到桌子上,把我后四个脚趾死死扣在脚心里,伸出去让学生看,说,我母亲的脚就是这样的,中国女人一千年,从五六岁开始,就要把脚缠成这个样子"。教室很安静。他故意设问:你们没觉得女人有这样的脚很美吗?或者很性感吗?学生嘘声一片,他又板书"三寸金莲"。这是一场揭示,并不是模拟。他就这样向学生一层层开掘中国历史文化的千年土壤,之后引出以辛亥革命为开端的曙光,科学、民主、自由、平等字眼因何而萌芽破土,他告诉学生,之后一百年几代人不止,"就是盼望着也能生出那些葱茏的植被"。这件事被他写进《讲汉语》里。王陆光着的脚是他母亲的脚,也许那才是他生命的开端。他跟母亲年龄相距半个世纪,绕于母亲膝下生活、呼吸,在母亲的源头就开始存在,还有父亲,还有兄姊,他全都经历了,看到了,听到过,仔细回想,好像是几代人都在他身上活过了,几代人在他身上,像盐那样凝结。

所以《朝鲜之歌》就是切身的返回,带着沉思又自由的精神气质。2005年冬王陆去朝鲜讲中文课,在十二周时间里,父母兄姊早年在朝鲜的生活或出现,或不复出现,时刻浸泡着身体而抽芽化为思想。"我意识深层依然感到有一种推动,让我的身体和思想走近某个地点和某个时刻。其实,这没有现实意义,因为人与事都不在了。有关朝鲜,我懂得一些。……所以,当躬背的行人与耸立的标语在风雪中此远彼近,当朝鲜陪同小朴介绍沿途的这个或者那个,我都是另有思想。"《朝鲜之歌》层层疑问,从文章起笔到收笔,一路求索到底,但哪怕迷惘当中,也有着特别确实而明朗的声音,那是明确的自我,毫不动摇的坚定的自我。在长久的过去与现实的穿行中,他用自己的双眼、耳朵、手和脚,做出辨认并给出证据,最重要的是,在对自我的清晰确定之上,他继续反复体认自我,进而体认广漠的生命。他知道他自己,"自由的步行者,不需要带路"。哪怕进入幽深的黑暗,他也能找到自我。有时候这个自我是多么小啊,多么年幼,他便与之牵手,继续行走。他在平壤的第一节中文课是在一个大教室里,很冷没有供暖,"坐得满满的青年用他们的热忱烘暖了空气"。介绍中文流行报刊,刚讲到一半停电了,"一片黑暗。下面八十多名学生整齐地坐在黑影里,没有动静。有一个负责的学生很快从包里拿出两支蜡烛,在我的讲台上一边点燃一支。我从来没有在烛光里讲过课,但在这烛光里,我的感情是明亮的,我是能看到学生们的眼眸的。蜡烛燃尽,学生依然不走。这样自始至终的专注和渴求,中国学生现在恐怕没有了。我知道这种意义"。现实粗砺碾碎了柔和,但是他能够从中萃取出柔和,并拿出自我的柔和,拿出有质地的思想。有时候他是不动声色的,有时他被打动,尤其是当下他与青少年合二为一的时候,青少年纤弱的柔情便又一次萌发,湿润如春泥,他不会忘记身在何处,曾经的现实又一次到来,瞬间被照亮。他写烛光,多么动人且深邃。说深邃是因为烛光映照出他自身曾年轻的生命,他深知那专注和渴求的意义。"我十六七岁时也是这样,为了买到上海人民广播电台的英语讲座唱片,我天不亮就在大连东方红商场门口排队。也是这样的冬天,排队的青年也是不可阻挠。"走进这样的情感、思想世界,得到的往往是比小说更真切的体贴和温度。随同而来的烛光以外的黑暗也更清晰,迫使我们去面对,去凝视,省察现实而并非在现实中睡去,并非一晌贪欢,就像黑夜给了我们黑色的眼睛,我们用它去寻找光明。

停留于黑暗。这种停留是有时间性的。疼痛特别具体,甚至不是任何一个词语,肚子饿,大米,一碗米饭的制作过程,一件长裙短袄,这些都太普通太可以手相触了。"父母在世的时候说,朝鲜的大米好啊,都是油香油香的,不用就菜都好吃。那次父亲病重吃不下东西,母亲就给他做一小罐'芥浔衹'(朝鲜辣菜),又打发我买回一点盘锦米。母亲把盘锦米用一点花生油淋上,晾干,再淋油,又晾干,然后用瓦锅焖上。米饭端到父亲枕边,母亲舀小半勺,哄他说这是朝鲜米。父亲就睁开了眼睛,抖动着嘴。"(《朝鲜之歌》)。王陆没法走开。因为这就是他的起点,他生命开始的源头。这个源头里没有金钥匙。他没有单纯的怀旧,怀旧需要温情,也诞下温情,而他有时候只是在擦亮,像火柴头擦在火柴盒黑褐磷面上。因为他知道人,"非常简单,一碗饭,一件衣裳,一床铺盖,要喘气,要排泄,精子和卵子要相依为命,而已。即使在最严酷的迫使中,精子和卵子也要润滑,也要伸张,也要分娩"。压根说,人是胎育。"从哪条路来,往哪个方向去。"

《朝鲜之歌》层层思索中留有歌词,"你一定等待很久,才这般开怀绽放",还有一首钢琴独奏曲《阿里郎奏鸣曲》,还有朝鲜民族英雄安重根在监狱写下的汉诗,"东风渐寒兮,壮士义烈。愤慨一去兮,必成目的",而我想,读这些时,要像卡尔维诺剥一棵朝鲜蓟那样剥开层层叶瓣,进入细部,进入骨肉,才能握到思想还乡的深邃意义。

王陆散文中包括书信,写给学生的,或写给女儿的。这与另外大部分散文,一道构成了他的思想场域,或者这样说,这些散文与其说是他更为直接的自我呈现,毋宁说是他身体和精神的真诚袒露。但在这里,他仍不是封闭的,更不是孤芳自赏的,仍旧保持着敞开,任现实的风雪从生命中来回穿梭,他哀矜而自如,没有什么能赶上精神行走的步履。王陆深谙文章之道,心知伟大的文学不死,在写给女儿的书信中,谈到 Pearl Buck 的小说《大地》,他说出赞赏的理由:"一是这本书广阔,是中国品质和中国文化,二是饱满,是人文主义筋骨。诺贝尔奖能给她,说明诺贝尔奖委员会有眼光,有人类感情。""一个热爱文学的人,除了去读人民,去写人民,还有别的选择吗?"这份对女儿的教导,展开的其实是他深刻的文心。在他那里,文学的技艺是有根的,就像《大地》作者,是具有"一笔糅合了两种语言的品质。没有深刻的生活,没有层层的锤炼是写不出来的"。

深刻的生活根生于大地,是在手边,是身上伤疤。王陆这部分散文中无论自我还是他人,全部带有可触可碰的质感。《春天以外》《请父母回家》《我有波涛》《如果精神独自漂泊》《为了高贵的叶子》《风暴潮冻结》《否定》《认识》,是无数遍的精神求索与体认,甚至有对生命归宿的终极探寻。尤其晚近散文,越来越是块老姜,外皮看不出什么,照例饱满光洁,内里却是煮炖后缓慢渗出的辣。不失去质疑和否定的精神力量,就算是对自己,也轻易不放过,"可见这灵魂,干涸成什么样子了"。记忆里"辽阔的事物"远未消失,眼前的荒芜照旧有勇气蹚过,"我喜欢我这些同学,许多是高大乔木,但到了季节则心甘情愿呈落叶之色。因为啊,面容,白发,步履不稳,屎尿会不期而降,就是在催促你赶紧点吧。一个同学老哥笑眯眯地告诉我,这次参加聚会,他穿着纸尿裤"(《同学夏至过后》)。王陆行笔极速,有一股泥沙俱下的力量,不虚饰,不曲里拐弯矫揉造作,直面生命里的全部粗糙粗砺,这是一个有趣的灵魂,不动声色地写着世相,有时会发出果戈理似的笑声,却掩盖不住由衷的体贴和丝丝苦涩,仅仅因为他懂得,对人对事物透彻地懂得,笔锋便能够直抵事物的核心,像对夏至过后的同学,他深刻晓得,这是一道"再自然不过的人类景观",再雄才大略也保不住,"知道保不住,才谦谦君子,卑以自牧"。

"人不经皮肉风霜,怎能有精神变局呢?"他在春天以外。他冬泳往海里走,"每一步都是冰扎骨头",跟自己过不去,"非要和鲭鱼比,天愈冷,愈往北,专找不见亮的深水处扎,偏喜欢长出一身寒光鱼鳞",有一天到了海边不想下海了,就早早回家帮老婆擀饺子皮去。"人,总要一点点撤退。鲭鱼也是这样,某一天发现自己在最寒冷的洋流里游不动了,就撤一下,到一个沟底。某一天,发现自己又老了,就又撤一次,到一个海植密集的浅海。它还会撤,一而再再而三地撤,在没有地方可撤的时候,它会死死地扒住一块礁石缝沿,吐出最后一口气。"鲭鱼就是王陆文字的质感。文字的质感出自生命的质感。

他不可能要一块玛德莱娜小点心,不可能挨近诸如小点心入口的感官经验,普鲁斯特的这笔书写在王陆散文中没有位置,哪怕是时间意义上的重构,也来得有些绕远了。他尝到过各种的饥饿,步履不停地走,甚至害怕忘记海边的悬崖,是顾不得,也是与心意相违,他在风雪中抽取出自己,再让这自己走回到跟前,回到笔下,生命的温饱和自由高于上腭。"我,不孤单,却愿意成为孤单,接近自己。我站在海岸上,仰着脸,看到了雪的宏观:不断分解,不断再生。雪花慢慢尖锐起来,割痛了我的眼睛。我竟然喜欢这种割痛,像一个枯朽的情人,乞求真实的虐待。""在接近冷酷和单纯的方向上,我否定了自我。我才理解,风雪为什么如期而至,我为什么冻得全身僵硬却要向它张开干裂的嘴唇。精神的原址就在这里。"(《风暴潮冻结》)。就这样,他直陈事物,直陈自我,他的散文有沉郁之气,却铮铮有声。散文写作是以自我为抵押的,免不掉直白,直白是诗人小说家最极力要避开的,王陆则必须言说。在粗砺的现实面前,很多技巧变得像花边,他不需要装饰,他必须和盘托出。像风雪,裸露而真诚。不过仅仅注意他所有散文的题目又不难发现,自然事物的出现无不有深意,与自我构成了或显性或隐秘的隐喻和暗示关系,是种大修辞,表里密致共栖共生,如同内部的坚硬有时会以岩石或风暴潮的形式出现,会通过春天抵达春天以外的自我。夏至已过,"生命还是有惯性的,我还能滑翔","让我还有时间尊重自己"。他的散文到底是他自己的样子。抵押,是一次永久性交稿,交付出去,就不能收回。而使我踌躇不决的是,在使用"苍老"这字眼时,会常生出不安,因为拿不准他人的理解。王陆叫女儿小鳄,自己是老鳄,在一次读他给女儿的信时看到,信尾落款,他写的是"The Old"。那么好吧。

顺带说明一下,这里所言的在场,与散文坛子里曾兴起的在场主义没任何关联,以我个人与外界的疏离,我始终不太清楚这主义的来龙去脉和主张是什么。我只是在对王陆散文的阅读中,看到了生命在场之后且从未退出的写作。我信任在场,还有沉思,那是脚上有泥巴而不该有伤疤,是立于薄暮中田野间的精神晚祷,那是一种经验过的身体和不会中断的精神血脉。

读止庵长篇小说《受命》：
"记忆是一部未烧的书"

《受命》是止庵的首部长篇小说。受命，最直接的力量就是一笔带出了人的困境，这种困境或许不是所有人的，但必定是某些人的，像是被指定之人。生活普通而日常，可以日复一日无止境循环下去，就像这部小说的开篇，用一页纸，便描述尽一个口腔医生的一天，从早晨醒来，到晚上睡去，挤公交车，穿过城市去上班，再挤公交车穿过城市回家。这一天，也许就是人的一生，"不出意外日复一日可能要在同一岗位干到退休"。意外便是一个节点，甚至会导致生命的转向，这样的事情便发生在小说主人公冰锋的身上。有一天母亲告诉冰锋，他父亲的死是由一连串的迫害导致的，先是被检举揭发下放农村改造，再是病退回城之后生路断绝求医无门，走投无路之际他服毒自杀，这一系列悲惨的制造者就是祝国英，冰锋有了一个仇人，一个口腔医生的普通人生就此终结。

意外也是一种承受，如果他不想逃避的话，就得接受命运安排。像奥德修斯他必须还乡，但还乡是一个目的，是一个人走向他自己的归宿，他在向属于自己生命的东西靠拢；受命则更像是不得已，冰锋的沉重之处在于，他不能是他自己，他必须有所背负，他背负的是他前人悲惨的生命，甚至是死，他所面临着的是复仇,跟伍子胥、哈姆雷特一样,跟鲁迅《铸剑》里的眉间尺一样,这古已有之的复仇,落在现代人的身上,呈现出的仍旧是一个古老的人类共同主题,即人与命运的冲突。冰锋有此命运,也就注定躲不掉,如同所有苦难的制造者早已埋伏在路上,他要行走,就势必与其相逢。

由此,止庵笔下的冰锋在有些人眼里陌生,在有些人眼里又绝不陌生。悬疑是条非常好的主线,复仇不能停下来,它紧紧拽住我们,让我们在阅读中始终保持着一探究竟的好奇。但冰锋总在停留,他身处困境,他要复仇,他要行动;同时他是医生,是受过现代科学教育的唯物论者,求证和思考,疑惑和选择,都是其必经之路;最重要的是,他生命里的那些体验,深刻而复杂,有些因其过于惨痛而难以遗忘,至此,我们也只能放慢脚步,看一个人是怎样倒下、起来,怎样对抗遗忘和必须铭记。"父亲的遭遇,是扎在冰锋心上的一根拔不掉的刺。"这也如同记忆之刺,扎在心上便难以剔除。因此,在冰锋那些停顿或艰难的行走中,反复交织缠绕的,始终难解难分的,其实就是记忆和遗忘。这也可以说,是《受命》这部小说的一个深刻主题。

他不可能忘记,很多东西已刻进生命里。其实他对父亲了解甚少,父亲留给他的印象有限,仅仅几个镜头。但父亲的死无法磨灭,在一间小地下室他自杀离世,待遗体火化后,少年冰锋在那里与父亲告别。在从母亲那里知道仇人之后,他来到地下室,那是他父亲生命最后的居所,是"父亲最后离开这世界的地方,仿佛还能看见他远去的背影"。这个背影,会让人想起朱自清那个著名的背影,但一死一生,死的沉痛,生的哀怜,后者是不是还存有更多的可能性？冰锋在父亲床铺的位置放层报纸，"躺下身来。头枕在地上很硌，身子也有点凉。从高处的窗户里射进一团光，照到脚前不远的地上，而他在黑暗中看到的，就是父亲看到的世界最后的光。虽然很不舒服，冰锋还是久久躺着。他觉得这里是距离父亲最近的地方"。用自己的眼睛去看父亲眼里最后的光，用生命体验父亲临终的感觉和绝望，体验父亲曾经的存在，冰锋这也是存在之后的存在，他又如何能够忘记？他体验过最微弱的痕迹，在《史记》第七册，父亲临死前在纸页上划下的指甲印儿，他确认那是父亲给他的最后信息，而这确认又多么艰难，有时这确认甚至会落入怀疑的阴影，"要对着光才看得出来"。且随着时间流逝，痕迹越来越淡。地下室窗户透出的那点光亮却是毋庸置疑的，体认过临终的眼睛又怎么可能动摇呢。记忆与遗忘，谁都有可能战胜谁，谁也都有可能把对方一笔勾销。

遗忘当然巨大有力，不可阻挡，在这股洪流之下，生命不可避免地具有了悲剧性。冰锋的受命可以说是从遗忘中开始的，他去母亲家，从过道到厨房，所有东西都贴着白色纸条，上面写满了名词和告诫，"水电煤气"和"关关关"，那是母亲的字迹，遗忘开始了，来自生命本身，记忆支离破碎，还在努力保留生命中不该失去的内核，最重要的纸条攥在母亲手里，反复写仇人的名字。还有外部摧毁的力量，正是这些摧毁加速着遗忘的进程，从而使保存记忆越来越失去可能。譬如那间地下室，那是证据，那是真相，冰锋终于决定把这里揭开，展现给叶生看。叶生是仇人的女儿，又是他爱恋的女孩，但当他们到那里时，"那里已不复存在"，几栋楼都拆光了，成为一个巨大的基坑，不仅不是废墟，而且新的地基即将开始。对冰锋来说,这丧失彻底而尖锐,再没有可触摸之物,他再也不能在那里躺下来,连那最可信赖的体验都成为虚空。而且他再也没有证据,生的证据死的证据一并消除,完全彻底。死无对证,说的大概就是这样一回事。握不住的记忆。越来越小的记忆。在小说里,冰锋两次流泪,一次是他父亲过去同事的死,天人永隔,死者生前说过的话至今犹在;一次就是地下室的被拆除,"对他来说是一种心如刀割的痛","更令他有强烈的丧失感,一种虚无的、真空般的丧失感",他只剩下一个人了,只剩下"点滴的记忆","百孔千疮、四处流失的记忆和信念",这记忆也仅属于他一个人了,现在,"现在他什么也不想对叶生说了"——仅此一句,止庵写尽了丧失的痛楚和绝望。

《受命》中反复写到人的丧失感,每笔都极其节制。冰锋与叶生的分手其实也是受命中"不得不"的丧失,在复仇与爱之间,冰锋必须做出选择,他"必须留下来,哪儿也不去",爱情那里,他也不能去,他最大的勇气可能就是通过电话跟叶生说出分手了,他说不见面了,电话中间是最多的沉默。

叶生的反应,竟然如此怯懦,冰锋还以为她会纠缠不休,但她只是像一只受伤的小动物爬回自己的洞里去养伤了。假如她再坚持一下,冰锋就会觉得很难办。叶生终于可怜巴巴地问,那咱们就不来往了?冰锋断然地说,是的。沉默了片刻,他说,就这样吧。叶生的声音微弱到几乎听不见:好的。冰锋又说,就这样吧。她还是说,好的。两人这样一连说了好几遍。冰锋希望叶生主动挂上电话,他就可以安心一些,叶生却怎么也不挂,只好由他来把电话挂了。

止庵这段好手笔,几乎可以与张爱玲《金锁记》中的一段相媲美,长安与童世舫在公园里分手,那份隐忍和克制,都极有力度。只是在公园里,长安还需要借助身体的掩饰,"不大的一棵树,稀稀朗朗的梧桐叶在太阳里摇着像金的铃铛。长安仰面看着,眼前一阵黑,像骤雨似的,泪珠一串串地披了一脸。世舫找到了她,在她身边悄悄站了半晌,方道:我尊重你的意见。长安举起了她的皮包来遮住了脸上的阳光"。

完全是像在溺水,伸出手救一把,她就上来了,但只能眼睁睁地看着她落下去。因为不能,在受命复仇面前,爱情遭遇丧失,冰锋有一部分已交付命运之手,他最害怕的是半途而废。哈姆雷特的延宕是对复仇的无形消解,哈姆雷特的迟疑很多来自他父亲的"亡灵"显现,而冰锋面临的是更大的时代,这时代不仅损毁记忆,也带来巨变,也更让个人站不住脚,可能会有这样一幅画,所有的面孔都向前朝着一个方向,唯独冰锋在看向过去,来不及了,他能够握到的东西真是越来越少,他连写作的灵感都失去了,他甚至丧失当下,更谈不上未来。这就是冰锋的困境,在小说扉页题道:今吾朝受命而夕饮冰,我其内热与?这句话出自《庄子·人间世》,在冰锋身上,人生的困境和困惑远没有结束,不止冰锋,朝夕之间叶生很可能就不是叶生,芸芸也可能不复是芸芸。

也许可以借用几个基本元素来比拟小说中的三个主要人物,冰锋是冰,叶生是水,芸芸是火。止庵作为小说家的好,就是他不偏袒,给每个人物以理解和同情,是那份真正的哀矜而勿喜。芸芸热气腾腾,人间烟火,活在当下,但可以说,她基本上是文火,当止庵在关键时刻把"得体"这两个字给予她的时候,这个人物就再也无法让人忘记。至于叶生,就算冰锋凝固不动时,也同样感受到她自由奔放甚至狂野般的流动,只是冰锋太苍老了,无论多么幸福的时刻,他也能一眼看到底,"她是那么自信,好似花中之王,然而她也与那些花一样,有荣枯,有生死。冰锋突然想到多年之后,眼前的景色早已不在,不知道她在哪里,自己又在哪里"。苍凉就此来了,生命中的丧失感当然也在一花一木,这也就是更加深刻的爱怜吧。这些男女,这一花一木,活在八十年代的北京,也成为小说丰满可感的血肉。止庵在最近谈张爱玲"晚期风格"时,曾特别引用过她的一句话:"午夜梦回的时候,我耿耿于心的就是有些想写的美国背景的故事没写。"庆幸止庵写出了他想写的,八十年代和北京,尤其该特别感谢的,他是在今天写下的,像张爱玲隔过三十年的月亮往回看,人间冷暖,全在笔下。如此,记忆回来,亦如小说中所说:记忆是一部未烧的书。

譬如关于崇文门的存在,那是冰锋告别和返回的对象,少年时跟随母亲料理完父亲后事,"当时崇文门城楼和城墙都还在,他们走过又宽又高的门洞,有个人在身边突然叫喊起来,回声很大。出了门洞,冰锋站住脚,用手摸摸墙上近乎黑色的砖,一块块严丝合缝,坚固无比"。这是失去父亲之城。他以为自己再也不会回来了,可十年之后,他重返北京,告别过的崇文门已无影无踪,但是"曾经触摸城砖的手感,他还记得清清楚楚"。这反复低回,在书中留下,几近于午夜梦回。

后记:有病的兔子

这些文字大都写自 2016 年后,且大都刊发于《散文》《鸭绿江》《上海文化》等诸多文学杂志。当然也有例外的篇幅,如《冬居笔记》写于 1997 年初,仅因为转过新世纪才拿出来发表,便再次收进这本集子;而《读止庵长篇小说〈受命〉:"记忆是一部未烧的书"》写作最晚,没来得及投给刊物便收了进来——也许这是个巧合,恰好给我这几年的写作做个寂静的收束,这不仅如我的性格,亦如我的写作状态。

始终有朋友责怪我写作数量不多,甚至是在浪费自己的才华。无论微博微信还是其他什么 ID 需要有自我描述的地方,我历来只有六个字:生活,读书,写作。有一天我突然发现这太像《三联生活周刊》了,但没有办法改变,如果人生有一个排序的话,我在很年轻的时候就已经这样自我摆布了,我要生活,我要读书,我要写作。并非一定说是生活高于写作,但前者始终为我立足于世的根基。我爱大先生鲁迅,在我尚不懂世事连恋爱都不曾经历的时候,他就教会了我,首先必须生活,爱才有所附丽。一个召唤"摩罗"文学的人,他笔下仍有大伤痛,我被击倒之后,爬起来便在生活中漠然前行。我爱生活,热爱建筑我的生活。

我一生都在工作,而且都是非常忙碌而紧张地工作着。是在给公家打工。曾有过很多次,我动念辞去工作专心写作,但是不成,最终只能留在朝九晚五的铁笼里以便首先养活自己,和应付外面的世界。通常的处境就是这样,我从来没有整块的时间可资利用,只能零打碎敲地写作。唯有读书没有失去它巨大的控制力,使我见缝插针地从未中断过阅读,所有的空闲都不曾放过,这些细小的空闲包裹了我,又全部为阅读的渴望与激情所填满。"营生"与写作之间的两难处境,于我来说不会得到彻底的解决。就如同台湾作家唐诺说过的,我们常常说逐二兔而不得一兔,两个兔子都抓不到,但是一个文学书写者的基本事实是,他得两只兔子都要抓,所以最大的可能性就是不要追那只较大的、跑太快的,他必须满足于抓那只比较小的、生病的,能够到手的。2016年起我终于卸下了肩头的工作,与此同时生命的气力亦在减弱,在能够拿出较多时间来写作时,生活和读书还是笔直而有力量地在我面前铺开,我只能步履不停,而这些年积攒下的数量有限的文字,的确是我能抓到手的一只有病的兔子,我很惭愧。但它几乎属于胎生,完全经由我生命的诚挚孕育,因而同时我很快乐。

2021 年 11 月于大连